[美]大卫·达姆罗什(David Damrosch) 著

陈广琛 秦烨 译

如何阅读
世界文学

（第二版）

How to Read

World Literature

本书的翻译得到北京大学世界文学研究所赵白生教授的热心帮助，特此鸣谢！

目录

再版序　iii

引　言　001

第一章　什么是"文学"？　011
　　文本的世界　016
　　作者的角色　025
　　不同的阅读模式　028
　　什么是"小说"？　034

第二章　穿越时间的阅读　041
　　从口述到文学　044
　　人性与神性　057
　　冥界之梦　061
　　荷马的女性化　068
　　采摘玫瑰花蕾　072

第三章　跨越文化的阅读　081
　　古典戏剧：希腊与印度　083
　　悲剧性的错误，还是命运？　090
　　人物与情节　092
　　来自中产阶级生活的场景　095
　　对边缘的阅读　105
　　在里约热内卢重写经典　111

第四章　在翻译中再创作　117
　　　模仿，意译，直译　120
　　　译本之间的比较　126
　　　翻译应该在多大程度上保留异国色彩?　135
　　　斯巴达人是怎么说话的?　145

第五章　美丽新世界　151
　　　异乡人在异乡　154
　　　现实世界的旅行　157
　　　西游记　168
　　　虚构的世界　176
　　　回望故乡　188

第六章　文学与帝国　191
　　　绘制世界的地图　197
　　　最黑暗的非洲，正在陷入黑暗的伦敦　204
　　　艾勒辛，奥根，俄狄浦斯　209
　　　乐观主义者甘迪德，悲情乐观主义者萨依德　214
　　　倾城之恋　219

第七章　全球化写作　223
　　　全球化与去本土化　227
　　　全球化的伊斯坦布尔　237
　　　两个国家之间的全球化　242
　　　第二代移民的小说　248
　　　多重国籍对文学的影响　251

结　语　迈向更远的地方　259

参考文献　267

索引　279

再版序 <ix>

在世纪之交，世界文学的研究迅速发展。自本书于2008年出版以来，很多新的世界文学课程相继出现，多个世界文学专业得以成立，成熟的专著也不断出版；这些成果推动了世界文学作为一个研究领域的不断开拓。这些发展也触发了关于世界文学研究的政治性的新讨论；它们与全球化的压力息息相关，包括难民危机、经济不平等、地方与国家归属、区域与宗教身份的冲突等。在这些艰难时刻，我们更有必要找寻有效的方式，做跨文化的阅读，以获取一种严谨的批判性态度，去审视广阔世界中的异域文化和我们自己的文化，甚至去认识自身文化的内在多样性。我很高兴能重新审定这本书；借此机会，我把原本非常简短的论述，扩展为更加详尽但仍然兼具可读性的文字，并以世界各地不同时代的一系列杰出的文学作品为例，介绍现今世界文学研究的关键问题。

本书的新版篇幅比初版长一倍。在修订过程中，我引入了一系列新作家，也扩充了对原有作家的论述。我尤其把分析旅行与帝国的一章扩充为两章。"美丽新世界"一章现在加进了对意大利商人马可·波罗、摩洛哥法学家伊本·白图泰、中国僧人玄奘大师的讨论,后者去往印度取佛教真经的旅程,成为吴承恩妙趣横生的小说《西游记》的蓝本。"文学与帝国"一章扩充了对鲁德亚德·吉卜林、约瑟夫·康拉德、德里克·沃尔科特的讨论;另外还有几位新增加的作家:伟大的文艺复兴诗人路易斯·瓦兹·德·卡蒙斯、上海现代主义作家张爱玲,以及阿拉伯—以色列讽刺作家埃米尔·哈比比。口述与阅读的关系在新的或者经过扩展的讨论中得到强调,包括荷马、维吉尔、玛格丽特·阿特伍德、爱丽丝·奥斯瓦尔德、巴布·马利;而迁移与中心—边缘的关系则在尼古拉·果戈理、鲁迅、博尔赫斯、克拉丽丝·李斯佩克朵、索因卡、拉什迪、帕慕克和钟芭·拉希莉的例子中得到更充分的讨论。

在本书的新版中,我借鉴了过去七年在哈佛大学与宇文所安、马丁·普赫纳合作教授的文学课程的经验,以及在世界各地(包括北京、伊斯坦布尔、哈佛、香港和里斯本)举办的世界文学研究班中各位教授和学生所提供的视角。要研究世界文学,最好的方法莫过于走出自己的小圈子去拥抱世界。本书的新版,与初版一样,是献给我过去和现在的学生的;他们引领我了解本书谈及的很多作品,也给予我新的见解,去讨论本书触及的问题。但是当我把本书题献给他们时,内心是带有犹豫的:我自己也是他们的学生,这样一来,我还可以简单地称他们为"我的"学生吗?

引 言

世界文学纵贯四千年，涵盖万国，其所蕴含的阅读愉悦与文化体验，具有无可比拟的丰富性。但这种丰富性也带来了非凡的挑战——身处某一传统之外的读者与作家，无法如传统中人那样，共享约定俗成的文化背景。例如，若熟读巴尔扎克，则即使未访巴黎，亦能对其了然于胸，从而能更好地想象波德莱尔与普鲁斯特描绘的场景；同样，只有浸淫于《古兰经》的文化之中，才有可能全面把握和欣赏阿拉伯诗歌。即使深入了解单一的文化，都需耗费许多光阴；那么，我们又如何能了解整个世界的文学，及其背后的文化呢？

文学传统与特定文化具有高度的关联性：萧伯纳和汤姆·斯托帕德的戏剧总是回望莎士比亚；日本的《源氏物语》多引古代日本和中国诗歌，而现代日本小说家又总提及《源氏物语》。除了回溯文学传统，不同文化也会发展出各自默认的观念，决定着文学创作与阅读的方式。如果我们阅读一部外国作品，而不了解作者默认的观念，就可能会把它简化成自身文化中固有作品的一个普通、苍白的变体。比如，我们会觉得荷马其实想写小说，只是他不怎么懂得把握人物性格的发展；又或者日本诗人其实想把俳句写成十四行诗，只是在十七个音节之后，灵感就用完了。如果我们阅读译成母语的外文作品，那么我们就离其原来的形态更远了。我们必须留心，它是如何在新的语言中重新被建构的，此过程中得失兼有。

我们阅读这些作品时身处的语境又带出其自身的问题。如比较文学学者弗兰克·莫莱蒂所言，世界文学"不是一个实体，而是一个问题"（莫莱蒂，55）。此问题非但关乎规模或尺度，更指涉政治与经济学。在今天的全球文化中，我们可以把国别传统看作单一世界系统的组成部分，但此系统中充满了不平等。莫莱蒂就把世界系统描述为"统一但不平等的"。艾米莉·阿普特在她2013年的著作《反世界文学：论不可译性的政治学》中认为，文学极少能自由地穿越边界。而这还只是针对现代文学，一旦我们把目光投向过去，就必须进一步考虑那些互相隔绝的地方性系统，它们往往并不互相关联；这是一个复数、多元的文学世界。

无论是经典的抑或当代的文学作品，都有其复杂的历史包袱；而我们作为读者，也同样有自身历史文化背景所造成的、先入为主的印象。复杂而令人不安的帝国侵略史，以及今天资本与贸易的不均衡流动，对文学的筛选与流布都有着深刻影响，而这些过程又影响着我们的阅读方式。如果伟大的文学作品被恰当地翻译、仔细地阅读，将能打开我们的眼界，挑战我们经不起推敲的成见，并推进文化之间的理解和对话，而这些恰是今天的世界最需要的东西。然而很多时候，古代的和异国的作品被呈现和被阅读的方式，反而加强了我们的成见；这些成见轻则把问题简单化，重则扭曲真相。无论哪一种情况，都只加强了读者的文化自满和单向度的世界观。

那么一个非专业的读者应该怎么办？如果我们不想把阅读体验局限在自身文学传统的狭隘范畴里，就需要发展出有效的策略，最大限度地从古代或异国的作品中获益。国别文学中的经典作家也都经常与别国的同时代人或古人处于对话关系里，所以即使只想了解一国之传统，都必须明了其在世界中的位置。本书的目的正是为了满足此一需要，希望为读者进入世界文学的多重世界提供一系列模式。每一章都聚焦于我们与外国作品相遇时出现的某个关键问题，并举例呈现经典作品之间的交集；无论是对一般阅读还是课堂教学而言，这些交集可以代表阅读世界文学的有效方式。

我们接触世上各种文学传统时遇到的挑战是真实存在的，但是我写作本书时怀着这样一个信念，即一部具有世界文学属性的作品，必然具有非凡的能力，足以超越自身文化的界限。当然，某些作品与其自身文化具有极强的关联性，以至于它们只对本土读者或专家有意义；这些作品也因此而停留在原本的国别或区域性文化内部。但也有很多作品在遥远的时空之外找到知音，具有扣人心弦的当下性，即使它们的异国陌生感令我们既困惑又着迷。例如，乌尔国王舒尔吉的宫廷恐怕是离我们最遥远的所在了，他是公元前2097年至公元前2047年南美索不达米亚的统治者，世上已知最早的文学赞助人。他使用的苏美尔语与任何已知语言都无联系。在荷马时代之前的一千年，已无人使用这一语言；而且它的楔形文字足足有两千年无人能懂，直到19世纪末才被破译。然而一旦现代学者费尽心血破译了这种古代语言，我们无需任何专门知识，就能领略舒尔吉写给其中一位王子的摇篮歌的魅力：

<3>

  睡眠来临吧，睡眠来临吧，
  睡眠请来临，
  睡眠快来拥抱我的儿子！
  让他睁大的双眼闭上，
  让你的手放在他闪烁的眼睛上——
  至于他发出呓语的嘴唇，
  不要让呓语打扰他的美梦。

          （舒尔吉诗篇N，第12—18行）

即使这么一首小古谣，都已蕴含了承载言外之意的潜能：是婴孩的嗳嚅会影响他休息呢，还是疲惫的父亲想要孩子早点入睡？

一部文学作品的影响可以远远超出它自身的时空，但从另一个角度看，它也可以反过来提供一种独特方式，帮助我们进入其文化中最核心的本质。艺术作品对于产生它们的文化并不仅仅是反映，更是折射的关系；即使最"现实主义"的绘画或故事都是在特定风格中经过筛选的表现。即便如此，文学都以万花筒和哈哈镜的方式传达了大量信息，而如果我们能够了解一部作品的背景，以及作者和读者的文化预设，我们对它的欣赏必将获得巨大的提升。这固然适用于音乐与视觉艺术，但更加适用于以语言为媒介的创作，因为后者在不同语言中进行大量的符码化：日本人与英国人不会看到不同的颜色，但是他们对颜色有不同的命名；有时候色系被以不同的方式细化。我们可以在艺术与建筑中领略到一种文化的很多因素，但我们在文字记录中了解的要多得多。

比如，假设我们读到更多舒尔吉王委约创作的诗歌，就会很快发现，我们面对的是一个成体系的神祇系统，以及一整套历史与文学的指涉和隐喻。舒尔吉的诗歌给予我们一条了解其文化的重要途径；而反过来对此文化的知识又有助于我们欣赏其诗歌本身。四千年前，舒尔吉就明白诗歌是了解过去的一个独一无二的方法。他宣称："自从上天让人类自行其是开始，我们所积累的知识，我是了解的……我从没有说古代的颂歌是错误的，也没有质疑它们的内容。我保存了这些古代文化，从没有让它们被遗忘。"他下令把古代诗歌加入歌手的曲目中，"由此我让这片土地的心灵燃烧起来"（舒尔吉诗篇 B，第 270—280 行）。

舒尔吉拓展其文学收藏的动机，既带有政治性，也带有美学性。他下令创作了一系列关于邻近的乌鲁克传奇国王吉尔伽美什的诗作；他利用后者的威望来加强自己作为区域性帝国统治者的权力。他甚至让自己在一首诗中变成吉尔伽美什神圣母亲宁松的养子，从而成为这一伟大先驱的弟弟。后来在这些诗歌的基础上创作的史诗《吉尔伽美什》，是第一部伟大的世界文学作品，并且常常被作为超越时间的、关于友谊、冒险与追求永生之书而传颂。然而它又与自身所处时代和地缘紧密相连，从根源上属于帝国野心的产物；最终，当英国与法国、俄国、奥斯曼帝国争霸时，它被英国人从亚述首都尼尼微的废墟中发掘出来，成为英国的骄傲。

　　我们可以从一部作品的生产与传播这两个角度，来思考世界文学这个概念。很多作家基本上是在单一的国家或地区语境中写作，然后在很多年，甚至很多个世纪之后才获得世界声望；但是也有另外一些作家，一开始就在广阔的语境中创作。即使这些作家的作品没有被翻译，甚至没有被外国读者阅读，他们也已经积极地参与到世界文学之中了；他们与外国作家处于对话关系中，而我们对前者的理解，经常得益于我们对后者的认识。首先赋予世界文学这个概念以重要意义的歌德，正是这个意义上的世界性作家。他在作品中融合了欧洲古典与现代作家的思想与写作策略，并对波斯诗歌、梵文戏剧、中国小说很感兴趣。众所周知，他于1827年1月对学生约翰·彼得·艾克曼说："诗歌是全人类共有的财富，在所有地方、所有时代，在无数人身上显现。"他宣布："我乐于把目光投向异国，也建议所有人这样做。国别文学现在已经是一个颇为无意义的概念了；我们已经站在世界文学时代的门槛上，而每个人都应该努力让它早日到来。"（艾克曼，165—166）我们可以说，歌德的《浮士德》和《西东合集》自诞生之日就已经是世界文学了。

　　同时，歌德也热衷于让自己的作品在国外被阅读。他阅读自己著作的法语、英语甚至拉丁语译本，从中获得极大的满足；他觉得外国评论家对他的作品往往有本土评论家所缺乏的洞见。歌德世界性的作品，只有在世界范围流通时，才能获得最完美的读者、最完满的意义。同样的情况也适用于很多世界文学杰作——无论其作者是否深度介入外国文学、是否预期自己的作品会有外国读者。无论是古代雅典的索福克勒斯，还是中国唐代的杜甫，都不可能知道多少外国文学（甚至可能根本不知道）；他们也不可能期望自己的作品在外国传阅。但是渐渐地，他们成为世界文学中重要的存在，而本书将会详细分析翻译和流传的过程是如何让人们得以读到他们的作品的——无论是索福克勒斯还是杜甫，都不知道这些读者所生活的国家甚至是整个大陆的存在。

　　阅读一部来自遥远异国或者古代的作品，需要在特殊与一般、历史与超历史、熟悉与陌生之间不断往复。看待世界的所有观点都有其立足点，所有正在进行的阅读都免不了被过去的阅读经验所过滤。然而，如果我们能避免把已有的见解投射到新作品上，那么后者的独特品质就会在我们的头脑中打下鲜明的烙印，扩展我们的视野，并帮助我们刷新对熟悉的作品的理解。

　　单是世界文学的规模，恐怕就已经让它显得无法掌握了。但是，难道国别文学就不是如此吗？过大的规模已经是国别文学的特质，也是其困难所在。单是19世纪英国小说就已经超越任何人一生所能阅读的数量。阅读总是无止境的，但只有当我们最初的阅读经验为我们做了恰当的（哪怕是很初步的）导向，我们的阅读方能有效地继续。我们在阅读本国作品的时候，就已经遇到个体与整体的矛盾、循环解释的困境；当我们的阅读溢出本土边界时，这种困境只会加剧。无论如何，我们不得不从某一点出发，向外拓展，去获得更广阔的视野。当我们了解了亨利·费尔丁、简·奥斯汀、瓦尔特·司各特、乔治·艾略特的小说之后，〈6〉

就能更好地理解查尔斯·狄更斯。再者，我们对经典叙事的理解也受到现今文学作品的影响：我们读到的狄更斯，多少难免透过 A.S. 拜雅特、萨尔曼·拉什迪、彼得·克里的滤镜。这三位小说家都用英语写作，但是他们却是在三个不同的大陆读着狄更斯成长起来的；狄更斯长久以来都是英语世界里的"世界作家"。而当我们把狄更斯放到 19 世纪欧洲小说的传统中，看他与歌德、雨果、果戈理、陀思妥耶夫斯基的关系时，我们对狄更斯的理解又会进一步加深。那我们何必就此止步呢？如果我们把欧洲小说与其他地方的小说传统相比较，比如 2 世纪作家阿普列乌斯的讽刺叙事《变形记》（又称《金驴记》），或者《石头记》等中国明清时代的杰作，那么我们就能更好地理解欧洲小说的具体艺术特色和文化语境。

广泛熟知世界各地的小说，对我们欣赏狄更斯或中国的诺贝尔文学奖得主莫言会有很大的帮助；但如果我们没有对自己所读的第一本小说获得某种真正的理解，则无法最终实现这种广泛的熟悉性。在第一本小说之后，我们的知识从第二本、第三本开始慢慢积累，这是一个阐释学过程，从童年开始，从本土传统中流行的作品开始——其中包括本身源自外国的作品。某个读者可能在小时候就知道《格林童话》或者《一千零一夜》了，以至其中的异国风情都显得那么熟悉。如果我们现在开始跨出自己熟悉的作品的范畴，我们当然会为新东西感到惊讶，但为什么就不能借鉴我们最初开始阅读时获得的技巧呢？

这本书正是按照一系列的技巧来编排的；我们需要掌握并不断完善这些技巧来理解并享受世界文学。我们需要意识到不同文化中的文学语境，包括文学的定义——它的创作和阅读模式、社会背景、效果。这是第一章的主题，而例子主要来自抒情诗歌。第二章处理的主题是跨越时间的阅读，它选用的例子是西方史诗传统，提出的问题为：我们如何理解一部古代作品特有的方法和世界观？我们如何评价它在后世传统中的延伸，尤其当这个后世传统也深受其影响？在前两章的基础上，第三章转而探讨跨文化阅读的问题，并以戏剧和小说为例。

第四章讨论与翻译有关的各种有趣问题，这也是世界文学读者必须面对的。我认为，在阅读翻译的过程中，即使我们并不直接懂得原文的语言，也有必要客观清晰地了解译者的偏好。这种阅读方式有助于我们最大限度地从阅读中获益，而且有时候还能让我们看到，文学作品如何在翻译中变得更丰富。

前四章的焦点在于我们如何进入异国文本，后三章则探讨文学作品自己如何走向世界。第五章分析那些以外国为背景的作品；第六章探讨的作品，以欧洲的帝国扩张及后殖民状态为写作的语境；第七章讨论现今全球化世界中的各种新写作模式。最后，本书的结语勾勒出进一步阅读和研究世界文学的方法，涉及的内容从原始文本到理论分析以至新媒体——越来越多的新作正在后一种模式中被生产。

这本书可以单独阅读，也可作为文学入门课程的教材。前几章各以不同文类为主题，可以与以文类为主题的课程搭配，不过每一章所提出的问题也适用于其他文类。此外，本书的论述也大致遵循从古到今的顺序。这也与很多课程的设计类似，不过在某些节点，古代和现代的文本也互相形成对话关系；时间顺序只是组织课程或者阅读计划的其中一种方式。为了让这本书保持合理的篇幅，我对大部分作品的讨论都比较简约，并且对于围绕它们的大量学术研究只是点到即止。本书中的讨论并非详尽的作品分析，而只是对于普遍问题的示例，以及对类似作品做深入研究的入门。

本书希望展示世界文学非凡的丰富性,所以它讨论了各种不同类型的作家,包括古希腊的荷马和索福克勒斯、中世纪印度的迦梨陀娑、平安时代日本的紫式部——一直到2006年的诺贝尔文学奖得主、土耳其小说家奥尔罕·帕慕克。不过,我努力避免堆叠例子;在每一章中,几部(或者一对)关键作品组成了论述的主轴,另外还会简短提及其他著作。这里所举出的例子是为了凸显我提出的问题,并指出作家们所使用的总体策略——这些策略也是今天的读者可以采用的。

本书分析的很多作品都是世界文学课程里的经典篇目,从史诗《吉尔伽美什》到伏尔泰的《老实人》,到德里克·沃尔科特的《奥麦罗斯》。但是,我们也会看到一些比较不知名的作品,我提到它们,既是因为它们是说明某个论点的好例子,也是因为我觉得它们极其引人入胜,希望让更多人读到。这些数量有限的作品提出了一般性的问题;通过对它们进行思考,我们可以对世界文学有恰当而大致的了解。但从此之后,无数巨大的可能性就在我们眼前展开;它们展示了更丰富、更具多样性的视野,这是任何单个的文学传统所无法比拟的。詹姆斯·乔伊斯在《芬尼根的守灵夜》(这大概是所有文本中最具"世界性"的一本书)中幻想了一个理想的读者,他/她"在承受着理想的失眠状态"(120)。由文学作品构成的一个广阔宇宙,驱使我们变成那个理想的读者,梦想着那个理想的失眠状态——试问还有比这更好的对世界文学的定义吗?

第一章

什么是"文学"?

阅读世界文学的第一个挑战，来自文学这个概念本身：在世界各地、在不同的历史阶段，它都指向不同的对象。在最普遍的层面，英文中的"文学"（literature）无非是指"以文字写成"，即任何文字材料。如果你因为持续咳嗽去看医生，她说"让我拿出关于肺结核的最新文字材料看看"，她指的是医疗报告，而非托马斯·曼的《魔山》。即使在较为艺术化的语境中，很多文化都不对虚构写作和其他形式的严肃写作做出明确的区分。法语中的"Belles-lettres"可以作为古埃及术语"medet nefret"的恰当翻译；两者都是"美文"的意思，可用于表达一切讲究修辞的写作，包括诗歌、故事、哲学对话、演讲等。古汉语中的"文"意指辞章，但也有更广泛的意思，包括布局、顺序、恰当的构思等。在欧洲，对文学的理解反映了过往的"人文学术"（humane letters）理念，虽然在整个18世纪都指涉广泛，但也逐渐集中到虚构作品如诗歌、戏剧和小说上来。这种观念如今成为世界主流，影响了包括中文里的"文学"、日语里的"bungaku"和阿拉伯语里的"adab"。

不过，这些术语的内涵和外延仍然具有很大的伸缩度。读者往往只接纳某些诗歌和小说作为"纯"文学，而把哈勒昆（Harlequin）的故事和史蒂芬·金的惊悚小说归为语言上的垃圾食品，因为它们不配与但丁、弗吉尼亚·伍尔夫为伍。离文学范畴更远的要数广告词了。虽然它们很自然地代表了一种极简的诗歌形式，但这些广告词并不是为了审美而作；它们的节奏与韵律纯粹是工具性的，目的是让某个信息在你脑海里生根，让你下次记得买某个牌子的牙膏。

即使在"美文"的意义上,文学的外延也可以很有弹性。伟大的科学家如查尔斯·达尔文、雄辩的散文家如蒙田或林语堂,会让一个关注语言风格、思想表达和叙事的读者获得很大满足。西格蒙德·弗洛伊德还获得过一个重要的德语文学奖——歌德奖,以表彰他的精神分析研究的语言艺术;而且他的著作经常在文学课上与普鲁斯特、卡夫卡和伍尔夫一起被讲授。文学选集现在也会常常选入宗教和文学文本、散文、自传、非小说创作,与占据主体的诗歌、戏剧、小说并列。文学甚至超越了作为本源的"文字"意义,进而包括不识字的诗人和讲故事人的口头创作。电影和电视连续剧带给观众的享受类似于小说带给19世纪读者的愉悦,所以"文学"的确可以从广义上理解,包括声音和视觉叙事,比如电影、漫画和诗歌播客。

<10>

基于文学的这一丰富性,我们应该做好准备,带着不同的预设去阅读不同的文学。如果奥斯维辛不曾存在,或者帕里莫·列维并非真的曾被囚禁于此,那么他那撼人心魄的大屠杀回忆录《奥斯维辛幸存记》定会失去它的感染力。但是对于薄伽丘《十日谈》的读者而言,佛罗伦萨是否曾经真的流行瘟疫迫使人们逃离城市,并在乡间互相讲述污秽的故事根本不重要。而且,除了文学与真实世界的联系之外,还有一个问题,即文学的目的究竟是什么。在世界的很多地方,早期的理论家和实践家就已经不单纯从格律和比喻这些修辞层面去理解诗歌,而是把它看作一种极其私密的诉说形式。据梵文学者谢尔顿·普洛克所言:

> 在前现代阶段,南亚的人们会很明确地把神圣的吠陀经典与后来的所谓 kavya(意指诗人的作品)区分开来;后者相当于我们现代意义上的文学……吠陀经典据说犹如一个主人,给予我们指令;古

代的民俗传说（purana）则像一个朋友，给我们建议；而文学则像一个引诱我们的情人。

(普洛克，《早期南亚》，803—805)

相反，罗马诗人贺拉斯认为文学应该具有公共价值，并在其《诗艺》中提及，优秀的诗应该既甜美（dulce）又有用（utile）。

1790年，埃曼纽尔·康德在其影响深远的《判断力批判》中，淡化了文学的实用价值，并把艺术定义为"无目的的合目的性"（"zweckmäßig ohne Zweck"，173）。大概一百年之后，世纪末的唯美主义者追随康德的步伐，颂扬"为艺术而艺术"的观念，反对艺术为社会、宗教、意识形态服务。虽然文学具有创造属性，但是它很少被看作只具有娱乐或审美价值。约翰·弥尔顿写作《失乐园》具有明确目的，即要让人们认清上帝之道的合理性；而且他对天国之战的表现也有其政治面向，即反映了作者在英格兰内战中的经历。诗人拜伦和雪莱在诸如《唐璜》和《无政府主义面具》中表达了激进的政治观点，这也是马克思主义剧作家贝托尔特·布莱希特在20世纪所做的。即便是奥斯卡·王尔德，虽然拒绝让艺术为任何道德服务，但他推崇唯美主义，部分目的也是为了反对维多利亚时代的观念，即认为艺术家应该遵守自己的社会道德准则——包括异性恋观，而正是这一点，毁掉了王尔德的文学生涯，并导致他因淫亵罪被判监禁。

在西欧与北美之外，文学与政治、宗教写作之间往往很少有严格的区分。波斯的苏菲派和印度的虔敬派诗人，一直都在创作神秘主义诗歌；贯穿19世纪和20世纪，在很多殖民地社会中，人们普遍认为作家理所当然地应该直接参与反殖民斗争，以及随之而来的后殖民时期政治争论。在西方内部，康德的文学无目的性理论也受到马克思主义、新历史主义、后殖民理论的挑战；它们把关注点投向很多西方和非西方作家的政治取向上。

在某个文学传统内部，作家和读者之间会建立一套共享的预设观念，依此来理解不同的作品该如何被阅读；所以有经验的读者会对如何接触一部作品具有共识。评论家可能会赞扬一部关于法国大革命的通俗历史"如小说般引人入胜"，但我们肯定还是会期待它记述的所有事件都基于有据可查的史实，而不是出于虚构。相反，阿根廷作家博尔赫斯的小说就是以看似严谨客观的学术报告著称；但是读者很快会发现，其中出现很多不太可能甚至是完全不可能发生的事情，而且博尔赫斯引用的很多"文献"完全是捏造的，是虚构的一部分。一种比较折中的状况是所谓的"历史小说"，我们期待它符合真实历史事件的大致轮廓，但也容许作者在描述历史人物与事件时运用创作自由，加入虚构的角色与场景。

作家有时候会把文学体裁的实验推向极致，致使我们对一部作品的体裁或者作者的意图做出误判，从而产生混乱，比如奥逊·威尔斯的广播剧《世界大战》，曾引致某些听众恐慌，以为这是关于外星人入侵的真实新闻报道。不过，在一个文化内部，一部文学作品通常会大致符合某种形式，其规则为有经验的读者所懂得，虽然个别作品有时候会改变甚至颠覆这个形式。当彼得拉克和莎士比亚的爱好者阅读华兹华斯的十四行诗时，当然会知道十四行诗是什么（诸如由十四句五步格诗行构成，一般以一到两个主要韵律结构构成，即"彼得拉克体"和"莎士比亚体"等）。当读者有了这些背景知识之后，就能欣赏华兹华斯对这种经典形式的创造性应用，以及对其明显的偏离，比如他改变韵律结构，以实现某种戏剧性效果。我们可能不再知道过往文本的文学背景，但我们往往

‹12›

第一章 什么是"文学"？ 015

熟悉古代传统的某些现代版本。塞万提斯写作《堂吉诃德》，本来是为了讽刺当时西班牙流行的骑士文学；虽然现在很少有读者知道塞万提斯讽刺的古老故事，如高卢的阿玛迪斯或者白骑士蒂朗，但很多人会通过现代化的故事了解这一文学传统，比如亚瑟王和兰斯洛特传奇，当然还有后现代书写或被搬上银幕的改编，如《公主新娘》或者《巨蟒与圣杯》。

但是在世界文学中，我们经常会遇到一些作品，它们所反映的写作模式和预设，与我们各自的本土传统大不相同。熟悉莎士比亚的十四行诗，并不能帮助我们欣赏加扎勒（ghazal，一种在波斯和印度流行多个世纪的抒情诗）独特的戏剧性，因为它有自己的一套规则和语境去定义诗人如何通过极具反讽性的诗歌，表达爱与渴望、倾诉哀伤。就像刘易斯·卡罗尔笔下掉进兔洞的爱丽丝，我们需要做好准备，去面对一个陌生的世界，这里充斥的各种人物，其行事都依循与我们的世界截然不同的规则。这种差异既引人入胜，又令人困惑（"变得越来越奇异了"，如爱丽丝所言）；正是这种差异创造了一个与我们日常熟习的文学观不同的"仙境"——不过，富于创造性的作家本来就致力于让我们身边的世界变得奇异，来自异国的文学不过是加强了这种奇异感而已。

文本的世界

具体文类变化万千的范式之外，不同文化往往对文学的性质和社会角色有独特的理解模式。在过去几百年中，大量——虽然并不是所有——西方文学都具有鲜明的个人主义色彩。很多现代小说专注于男女主角的个人发展，并往往与社会构成对立。这其中包括乔伊斯笔下的逃离社会制约的史蒂芬·达德勒斯，或者福楼拜笔下悲惨地被社会压迫的艾玛·包法利。如哈罗德·布鲁姆在《西方正典》中所言，大部分的西方文学都是"个体思考的反映"（34）。

长期以来，西方的歌词都采用个人思维，如下面这首歌词，它的作者不知名，出自1530年英国的一本歌谣集，虽然它的历史可能更古老：

> 西风啊，你什么时候吹起，
> 让细雨下起来？
> 天啊，我多么希望我的爱人能在我怀里，
> 而我再次在我的床上！
>
> （伽德纳，《新牛津集》，20）

这里我们仿佛偷听到一个失落的爱人在抱怨，但叙述者并非对我们或者任何人，而是对着风在倾诉；而且即使风也是不在场的。这首诗一般被称作《西风》，有时候还被赋予一个带有描述性的标题——《恋人在冬天渴望春天》，从而把诗歌明确定位在中世纪晚期、现代初期的英格兰四季节奏中：我们可以想象，叙述者在冬天离开家乡（可能在做买卖，或者在城市谋生），但需要在西风带来春雨的时候回家耕作粮食。这些场景都是有可能的，可是我们无法获知这个旅行者是在户外还是室内；是在路上跋涉还是从旅馆窗户望向外面；是大声倾诉还是只不过在内心默想。即使叙述者的性别也是不确定的；因为这是一首用于演唱的歌，所以恋人的性别也会因歌手的性别而定。

《西风》潜在的口语性质甚至显现在其印刷版本中。它的节律似乎在四拍和三拍之间转换。这种格律被称为"歌谣体"，因为它经常被用在歌谣中。然而在实际演唱时，这种格律完全是不规则的；歌词会被谱成4/4拍子的音乐，以两节为一组，一共四拍子。根据具体的音乐，较短

的第二和第四行有可能会在第八拍上稍做停顿,让歌者有时间呼吸;又或者为了达到戏剧化效果而延长某个关键词。这正是 1530 年歌谣集采用的手法,其中风吹的效果,通过给予"吹"整整一拍子来表现;而在最后一行诗中,多出来的一拍子用来强调(英文原诗中的)倒数第二个词,那引起情色遐想的"床"。

  现代流行音乐中类似的表现手法也比比皆是。比如巴布·马利,就是一位善用极有规律的附点节奏表现长度变化多端的诗行的技巧大师。他的歌往往是每句八拍子,安排成十六拍子一对,但他经常为了戏剧性效果而在固定的韵律内压缩或者拖长某些词。比如他的歌《四百年》,在哭泣者乐队的回应与低吟中,马利唱出如下三到十二个音节不等的歌词:

  四百年(四百年,四百年,喔—噢—噢—噢)
  都是一样(喔—噢—噢—噢)——同样的哲学
  我说过已经四百年了;看,多么久
  (四百年,四百年,喔—噢—噢—噢)
  而人们(喔—噢—噢—噢)他们仍然看不到。

  为什么他们要跟今天可怜的年轻人作对?
  没有这些年轻人,他们会消失——全部迷失。

(马利,《四百年》)

  如果你聆听这首歌,你会发现表面上不规则的诗行全部都有八拍子,并在每节诗第二和第四行的结尾押韵,就跟《西风》一模一样。马利远远超出英语歌谣集对"风"与"窗"有节制的强调,给予第二节诗"今天的"和"全部迷失"整整八拍子,赋予它们一种令人难以忘怀的效果。这首歌的开端同样利用声音与意义的互文关系:他以八拍子表现四个音节

"四百年",先是以他自己清澈的男高音唱出,然后是哭泣者乐队轻柔的重复;这种手法戏剧化地表现了漫长的奴隶制和它的后果。

在阿根廷诗人阿历杭德娜·皮扎尼克1965年所写的一首谜一般的诗《为你命名》("Nombrarte")中,我们进入了一个从格律到主题都极其不同的抒情世界:

> No el poema de tu ausencia,
> sólo un dibujo, una grieta en un muro,
> algo en el viento, un sabor amargo.
>
> [不是那首关于你之缺席的诗,
> 只是一段草稿,墙上的裂痕,
> 风中的某物,一种苦味。]
>
> (皮扎尼克,《炼石》,98)

‹15›

在很多方面,皮扎尼克的诗都跟《西风》和《四百年》截然不同。它跟马利的歌一样没有固定节律或每行的音节数,但它完全抛弃押韵,从而更远地偏离传统抒情诗。它是被用来阅读而非诵唱的;它的效果既诉诸语言,也诉诸视觉:墙上的裂痕,暗示破裂的关系,是对第二和第三行诗中不连贯语句在视觉上的呼应。一个16世纪的诗人甚至完全不会认为这是诗,而且《为你命名》的确从一开始就明确地说,这"不是那首关于你之缺席的诗",即使之前某个诗人曾经写过。这首诗不包含任何运动,没有预期的结局,甚至连一个动词都没有。在这里,我们感受不到让恋人重逢的醉人春风,而只有不怀善意的风,不为任何人带来任何好处,只留下苦楚的回味。

虽然有这么多不同,但《为你命名》却在一些重要方面与《西风》相似。我们看到一种孤零零的境况,完全没有巴布·马利的哭泣者乐队通过低吟回应和加强前者的歌声所营造出的那种群体氛围。就像那位古代英国诗人一样,皮扎尼克给予我们的,是一个独语者,沉溺于对恋人的思念;我们仿佛置身独语者的脑海中。没有任何人在场,诗人也基本上没有暗示周边的环境。她——还是他?——可能只不过是在想着墙和风,或者在凝视有裂缝的墙时感到一阵凉风:这一切都是不确定的,因为诗的焦点在于独语者的内心戏剧。

在以上这些例子的基础上,我们或许可以认为经典的抒情诗(或许与更加具有社会属性的流行音乐相反)本质上包含着一种"个体思维";但当我们把目光转向古印度的爱情诗时,一个更加具有社群性的场景就展现在我们的眼前。这可以从下面一首大概写于公元 900 年前的抒情短诗中看出来:

> 谁不会生气地看到
> 他亲爱的妻子的下嘴唇被咬破?
> 你蔑视我的警告,不要去嗅
> 有蜜蜂的莲花。现在你得受罪了。
>
> (英格尔斯,《韵光》,102)

粗略看来,这首诗似乎只距《西风》和《为你命名》一步之遥。我们同样偷听到只有一个言说者,虽然这里他/她正在对别人说话,显然是一个密友伤了自己的嘴唇,正担心她丈夫会对她破损的相貌不快。这首诗以"自然"(Prakrit)的方言写成,通常由女性或者仆人使用;而上流社会的男性会使用更精致考究的梵语;所以诗的语言本身,以及言说者的坦诚态度,让我们可以确定她是一位女性密友。虽然这首诗的场景稍有扩充，包括了受伤的妻子，但她是沉默的，而且我们只有极有限的信息，去猜测故事的发生地。这段对话可能发生在莲花盛开的花园里，也可能只是发生在室内，因为言说者可能正在照料她朋友受伤的嘴唇。

如果我们按照阅读西方诗歌的习惯来阅读这首诗，我们可能会认为，它的主旨是描述妻子的情感状态；我们可以从诗的结尾得到这方面的暗示，因为它强调妻子因丈夫生气而遭罪。然而这么看来，这首诗就显得颇为单薄和乏善可陈，而且最后突然提到的受苦似乎也有点多余。被蜜蜂蜇到，充其量只是暂时的烦恼，而且应该引起一个正常的丈夫的同情而非怒火才对。我们是不是会想象妻子嫁给了一个经常虐待她的丈夫？他不给妻子拿来润唇药膏，反而因为妻子嘴唇受伤，不能亲吻他而发怒吗？从欧里庇得斯到乔伊斯·卡洛·奥茨，西方有一个描述施虐伴侣的悠久文学传统，但这种解释在此也行不通。妻子的朋友并没有责备丈夫，而是强调任何丈夫看到妻子受伤的嘴唇都当然会生气。为什么这位朋友不对那位妻子表达更多的支持呢？

如果我们继续往下读，谜底就解开了；很多梵文抒情诗作都是关于婚外情的。而且，印度诗人经常提到在激情中留下的咬痕、刮痕，作为泄密的印记。从这首诗开端的两句，读者或听者马上就会注意到隐含的情景：妻子的情人不小心在她无法隐藏的部位咬了她一下。丈夫的愤怒，以及妻子的受苦，自然会由此明显的错误引发；而诗人的技巧，正表现在他对一个经典文学主题的戏用。

这就是我们从一本梵文爱情诗集中可以读出的内容，但是我们也可以参考更加具体的注释，因为在梵文传统中，学者—诗人们写过细致地论述诗歌语言的文章。其中最伟大的一位梵文诗学家欢增，就曾经引用这首诗作为诗歌暗示性的范例。欢增的追随者阿毗那婆笈多，在约公元

1000 年注释前者的论述，对这首诗提出更详细的解释。他的诠释表明，这种诗歌被认为带有极强的社会性，因为阿毗那婆笈多完全不认为这首诗只描写了这对朋友，而不包括其他人。相反，骤然看来像是一段私人对话的这首诗，其实充满了社会的戏剧性：

<17>

> 这节诗的意义如下：一个不忠的妻子的嘴唇被她的情人咬伤了。为了不受丈夫的责骂，她正在被一个聪明的女性朋友教训，后者知道丈夫正在附近，但是装作看不到他。"现在你得受罪了"，表面上这句话是对不忠的妻子说的，但它其实是对丈夫说的，告诉他这位妻子没有犯错。
>
> （103）

阿毗那婆笈多的诠释马上把这首诗带离了我们所熟悉的那个专注于个体的西方抒情诗传统。在这个层面上，我们仍然可以在薄伽丘和莫里哀的作品中找到呼应：他们经常让不忠的女主角和狡黠的仆人采用双关的语义，让不同的听者听出不同的意思。但是阿毗那婆笈多对这一场景的诠释才刚刚开始。"还有一个暗示，"他继续说，"是说给邻居听的，以免这些邻居听到妻子被丈夫虐待时会怀疑她做错了什么。"所以邻居也在场？其实还不止邻居："还有一个暗示，是说给同一个丈夫的另一个妻子听的，后者会为自己的对手受虐而高兴，也会乐于听到她不忠的消息。而暗示的信息正在于'亲爱的妻子'的'亲爱的'这个词中，因为它表明这位妻子才是更吸引人的。"阿毗那婆笈多发现了——或者发明了——另一个妻子，并认为说话的人正在告诉她的朋友："当你想到自己在另一个妻子面前被指责作风不端时，你不应该觉得羞愧，而应该为自己感到自豪，并且让自己焕发光彩。"

到现在，这个花园已经变得颇为拥挤了，但还有更多的人呢，因为阿毗那婆笈多认为，连妻子的情人都在场："还有一个暗示，是给妻子的秘密情人的，'今天我救了那个偷偷爱你的人，你下次再也不要在这么明显的地方留下印记了'。"最后，还有一个信息："所有附近的聪明人，都看得出说话者的聪明之处，（仿佛她在说）'我就是这么隐藏秘密的'。"（103）显然，这一切离我们所熟悉的诗学传统，那个孤单的恋人渴望春天的传统，非常遥远。

英文和梵文抒情诗之间的差别虽然重要，但只是属于程度上的，并没有反映什么东西方之间绝对的、不可逾越的鸿沟。一些西方诗歌涉及两个或更多人物，而梵文诗也并非每一首的场景都如阿毗那婆笈多所描述的那么拥挤。即使是在这首诗中，其关键也在于醋意满满的丈夫正在偷听，它是整首诗的戏剧核心所在。我们很难确定花园里面是不是真的有这么多人，以及妻子的情人是否躲在树后面。当阿毗那婆笈多把"亲爱的"这个词诠释成暗示了还有一个没那么受宠爱的妻子在旁，他可能正在放纵于一个学者常受的诱惑——在一首诗每一个词中都想要找到某些特殊的意义。这种冲动在两千年前的希伯来《圣经》诠释传统中已经出现了；《圣经》的每一个语法成分、每一个特殊的拼写方法都被穷尽，以期找到某些深刻的真理。到了现代，牛津大学和耶鲁大学的教授们又擅长在济慈诗歌最细微的转折处找到意想不到的意义。诗人很可能并不是在描述一夫多妻的关系，而使用"亲爱的"只是为了表现嫉妒的丈夫是多么介意。或者，可能诗人只是需要多一个词来填充诗行。但是，无论我们对阿毗那婆笈多的诠释持多少保留态度，他的论述至少表明，这首诗中包含的社会性比西方读者所预期的要多。意识到这种差别，能让我们领会那些貌似无法理解的元素，也令我们得以欣赏到这首诗如何借助它固有传统的资源而变得令人着迷。

在阅读世界文学时,我们需要注意到异国情调和同质化的危险,这属于两个极端——一个强调差异,一个强调共性。如果我们认为这首梵文诗是某个神秘的东方世界的产物,那里的艺术家天真而缺乏逻辑,又或者那里的人有一整套与我们完全不同的感情,那我们不会获得阅读的真谛。在这种预设下,我们可能会把这首诗看成是可爱但无意义的,过分戏剧化了一件小小的不快,而这只有印度读者才能欣赏;又或者它印证了一种不应为现代社会(无论是在印度还是别处)所接受的男权主义。同样,我们不应该觉得这位古代诗人和他的读者"就跟我们一样",遵循同样的规则,分享一些我们在一首现代诗中经常读到的、关于家庭暴力的文化预设。我们需要充分认识一个传统,以便对其语境和关于世界、文本、读者的预设达至总体上的了解。

阅读这首梵文诗歌,可以阐明一种把握异域作品差异性的基本方法:在看起来不合逻辑、过度渲染,或者单薄得奇怪的地方稍做停顿,问一下这究竟是怎么回事。当然,并不是所有这样的地方都包含重大的意义,因为可能只有凭借一些我们缺乏的专门知识才能澄清令人困惑之处,又或者诗人的确偶有失手——正如亚历山大·蒲柏所言,即使荷马也有打盹的时候。但是对于任何陌生作品来说,尤其那些来自遥远的古代或异国的作品,一种恰当的态度应该是,那些骤然看来令人困惑或者荒谬之处,恰恰是开向作者独到灵感的窗口。当我们读到作者意外地强调丈夫的愤怒时,稍做停顿,然后看看同一个传统中的其他作品是否有类似之处,我们会发现妻子受伤的嘴唇所带来的真正麻烦。由此我们才能看到,诗人是如何巧妙地利用其文化传统,以独特的方式表达出其实是普遍性的主题。

作者的角色

如果不同的文化对文本所涉及的世界有不同的理解,那么它们对文本的创作方式也有不同的理解。在一直可以追溯到柏拉图和亚里士多德的西方传统中,文学是一个诗人或者作家"制作"出来的——这种观念被植入"诗"(poetry,来源于希腊语的 poiēsis,"制作")和虚构(fiction,来源于拉丁语的 fictio,"制作")这两个根本性的语汇中。这种"文学—作者"的观念,强调作者拥有最高的创作主体性,但也把文学放置在了一个接近于非现实、虚构甚至谎言的位置。这正是柏拉图在《理想国》中要把诗歌逐出理想城邦的原因;然而,亚里士多德却认为,诗歌比历史写作更具哲学性,因为前者能传达不受日常偶然性影响的更高的真理。

与此形成对比的是,很多文化都认为文学深深植根于现实,既不高于也不低于读者自身所处的现实世界及其道德维度。这些文化认为,作家并不是在虚构,而是在观察、反思他们身边的事物。宇文所安在讨论唐朝诗学的时候就强调这种区别。在他的《中国传统诗歌与诗学:世界的征象》中,宇文所安引用了 8 世纪诗人杜甫的一首诗:

  细草微风岸,危樯独夜舟。
  星垂平野阔,月涌大江流。
  名岂文章著,官应老病休。
  飘飘何所似,天地一沙鸥。

(杜甫,《旅夜书怀》)

[20] 和前述的梵文诗歌不同，杜甫的诗描写了一个孤零零的观察者的独白。在这个层面上，它跟许多西方诗歌都很相似。但是，言说者是他周围的自然世界的一部分，这一片自然景观并没有从诗人内心关于疾病、衰老和政治失意中淡出；相反，它的细节与诗人的忧戚与记忆一一对应。如宇文所安所言，杜甫的诗句"可以被看作一种特别的日记，与平常的日记相比，它在表现某个时刻的体验时情感更浓烈、更私密"（13）。这首诗的读者在这种逼真、直接的描绘面前，会把言说者看作杜甫，而非某个被创作出来的"虚构"人物。唐代诗人往往认为，他们的任务是取法诗歌传统，把个人经历和思考以艺术手法进行塑造，然后赋予恒久的价值，再传递给读者。

西方作者的想法则很不一样——他们往往强调自己在艺术上是独立于身边的世界的。他们经常坚持自己的作品不做宣告性的陈述，有时候甚至声称其并不表达任何东西。阿齐博尔德·麦克利什在1926年就曾宣布："一首诗不应该做传达意义的工具／它应该就是它本身。"（《诗艺》，847）三个半世纪之前，菲利普·锡德尼爵士表达了类似的看法："对于诗人来说，他既然并不确认任何事情，当然也永远不会说谎。"（锡德尼，《为诗申辩》，517）相反，杜甫的读者一定深信，他在确认其经历的真实性；他的确在晚年的流放中写成这些诗，也的确在那一晚看到了月下微风中的细草，还有孤零零的沙鸥。在《为诗申辩》中，锡德尼认为，诗人的任务是"造假"；而杜甫的同时代人则认为，他感悟到了苍天、大地、细草、沙鸥和诗人之间的共鸣。

跟梵文传统相似，中国诗歌与西方传统的差异表现在程度上，而非品类上。杜甫的读者明白，诗人从来不会仅仅是简单地复制眼中所见；中国古典诗歌是精致的构建，在其中，诗人挑剔地把身边世界的各种元素，采用悠久的意象、比喻和历史典故，编织成诗的形式。同样，即使强调虚构与技巧，西方作家鲜有像阿齐博尔德·麦克利什那么极端，认为他们的作品并不具备认知意义——而且这个立场对于麦克利什来说也是自相矛盾的，因为他的诗本身就恰恰是具有意义的表达。

在西方的传统中，经常有诗人以相似的方式叙述他们的经历。早在公元前 7 世纪，伟大的希腊诗人萨福在讲述一个她爱的女人与一个俊美的年轻人调情时，仿佛就在描述她自己的感受：

<21>

> 我觉得
> 无论谁坐在你身边，靠得很近，
> 听着你甜美的话语
> 和诱人的笑声
> 都仿佛得神的眷顾；
> 每当我匆匆一瞥，
> 我的心在胸中摇漾——
> 我不发一言，我的舌头已断，
> 一团细火在我皮肤下蔓延，
> 我目不能视，耳际轰鸣，
> 冷汗浃背，
> 浑身战栗，
> 我比草还绿，
> 似乎无需再多的刺激
> 已足以令我死去。

(萨福，《断章 31》，304—305)

不过即使在这里，萨福还是把写实的观察与纯粹修辞意义上的比喻混合在一起。她可能"嫉妒得变绿了"①，但是她大概不会比草更绿。她可能失声了，但她的舌头并非真的"断了"。她感到脸红，在耳边听到鸣响，但她应该没有变成一团燃烧的火焰。

不同的阅读模式

杜甫和萨福之间的反差，部分地反映了各个文化里诗人对自身理解的不同，但这也是阅读和接受模式的不同。在比较中国和西方对诗歌的预设时，宇文所安把杜甫的夜景描写与威廉·华兹华斯的十四行诗《1802年9月3日，写于西敏寺桥上》放在了一起。和杜甫一样，华兹华斯也在细细体味眼前的景色：

> 人间再无比这更美的景致了；
> 谁目睹如此壮美的一幕
> 而无动于衷，那真是麻木的灵魂；
> 当下的这座城市，仿佛一件衣裳，
> 缀满清晨之明媚；寂静，坦荡
> 船舶，高塔，穹顶，剧院及教堂
> 全都在澄澈的天空中，明亮耀眼。
> 在无烟的天空中晶亮而闪烁。
>
> （华兹华斯，《诗选》，1：460）

---

① "Green with envy"，英语中约定俗成的描写嫉妒的说法。（本书页下注皆为译者注）

虽然诗题包含了具体的信息，但宇文所安认为，"华兹华斯是真的目睹这一景象，还是约略记起它，还是根据想象构建出这幅图景，都并不重要。诗中的词语并不指向某个历史时刻的伦敦和它的各种无限的细节；这些词语把你带向某些别样的意味，它与泰晤士河上的船只数量毫不相干。这种意味很飘忽，其全部内涵永远难以捉摸"。无论这首诗的主题是独处时的洞察力，或者自然与工业化社会的对立，或者别的什么，宇文所安认为，"文本指向多种可能的主题，但就是不指向1802年9月3日清晨的伦敦"（宇文所安，《中国传统诗歌》，13—14）。

但是为什么这首诗不能被理解成关于1802年9月3日清晨的伦敦呢？的确，华兹华斯并没有让我们细数泰晤士河上的船只数量，但是杜甫也没有要我们数草叶的数量啊。华兹华斯这首十四行诗的结尾，不断强调他所记述的这个时刻的独特性：

  太阳初升的光辉
  从未如此壮丽地渲染着山谷、岩石或丘陵；
  我从未目睹、从未感受到，如此深邃的宁静！
  河流自由自在地流泻；
  亲爱的神！这些房屋仿佛在沉睡；
  而那颗心在静静地躺着！

               （1：460）

在这些诗行里，华兹华斯邀请他的读者来分享他眼前所见的景色。他固然可以在事后很久才记录他的印象，或者干脆完全虚构出这个场景；而杜甫也有可能完全臆想出那个夜晚的场景，或者在第二天记录它。个中区别，既在于诗人的创作手法，也在于读者的预设。

这些预设既会在同一个文化的不同历史时期中发生变化，也会因文化之间的差异而有所不同。在 19 世纪，读者一般把浪漫派诗人的诗作看成是他们个人经历的反映。济慈作于 1819 年的《夜莺颂》，提到他"有点爱上了舒适的死亡"（济慈，97）；这被认为是表现了患肺结核的诗人的惆怅心情，此时年轻的他正感受到即将到来的死亡。近世的读者有时候更倾向于强调这首诗的修辞技巧——在颂歌的结尾，叙述者并不确定他是否真的听到了一只夜莺的歌唱，还是只不过"产生了幻觉或发白日梦"——但济慈的同时代人确信，在暮色中，一只真的夜莺的歌声从其狂喜的灵魂中喷涌而出。正是这歌声感动了诗人，促使他沉思美与死亡的真谛。

中国诗人经常为日常应酬作诗，但为具体场合写诗，在西方也有悠久的历史。拜伦就曾用诗歌记录了他的很多经历，比如《今天我过完了自己的第三十六：迈索隆吉，1824 年 1 月 22 日》——这首诗的效果取决于读者是否知道，拜伦的确在标题中提到的地方写这首诗，他当时正在那里为希腊的独立而战。即使当拜伦描写中世纪骑士或西班牙花花公子时，他的"拜伦式英雄"也显然是他自己的化身。少年哈罗尔德的沉思，还有唐璜的风流韵事，都直接被看作拜伦的日记篇章，而这种观点也在诗中很多反讽式的旁白里得到印证。

另一方面，20 世纪的大部分时间里，文学批评家常常选择把文学作品看作自成一体，完全独立于我们的生活体验，即新批评派的威廉·维姆萨所说的"语象"，这种实体的意义应该完全限定在作品内部。但是自 80 年代起，文学研究又不断地把作品放回到它们原有的社会、政治、传记性语境中；而在这种诠释中，华兹华斯的十四行诗究竟是不是写于 1802 年 9 月 3 日这种问题，又重新变得重要起来。

其实，它可能也不那么重要。当华兹华斯在西敏寺桥上被伦敦清晨的景色震撼时，他的妹妹多萝西陪伴在旁，并在其1802年7月27日的日记中记录下了这一幕，这是华兹华斯诗题所载日期的六个星期之后：

> 在诸多不顺和烦扰之后，我们于周六早上五点半至六点之间离开伦敦……我们在查灵阁登上多佛列车。那是个美丽的早晨。当我们通过西敏寺大桥时，整个城市、圣保罗大教堂、泰晤士河，还有无数的小船，构成了漂亮的图画……甚至有一点自然本身的宏伟景观带来的纯粹感觉。
>
> （华兹华斯，《日记》，194）

日期的变化表明，这首十四行诗毕竟不是为具体场合而写的，华兹华斯并不是在体会到这些情景时创作了它；虽然这首诗的初稿写于7月，华兹华斯后来把时间往后推，也体现了一层重要的意义。7月末，他正搭乘多佛列车前往法国居住一个月；他曾于1791年至1792年间在那里住了一年，而那正是法国大革命前期风起云涌的日子。当时他还和革命者们一样，热切地期待激进地重造社会，只是在随之而来的雅各宾恐怖专政以及后续的拿破仑统治中步向幻灭。

当华兹华斯住在大革命中的法国时，与一个名叫安妮特·瓦隆的法国女人陷入了热恋。他们生下了一个女儿，取名卡洛琳；后来华兹华斯的家人坚持要他回国，这段恋情也至此告终。1802年7月，他在英格兰订婚之后，重回法国与安妮特处理分手后的事宜；这也是他十年里第一次再见到女儿。在这段旅程中，他写了一系列的十四行诗，其中充满了对革命的痛惜，同时也隐含了自己与安妮特失败的恋情，还有短暂重见他们的女儿所带来的悔意。例如，卡洛琳作为无名的孩子，出现在以加莱海滩为背景的十四行诗《这是个美丽的夜晚，宁静、自由》中：

> 亲爱的孩子！亲爱的女孩！你正和我在这里散步，
> 如果你看起来没有受那些严肃想法的感染，
> 你圣洁的本性也并不因此稍有减损：
> 你一直躺在亚伯拉罕怀中；
> 在神庙最圣洁的神坛中的敬拜，
> 上帝与你同在，即使我们并不知道。
>
> （华兹华斯，《诗选》，1: 444）

如果从自传的角度来看，这首诗表达了华兹华斯既释怀又矛盾的心情：卡洛琳虽然没有他的陪伴，但是过得很好；虽然他只能偶尔去看望她一下，但是她还是能一直得到亚伯拉罕的庇佑。

在结婚之前再见安妮特，肯定不是一件容易的事情；华兹华斯在待了一段时间以后，也想要离开了。在十四行诗《1802年8月，写于加莱附近的海边》中，他渴望回家："我心中满怀对祖国的担忧，以及动情的叹息，却流连在那些并不爱她的人中间。"(2: 40)另一首相关的诗，《登岸那天，写于多佛附近的河谷》，以如下的句子开始，表达了他回归英格兰的感受："这里，在我们的故土，我们又一次得以呼吸。"替代被留在法国的女儿的，是正在玩耍的英国男孩们，看到他们，华兹华斯感到安慰："那些男孩，穿着白色袖子的衬衫，正在草地上玩耍；呼啸的海浪拍打在崖岸上——这一切，感觉是那么英式。"在与少年时代的恋人短暂重聚之后，华兹华斯回到家乡，与另一个女人——他的妹妹多萝西——经历了"一小时的完美愉悦"：

> 你是自由的,
> 我的祖国！你的欢乐和骄傲
> 足以带来一小时的完美愉悦,
> 让我再次走过英格兰的草地,
> 并和身边如此亲爱的伴侣一起聆听、观看。
>
> （2：43—44）

所以，华兹华斯也跟杜甫一样，在记述他个人的经历和观感，而非表现一个想象的角色的思想。的确，他只是含糊地触及他的罗曼史；虽然他记录了详细的日期和地点，但是这些十四行诗从没有直接提到安妮特、卡洛琳，甚至他自己妹妹的名字。相反，华兹华斯把自己私生活中的戏剧性，转换为英国式的宁静、自由与法国式的动荡与专制。但是杜甫也一样，往往对自己不幸的根源——政治上的失意和被流放——语焉不详；他从没有提到皇帝或者自己的政治对手，就像华兹华斯隐去安妮特和卡洛琳的姓名一样。

由此可见，诗人在中国与英国传统中的角色的根本区别，既在于创作方式，也在于阅读方式。而由此产生出的作品，读起来也的确很不同，因为它们对我们提出了不同的要求，也预设我们有不同的阅读习惯。杜甫的诗歌与他的生活密不可分，而把华兹华斯的诗作与他的传记对照着读，则是读者自己的选择——文本虽然有所提示，但是并没有发出这么明确的信息。华兹华斯提到"亲爱的孩子"和"亲爱的伴侣"，而非卡洛琳和多萝西的名字，可能意味着他的自白只做了一半，但也可能是他故意给予读者有限的视角去观察他的生活。读者不应该被过多的私生活细节分散注意力，因为华兹华斯会觉得，这是过度的自我表现。通过把身份模糊化，华兹华斯希望他的十四行诗能在读者中引起更强烈的共鸣；我们可以把自己的情人、孩子和伴侣代入其中。于是，改变西敏寺桥十四行诗的日期，就不是出于自传方面的不可告人的考虑了。华兹华斯重新设置它的日期，让它发生的时间更切合诗歌的意境，即释然的回归之后，而不是焦虑的出发之前。华兹华斯即使在自传性的十四行诗中都会改变他生活的史实，说明他的诗学仍然是在把诗人看成虚构者的西方传统内部运作。

<26> 杜甫最著名的诗作，包括一组以"秋兴"为题的抒情诗。这些诗中的部分句子仿佛是出自华兹华斯的十四行诗："千家山郭静朝晖，/ 日日江楼坐翠微。……/ 故国平居有所思。"

虽然杜甫和华兹华斯可能在这类观察中很相似，但是他们的方法却截然不同。为了实现特定的诗意，华兹华斯把《西敏寺桥》的时间从夏天移到秋天，但这种改变在中国传统中几乎是不可想象的。杜甫永远不会在仲夏时节写一组秋兴诗。这种挪置几乎肯定会导致荒谬的后果，因为中国诗歌对季节的转移非常敏感。草木、季节性活动和其他各种事物都需要改变。即使有了这些改变，一首描写夏季的诗的氛围也会与秋天的背景格格不入，所以一个夏季的场景根本就不能被装扮成发生在秋天。

什么是"小说"？

在具体作品的层面之外，各种文类之间的关系在不同文化的文学生态系统中也各有不同。例如，西方读者早就习惯于把诗歌和散文做明确的区分；"散文性的"和"诗歌性的"这类词汇一般都被看作两个极端。在19世纪末，很多作家开始尝试打破这种对立，可以创作诗意的散文，有时甚至创作"散文诗"。然而这些实验都属于例外而非典型,当我们(西方读者)阅读其他文化中明显地糅合诗歌与散文的作品时,都需要一定的准备工夫才能适应。

在所有虚构性散文作品中,其中最伟大的一部当数创作于1000年前后的《源氏物语》。这部作品出自一个生活在日本皇宫、以紫式部为笔名的女人之手。她在这本书的五十四章中穿插了将近八百首诗,而西方读者并不总是能够理解这种糅合手法。在1920年代,第一个把《源氏物语》翻译成英文的阿瑟·韦利直接把大部分的诗都删掉了,而余下的诗则被译成散文。这样一来,韦利把《源氏物语》塑造得更像一部欧洲小说——或者可以说,是一部为成年人所作的精致的童话。他的处理手法充分体现在他为书的扉页选择的题词上,它并不出自任何日本文学,而是来自17世纪的法国作家夏尔·佩罗。韦利甚至引用了他的灰姑娘故事的法语原文("是你吗,我的王子?"她说,"你让我等得够久啊!")。在这里,灰姑娘的英俊王子置换了紫式部的光源氏王子;诗句强调了女主角的冷淡沉着,而其直白的表达也颇不符合日本的韵味。

韦利选择删去原文中的几百首诗,与这本书传统的接受史可谓南辕北辙,因为在日本,紫式部的诗歌向来被认为是这本书的核心。早在12世纪,大诗人藤原俊成就认为,任何人要想成为诗人,都必须细读《源氏物语》(泰勒,"序论",页 xiii)。人们经常没有耐心去顾及冗长的叙事整体,但会读那些与大家喜爱的诗相关的故事选段。日本文学界对诗歌价值的崇尚,对作为散文作家的紫式部有深远的影响。她的故事是围绕诗的意境构筑起来的,而且相对而言,她对人物性格的发展,故事情节的开端、中段和结尾这些西方小说的核心要素都不太感兴趣。故事中的主要角色源氏和他的爱人紫姬——紫式部这个笔名正来源于此——在

‹27›

全书进展至三分之二的篇幅时去世，然后叙事又以下一代的人物重新开始。故事讲到第五十四章时，出现了一个试探式的停顿，但这完全不是西方小说的读者所期待的结尾。紫式部有可能打算在未来的某天继续讲这个故事，但一个高潮般的"小说式"结局，似乎根本就不在她的整体规划之中。

紫式部对她笔下人物的刻画手法，也是出于诗意的考量多于小说的需要。不同的角色往往甚至都不是通过名字区分，而是通过一组组时常变换的别称来指代，这些别称来自人物曾经引用过或者创作的诗句。比如"紫姬"根本不是一个真名，而是来自一种带有紫色花的植物，它和紫藤一起出现在好几首与源氏情史有关的诗中。其实，"紫姬"最初是作为源氏的初恋、藤壶中宫的别名出现的，只是后来才被转到她的侄女、小说的女主角身上。自韦利开始，大部分译者都为每个人物赋予固定的名字，但是在原文中，只有地位较低的小人物才有固定的名字。"光源氏"大部分时候都是以一系列不同的别号指代，而"源氏"这个词仅仅指姓源之人——这是他的天皇父亲给予作为私生子的他的姓氏。换言之，源氏只是一个姓源的人，一个被排除在皇室之外的宗亲。虽然紫式部鲜活地塑造了她的主要人物，他们始终具有普遍性；这种普遍性体现在一代又一代人之间相似的关系模式上，也体现在人物之间的友谊、渴望、竞争和梦想之中，并在层层叙事化的诗境中逐渐浮现。

<28> 紫式部的创作既遵守也革新了一种文类，即"物语"，通常可译作"罗曼斯"或"故事"。这些长篇散文叙事作品常常充斥着鬼魅邪魔和奇幻事件，通常发生在遥远的过去；它们不单要与高高在上的诗歌，还要与历史竞争。再者，日本诗歌和历史学著作都曾经处于中国文化的影响之下。就如拉丁文在中世纪的欧洲一样，中文为日本上层人士修习和使

用,而女性一般不会有机会学习中文,遑论获得以中文创作文学的能力了。所以以日语写作的物语就在女性作者与读者之间流行开来,正如18世纪的法国小说,或者今天的"鸡仔文学"(chick lit)一样;这些文类往往被认为是不太严肃的娱乐,其道德价值也值得商榷。

了解这个语境很重要,但是这并不需要专业的研究,因为紫式部在故事中就已经为自己的写作做了明确的辩护:在第二十五章中我们可以看到,源氏家里的女眷在春天多雨的日子,会读插图浪漫故事自娱自乐。源氏在他的一个年轻女眷玉鬘的房间里,恰巧碰到她正在翻阅其丰富的插图浪漫故事收藏。玉鬘号称是这些故事"最忠实的读者",于是他们展开了关于这些故事的价值的含蓄争论。紫式部很明显在用这个场景来肯定物语的价值,但同时也批评了它在当时的局限性。我们得知,玉鬘"整日沉迷于阅读这些图画故事;书中女子多命运奇特,但是竟无人像她这般命苦"(紫式部,《源氏物语》,190)。紫式部在这里暗示了她所写的故事属于新派写实主义,与她大部分写男性的前期作品形成鲜明对比。

但是,源氏甚至怀疑女人能不能成为好的读者,更遑论好的写作者了。他四处闲逛,见这些书画四处散落于玉鬘的房间:

> 源氏留意到那一大叠图画和文字。有一天,他终于说:"此等东西真有点讨厌。你们女人似乎天生就乐于被骗,明知这些老旧故事里没半句真话,但却偏偏被这些琐碎无聊的东西俘获,还把它们写下来,梅雨把头发弄得蓬乱,都全然不顾。"

但是在给出这种颇有性别歧视意味的判断之后,他又立刻承认它们还是有价值的:"我必须承认,在这些虚构情节里,还是有其富于情味和可

<29>

第一章 什么是"文学"?　　037

信之处的。"虽然他自己不会偷偷看这种书,但是"有时候那侍女为我的女儿讲此等故事,我在一旁听了,竟觉得这是编造故事的好手"。但他马上又一次改变立场,批评这种故事的可信性:"它们必定纯为无稽之谈。"玉鬘回答的时候一手推开面前的砚台(她是不是自己也在尝试写这种故事?),而且毫不示弱:"对呀,只有你这种善于杜撰之人才会有这种看法呢。"(190)

随后是一段长长的、调情式的讨论。颇有讽刺意味的是,小说中包含真理的谎言,与源氏不忠的内心相映成趣。这一幕以源氏如下的话作结:"不但小说如此,现实中的人们也是如此"(191),并且同意让他年轻的女儿看这种书。最终,"源氏非常严格地甄选故事,选定之后,还着人抄写清楚,加上插图"(192),并且显然很享受这个过程。这一幕场景告诉了我们很多那个时代对文学的流行看法,而紫式部正是在这种氛围里写作并尝试与之抗衡的。由此看来,小说中的这段描述,与一篇专门论述小说艺术的论文相比也不遑多让。

* * *

把华兹华斯、杜甫、萨福和紫式部放在一起对比着读,我们可以看到,这些作家是如何通过各种截然不同的路径,把社会的动荡和情感的起伏转化成反思性的艺术品。如果把作家与社会的关系——无论是相互独立,还是完全融入其中——看作一个光谱,那么不同的文化传统会把作家放置在光谱的不同位置上。每一个传统中的作家都会鲜明地表达那些根本性的共同主题,从政治斗争到浪漫情感;而它们又会与作家的生活环境紧密相连:河流、船舶、鸟兽、日光、月光……

即使是第一次阅读,我们也能够意识到很多这样的共同点,同时着迷于其中的差异。这里面的挑战在于,在我们反复阅读的过程中,是否能更深入地领会每个作家所追求的具体内容。实现这一点的方法有很多：当某些文化产生出亚里士多德或者阿毗那婆笈多这样的批评家和诗学家时，我们可以细读他们关于文学艺术的专门论述；又或者，像紫式部那样的自我反思型作家，会在作品中表达自己对文学的立场，而我们可以分析这些段落来了解他们的想法。即使没有这种明确的表述，我们仍然可以广泛接触一个文学传统，以大致领会它的特点——包括其典型的形式、比喻和方法。读二三十首唐诗比只读一两首更能让我们了解杜甫，尤其是通过他与其同时代的大诗人如李白、王维和韩愈的对比。但是也并非必须读成百上千首诗，才能初步了解和欣赏一个传统。我们的知识可以在不断地深入阅读中得以完善、加深，但必要的第一步是在一个传统中找到立足点，由此一幅扁平的图景会逐渐变得立体。当这一切发生之后，我们就能穿透有色玻璃，进入一个新的文学世界——这也是与世界文学相遇时感受到的第一个也是最大的愉悦。

⟨30⟩

第二章

穿越时间的阅读

文学中奠基性的经典，都是从古代传到我们手上的。即使在一个文学传统内部，我们也需要专门的技巧来做跨越时代的阅读：英语文学的学习者会在《贝奥武甫》中遇到久远的世界观，也会在《坎特伯雷故事集》中遇到一团团奇形怪状的单词。的确，当一千多年前那位盎格鲁—萨克逊诗人创作《贝奥武甫》的时候英语本身还不存在，而今天的我们也不再使用乔叟笔下的朝圣者所说的中古英语了。"古代即异国"，L. P. 哈特莱在1953年的小说《幽密信使》中有言，"他们有不同的行事方式。"（3）

哈特莱把小说的时间只往前推了五十年，即划时代的第一次世界大战之前；但如果我们把视线从现代欧洲移开，投向世界最古老的文学传统，那么古代的陌生感就变得更巨大了。文学的历史可以一直追溯到最早的苏美尔诗歌和古埃及金字塔的文本；在我们今天所熟悉的所谓西方传统中，文学在荷马史诗中显现其雏形，它大概在两千八百年前被写下。即使在他自己的国家里，荷马都完全是陌生的——这一点，在希腊诗人乔治·赛菲利斯的《论一首外国诗篇》中被提到：

> 一次又一次，奥德修斯的阴影出现在我的面前，他的眼睛
> 因海盐的浸泡而通红，
> 也因他满怀渴望，想再一次看到故土炊烟袅袅升起，
> 狗儿倚在门边等着，慢慢变老。
> 一个体格庞大的男人，在白花花的胡子中吐出一些词语
> 这是我们的语言，跟三千年前一样。

(46—47)

对于赛菲利斯来说，奥德修斯的形象是他文化记忆的一部分："他告诉我，当船的航行充盈着记忆，而灵魂变成了船舵时，那种刺痛的感觉……还有当活人已经不再能提供满足时，与逝者对话竟然能获得能量。"（48）对于其20世纪的后继者来说，奥德修斯是如此古老，古老得犹如异邦人，但赛菲利斯说，奥德修斯说话时"很谦卑、很平静，仿佛他就是我的父亲"。这首史诗的主角在时间上既切近，又遥远。赛菲利斯这首诗以奥德修斯赠予作者一份永恒的礼物作结，它是关于大海的意象："他在说话……我仍能看到他那双懂得雕刻船头美人鱼的手／捧给我那冬天中无浪的蓝色大海。"（48）

跟很多伟大的古代作品一样，《奥德赛》既充满异国意境，又有一种奇怪的亲切感。当我们穿越时代去阅读的时候，需要兼顾这两个方面，既不要让自己淹没在古旧的细节中，也不要让作品的细节完全当代化，以至于把《奥德赛》错当成现代小说，甚至在其中找寻今天的电影和电视剧带来的乐趣。当然，这并不意味着荷马史诗与电视连续剧毫无关系：在18、19世纪创造了现代欧美小说形式的作家，基本上都浸淫在古典传统的教育里，他们对于如何讲述一个长故事的想法很大程度是由荷马、维吉尔及其后继的史诗作者塑造的。很多电视剧的剧本则借鉴了19世纪写实主义的主题与技巧，以适应新媒介的可能性。而奥德修斯也在2000年重生，变成科恩兄弟的电影《逃狱三王》中由乔治·克鲁尼精彩塑造的那个满嘴谎言的大萧条年代的骗子尤利西斯·艾弗列·麦吉尔。

穿越时代的阅读体验带来的一个迷人之处，在于我们可以细细地追溯古代经典作品中的场景、人物、主题、意象是如何在后来的文学作品中不断展开的；这些作品的作者既了解也有意呼应他们的前辈。这一章将探讨文学在历史中如何传承和改变。这里，各种故事和比喻在不同的时代、不同的语言中演化，而它们又共处于一个丰富而联系广泛的大传统中。我们会先追溯西方史诗传统的发展史，从它最早的形式开始，研究口述与文字的互动，还有对神界与冥界的表现形式的变化。本章会以一个方向相反的探寻作结，把一个诗歌主题从现代回溯到蒙昧的远古。生命永远往前发展，但是文学里的时间是可以逆转的；作为世界文学的读者，我们应该适应在两个方向上做时间旅行。

从口述到文学

我在第一章中已经提到，今天的我们早已习惯于把文学看作一个作家"写下"的东西，但是最早的文字作品往往是口头创作和传承的歌谣或者故事的某个版本。口头创作与纯文字的作品有不同的运作方式。即使在诗人开始手握着笔写作之后，他们也经常使用古老的口述技巧，以作新的用途。而这些文字作品中的很多重要元素，则应该被理解为口头创作技巧的遗存或者创造性转化。史诗充满了格外精妙的口述技巧，其中有很多是用来帮助诗人快速展开一个进行中的故事，并帮助不识字的讲故事人记住悠长叙事的。

口头创作常被称作"口述文学"，在现代世界的很多地方仍然继续存在着。在赛菲利斯的诗中，奥德修斯告诉叙述者，"我孩提时的某些老水手，当冬季来临、狂风怒号时，会靠在他们的渔网上，/ 眼中含着泪水，吟诵着《艾瑞托克里托斯之歌》"——这是一部史诗，内容是关于一个英勇骑士和他对阿勒杜莎公主的爱慕，写于 17 世纪的克里特岛（赛菲利斯，《论一首外国诗》，47）。在西非，表演者一直在吟诵松贾拉的史诗故事，他是传说中在 1250 年前后建立马里帝国的人。虽然这部史诗的内容在多个世纪中被反复重述和修改，但是当代的一些版本会反映晚近的事件。在一个录于1968年的表演中，诗人法-第吉·斯索科把当地一个民俗学家的邀请糅合到他的诗篇中，而他的助手保证了他的语言的真实性：

> 神就是帝皇！
> 有权力的人……　　　　　　　（那是真理）
> 曼萨·玛干来找我，　　　　　　（的确）
> 一封信被交到我手上，
> 说我应该在马里电台发言，　　　（的确，这发生了！）
> 为法-科里唱赞歌。　　　　　　（这真的发生了！）
>
> 　　　　　　　　　　　　　　　（约翰逊，《史诗》，84）

诗歌创作中最古老的模式，在现代的电台广播媒介中焕发新生。

　　荷马史诗最初是由不懂文字的诗人创作的；它展示了诗歌纯口语的一面，由专业的史诗吟诵者（把不同的诗歌缝合在一起的人）在宴会上公开表演。其中有一个颇为冗长的场景，即与口头表演有关，它讲述了一个叫德莫多库斯的盲诗人，在法依西亚岛上为皇室提供娱乐；在奥德修斯尝试从特洛伊起航回家的过程中，就是在这里遭遇沉船的。在第九卷中，让德莫多库斯演唱了一段关于特洛伊战争的场景之后，奥德修斯赞美了前者的艺术，如下就是关于这个表演场景的一段引人入胜的描述：

> 聆听这么一个诗人，是多么美妙的事情
> ——这个人像神一样歌唱。
> 我觉得这简直是生命之冠。没有比这更好的

<34> 深沉的愉悦笼罩着整个场景,

皇宫里上上下下参加宴会的人各安其位,

完全沉浸在诗人的艺术中,在他们所有人面前,桌子上

堆满了面包和肉,侍者拿着混合酒碗

一轮一轮地为宾客倒酒,保持酒杯常满。

这,在我心目中,就是生活最佳的馈赠。

(荷马,《奥德赛》,法格勒斯译,211)

然后,奥德修斯开始巧妙地讲述,他自己在离开特洛伊之后经历的艰难险阻。满怀同情的法依西亚国王,给了奥德修斯最好的馈赠作为回报:派一艘装满珍宝的船把奥德修斯送回家。

有趣的是,史诗的作者并不觉得有必要对德莫多库斯的歌唱和奥德修斯关于历险的叙事,做出风格上的区分:两者都以雍容的五步格律写成,虽然奥德修斯似乎是说着日常化的语言,而非吟诵着崇高的诗句。奥德修斯是一个有技巧而富于说服力的演讲者,但他并非一个拨奏着里拉琴的诗人,也不像德莫多库斯那样表演,"由青春的男孩和曼妙的舞者环绕,他们脚踏地板,制造出神奇的律动"(200=8.97—8)。但是,奥德修斯和德莫多库斯的区别在表演中可以被鲜明地标识出来。即使专业的史诗吟诵者不在表演中做出明确的提示,他也能用更甜美的声音和不同的旋律来表达德莫多库斯浓烈的抒情性,并以此与其他人物日常化的语言形成对比。用这样的方法,诗人就不需要打断诗歌的律动;虽然奥德修斯和德莫多库斯的区别在书面上被抹去了,但在精彩的口头演出中是可以获得生动表现的。

在很长一段时间里,人们一般认为荷马(或者那个/那些创作荷马

史诗的诗人),肯定是以写作的方式创作了《伊利亚特》和《奥德赛》,因为每部史诗都长达一万二千多行:任何人大概都无法记住这么长的文字。但是在1930年代,古典学家米尔曼·佩里发现,南斯拉夫不识字的诗人们在创作并演唱着长达几万行的史诗;他们使用的口头技巧也能从荷马史诗中找到。值得一提的是,南斯拉夫的这些行吟诗人并不需要逐字逐句记住他们的诗,而是在一套固定材料的基础上,自由即兴地发挥,边唱边填充诗行。他们采用典型的场景,反复应用于不同的故事;他们根据某句诗所需的节律长度,使用固定的词句组合和长短不一的句式;他们构建反复的模式——包括"环形结构",即把某个场景或场景的一部分编织进另一个场景中,这样有助于他们把控整体。

早在荷马的时代之前很久,佩里发现的这些技巧很多都已经在古代美索不达米亚应用过。世界上最早的成文字的诗歌是由苏美尔人创作的,他们在大约公元前3200年发明了楔形文字。苏美尔诗歌本质上是非常口语化的,采用了大量的反复;当我们在书面上阅读时,这种手法初看起来似乎有过度运用之嫌,但是一旦被大声朗读,就能营造出一种近乎咒语般的效果:

<35>

> 昨晚,当我,女王,闪耀着光彩,
> 昨晚,当我,天堂之女王,闪耀着光彩,
> 当我闪耀着光彩,当我在起舞,
> 当我在夜晚来临之际吟唱,
> 他和我相遇,他和我相遇,
> 库里-安纳之神和我相遇,
> 神把他的手放到我的手里,

乌舒姆伽拉纳拥抱了我。

(普利查,《古代近东文本》,639—640)

就像荷马的文本一样,称谓根据节律的需要而改变:在诗歌的不同部分,女王的伴侣分别被称作库里-安纳、乌舒姆伽拉纳、安茂舒姆伽拉纳,而这些选择都取决于诗人需要多少个音节来填充诗行。

苏美尔人逐渐被吸纳进美索不达米亚南部的城邦,那里的人使用另一种语言——阿卡德语。当他们开始创作自己的文学作品时,往往会使用过去的苏美尔诗歌做素材;这些后来的诗人浸淫在书面文化中,他们的作品可能既以文本形式被阅读和研究,也以口头形式被朗诵和聆听。古代美索不达米亚最伟大的史诗《吉尔伽美什》,经历了几个发展阶段,从早期的苏美尔歌谣系列,到公元前17世纪前后成书的阿卡德史诗,再到最终的、大概写于公元前13世纪的规模宏大的版本。这个版本据说是由被称作"向月神欣祷告者"(Sin-leqe-unninni)的史官写下的。史诗的第一部分是一个引人入胜的冒险故事,其开篇的一句很著名:"Shutur eli sharri"(超越一切帝王)。它一开始就赞美其主角举世无双的力量,下面这些诗行非常适合在火炬照耀下盛大的巴比伦宴会上朗诵:

Shutur eli sharri shanu'du bel gati

kardu lili Uruk rimu mutakpu

[超越一切帝王,英雄的体魄,

勇敢的乌鲁王族后代,狂暴的野公牛!]

(乔治,《吉尔伽美什》,2)

史诗后来的版本中保留了这些诗行,但是"向月神欣祷告者"添加了一 <36>
个新的开篇,把吉尔伽美什表现为一个富有智慧的人物在寻求古老的知
识。新的起首诗行是:"Sha nagba imuru"(那个凝视过深渊的人)。在被
告知吉尔伽美什如蛮牛般的雄风之前,我们知道他曾经长途跋涉,带回
来大洪水之前的故事。而且他不是像奥德修斯那样,仅仅把它们带回来
复述,而是"把他所有的努力都记录在石板上",埋藏在他都城的城墙
里。我们被邀请去追寻这些珍贵的文本并了解这段往事:

> 看看这些杉木盒中的石板,
> 　　松开那密封的铜扣子!
> 掀开这秘密的盖子,
> 　　拿起青金岩石板,大声读出
> 吉尔伽美什艰辛的奋斗,和他所经历的一切。
>
> (1—2)

在这个具有高度文学性的版本中,世界文学的第一个伟大主角成为世界
文学的第一个伟大作者。

在"向月神欣祷告者"的版本中,常常可见古老的口头表达技巧和典型场景被用于营造全新的文学效果。比如,当他深入荒野中,直面守护杉树林的邪魔时,吉尔伽美什连续做了三个梦,每一个都比前一个更加具有不祥的预兆。这种反复的手法不但制造了强烈的悬念,而且一系列的梦境让诗人有机会发展吉尔伽美什与他的忠诚伴侣恩奇杜的关系,后者不断对梦境做出越来越不可能的解释。虽然吉尔伽美什梦见自己被雪崩埋没,梦见暴怒的公牛,梦见火山,但是恩奇杜始终坚持,这些噩梦都预示了他能轻易战胜邪魔。在这里,反复不再用来帮助记忆,而具

有了政治和心理上的意义：作为一个顽固、冲动的暴君的友人和顾问，恩奇杜本来应该给予审慎的建议，但他无法抗拒说出帝王想要听到的话。在事态的发展中，不断表现出越来越糟糕的判断力，最终以恩奇杜的过早死亡达到戏剧冲突的高潮。

在史诗传统发展的过程中，它的技巧和内容逐渐变得越来越文学化。擅长表演荷马史诗的吟诵诗人，是即兴发挥的大师；但是罗马的大诗人维吉尔拥有的优势，是他可以字斟句酌，反复琢磨每个词的选择和位置，随心所欲地修改他的诗稿。在《伊利亚特》的开端，歌者请神圣的缪斯以自己为媒介唱出诗歌："女神啊，请唱出佩琉斯之子阿喀琉斯的愤怒。"而《奥德赛》则以类似的恳求开始："缪斯，请对我唱出关于那人的经历。"但是维吉尔则不同，他从一开始就表明，"我要说的是战争和一个人的故事"，以此大胆地宣示自己作为诗人的权威，即使他的《埃涅阿斯纪》糅合了《伊利亚特》的战争主题和对奥德修斯——这个"经历无数曲折的人"的关注。作为一个具有强烈自我意识的、自豪的艺术家，维吉尔有一个著名的传说：在弥留之际，他叫他的朋友们把《埃涅阿斯纪》的手稿烧掉，因为他本来想再做一些最终的修改，而决不肯让它以不完美的形式面世。幸好维吉尔的朋友们无视他的要求，从而馈赠给世界一部伟大的史诗。

维吉尔的史诗中有很多例子，展示了荷马史诗的技巧是如何从口头表达借鉴而来的。人物的别号根据音乐感的需要来选择，程式化的战争场面根据主题效果的要求做调整，环形对称结构一类的技巧则以诗化的方式被运用。荷马式的环形对称结构有助于不识字的诗人掌控大规模的叙事单元，而维吉尔则用这种技巧来营造平衡、形式上的秩序，以及宿命感。他甚至能把环形对称结构细化到一个句子里，比如在《埃涅阿斯纪》第六卷中，当埃涅阿斯和他的同伴阿盖特进入黑暗的冥界时，Ibant obscuri sola sub nocte per umbras（第268行）。这一幕的基本框架由句子第一个词和最后两个词确定：Ibant ... per umbras（他们行走……穿越阴影）。在这个框架里面，是两个互为镜像的限定短语：obscuri ... sub nocte（阴暗的……在黑夜中）。在这个互相交织的双重框架的中心，是关键词sola（孤独）。孤独的是埃涅阿斯和阿盖特，但是sola是一个阴性形容词，用于形容"夜"。维吉尔把埃涅阿斯自己的感受投射到黑夜中，并以绝妙的诗歌技巧把sola放置在诗句的中央，让它被包裹在周围的词语中，就好像埃涅阿斯自己被包裹在暗影里。同时，维吉尔也用obscuri（黑暗、幽暗）——一个适合于"夜"的限定词——形容这两个人。

跟奥德修斯一样，埃涅阿斯遭遇了沉船，后来把自己的故事讲述给一个同情他的聆听者。在埃涅阿斯的故事中，这个聆听者是迦太基的女王狄多。两人经历了一段以灾难收场的爱情，之后埃涅阿斯继续上路，抵达他命中注定的新国土——意大利。跟奥德修斯一样，埃涅阿斯在讲述自己的版本之前，先遇上另一个版本的特洛伊战争故事。但是，维吉尔并没有让一个诗人把故事吟诵给埃涅阿斯听，而是让后者在一座神庙的墙上看到相关的壁画，这是史诗传统逐渐向文学过渡的一个印记。凝视着对自己过去经历的精细描绘，埃涅阿斯非常惊讶，含着泪水对阿盖特说：

"世界上的哪个地方"
他说，"世界上的哪个地区，阿盖特，
不是到处都充斥着关于我们悲伤经历的故事？
你看，这就是普里阿摩斯，即使如此遥远的地方

<38> 伟大的勇气也获得应有的荣耀；他们在此哭泣

因为世界，也因为我们过往的经历

触动了他们的心。"

（维吉尔，《埃涅阿斯纪》，弗思杰拉德译，20＝1.601－7）

维吉尔很清楚，他的英雄生活在前文字的世界，但是这里的壁画成了除文字之外最理想的东西，可供观者随时悠然地欣赏。他甚至在同一段文字中（第624—627行）描写了在壁画上写作的一幕。当年轻的特洛伊王子在他的马车中受到致命伤的时候：

他抓住

他的战车，虽然已经倒下，仍然靠挂在

缰绳上支撑着，头已经快拖到地上了，

他的长矛在尘土中画着 S。

罗伯特·弗思杰拉德的翻译，传神地表达出拉丁语原文 versa pulvis inscribitur hasta（长矛划在尘土里）中好像叹息一般的"S"音。

对文学的关注，逐渐在后来的史诗传统中变得明显起来。最后史诗被散文体的虚构文学取代；现代小说的兴起与印刷和识字的普及紧密相关，也没有人需要凭记忆复述一部小说了。但是，维多利亚时代的家庭常常一起大声朗读小说，而散文体写作的发展也依然得益于与口头文学的有效互动。现代小说史中最具"书面性"的作品，莫过于詹姆斯·乔伊斯的《尤利西斯》；乔伊斯对它的多个手稿本的投入程度，即使是维吉尔恐怕也比不上。这部小说中充满书写的文本，从将要成为作家的斯蒂芬·达德留斯的藏书（他发现他的姐妹们贩卖这些书来维持生计），到小说中的"奥德修斯",即列奥波德·布鲁姆推销的报纸广告,到布鲁姆的妻子莫莉读的软性色情书刊,再到《奥德赛》本身——这部史诗的情节为乔伊斯的小说提供了结构,虽然小说中的人物自己并不知情。"Epi oinopa ponton(在葡萄酒色的海上)。啊,那些希腊人!"经常与斯蒂芬针锋相对的朋友布克·穆里根大声感叹道:"我必须教你,你必须阅读原文。"(乔伊斯,《尤利西斯》,4—5)

乔伊斯的《尤利西斯》里充斥着几十处引文,并间接提到几百部其他作品;但它同时也充满了各种口头文学——从一个英格兰访客搜集的爱尔兰的笑话和民间故事,到与一个奥德修斯般的水手在酒吧中进行的醉醺醺的对话,到莫扎特的歌剧《唐璜》里的一首咏叹调——莫莉·布鲁姆正在练习演唱它,为她的巡回演出做准备,她准备让她的情人布拉齐斯·博伊兰做自己的经理人。这本书的一大部分由人物之间交流的轶事和闲言碎语组成。"他们都在那里,那些喋喋不休的人,他们还有那些他们忘记的事情",乔伊斯在1922年告诉小说家朱娜·巴恩斯(埃尔曼,《詹姆斯·乔伊斯》,538)。在晚年,经过几十年在欧洲大陆的自我流放之后,乔伊斯在写给一个朋友的信中说:"每天,我以每一种方式走过都柏林的街道和岸边,并且'听到各种声音'。"(717)

‹39›

荷马史诗传统的口头特质,在加勒比诗人德里克·沃尔科特的史诗《奥麦罗斯》中也扮演着重要角色。这部史诗的人物阿基勒和赫克托耳是圣卢西亚岛上不识字的渔夫,为美丽的海伦争宠。沃尔科特的人物没有一个听说过荷马,但沃尔科特把后者引为自己的缪斯:"啊,请以海螺的低吟开启这一天,奥麦罗斯,/如你在我还是孩子时所做的那样,那时我还只是一个名词/轻柔地从日出的调色板中浮现。"(12)沃尔科特的荷马是一个具有口头属性的意象(海螺的低吟),但同时也是《世界伟大经典》系列的其中一个作者——当父亲在理发时，沃尔科特曾经在当地理发店看过这些出版物（71）。维吉尔通过特洛伊的壁画来介绍荷马的传统，而沃尔科特则把这种艺术上的呼应向前推进了一步，让荷马的半身雕像在作品中出现。这座半身像放置在一个叫作安提戈涅的希腊雕刻家在美国的工作室中，她告诉诗人，"荷马"在现代希腊语中叫作"奥麦罗斯"。沃尔科特自己作为一个人物出现在小说中，重复着这个名字，并把它转译成自己的口头词汇：

我说，"奥麦罗斯"，

"奥"是海螺的低吟，"麦"是

我们安德列斯群岛方言中母亲和大海的意思

"罗斯"，一根灰色的骨头，以及它粉碎时溅起的白色浪花

它把尖细的领子舒展在蕾丝般的岸上。

奥麦罗斯是枯叶的碎片，是灰烬

当海浪退潮时，它从血盆大口似的洞穴中回响

这名字留在我的口中。

（沃尔科特，《奥麦罗斯》，14）

虽然荷马象征了能够赋予生命的口语属性，但也启发了自觉的文本写作，这种写作把注意力引向它自身的创作过程。当沃尔科特在面对荷马的半身像沉思时，他的内心正在挣扎：他自己的爱人马上要抛弃美国了，他们的关系也出现危机。他抚摸安提戈涅的手臂，却感到它比大理石还冰冷；而她的语言所流露出的渴望，是指向希腊，而非指向他："我受够美国了，是时候回到 / 希腊，我想念我的那些岛屿。"沃尔科特

评论道:"我写作,它回归——/ 她回头和抖动黑色头发的样子。"(14)写作变成他封存安提戈涅的荷马半身像、她的临别话语,以及"我们安德列斯群岛的方言"的终极形式。

英语诗人爱丽丝·奥斯瓦尔德的《纪念:发掘伊利亚特》(2011)改编自一部史诗,内容极为引人入胜,它同样强调口语属性。在序言中,奥斯瓦尔德写道:"《伊利亚特》是一部通过语音的呼唤生成的长诗。甚至和悲叹一样,具有祷告咒语般的魔力。"(ix)她呈现自己对这部史诗的转译方式,"类似于一座口头的公墓——在特洛伊战争造成的灾难之后,一种不依靠写作来记住人们的名字和生命的尝试"(ix—x)。奥斯瓦尔德的诗歌没有标点,被放置于对话风格的框架内,史诗的大部分行动都被略去了,只聚焦于两百个有名有姓的士兵的死亡叙事;他们有的是希腊人,有的是特洛伊人。这些墓志铭或者哀歌与荷马的比喻互相交错,大部分都出现两次,营造出回声一般的效果:

> 来自欧布亚的**埃尔芬诺**统领四十艘船
> 查尔克顿的儿子关于他的母亲一无所知
> 拖曳艾克普洛斯尸体的时候死去
> 当他弯腰时一丝肉身的光亮在盾牌下闪现
> 安格诺刺中了他在战争的第九年
> 他背后留着长发
> 像树叶
> 有时候它们点燃它们的绿色火焰
> 并且由大地喂养
> 而有时候它把它们吸进去
> 像树叶

第二章 穿越时间的阅读

有时候它们点燃它们的绿色火焰

并且由大地喂养

而有时候它把它们吸进去

(奥斯瓦尔德,《纪念》,10—11)

就像沃尔科特那样,奥斯瓦尔德从口语传统的深井中汲取养分,以此复兴当代英语诗歌。她并不尝试模仿荷马严谨的五步韵律,而是把玩现代自由诗体的韵律。她的诗歌事实上是供人们从印刷页面上朗诵出来的,而她也有策略地使用页面的空白,以达至视觉和语言上的效果,就如上面引用的短句"像树叶"那样。一个比喻之后紧跟一片空白,而非我们所期待的重复,从而营造出一种寂静、不可见的回声(52)。这首诗以一系列的比喻作结,它们由两到八行不等,每一段都单独占有自己的一页。这其中的第一段,以对"leaves"这个词的戏谑运用开始——它既有"书页"也有"树叶"的意思:"像页/叶能写一部关于页/叶的历史/风把它们的鬼魂吹到地上。"(70)最后一段比喻勾起了寂静的与星星有关的幻象(81):

正如神抛出一颗星

每个人都抬头望

去看火花掠过

而它已然消逝

<41> 奥斯瓦尔德对荷马强烈、动人的"发掘"是一个彻头彻尾的书写性文本,既有语言的特质,也传达出那种轻柔的寂静;但是,正如她在序言中所说的,她的方法"与口头诗歌的精神是一致的:它永远变动不居,永远

调整自己来适应新的听众，仿佛它的语言跟书面写作相反，仍然是活生生的、跃动的"（x）。

人性与神性

西方史诗传统非凡的韧性，就如印度的《摩诃婆罗多》和《罗摩衍那》一样，印证了它具备适应历史长河中各种差异极大的情景的能力。荷马史诗传统的生命力，即使在其最不适合被后世西方诗人使用的一个方面都很明显：古典时代的多神观念，让拥挤的奥林匹斯山上，众多男神女神不但法力无边，而且永无休止地争吵，随时乐于挑起凡间的争端和冲突。一神论的兴起已经大大限制了对神界活动多样性的想象，但是弥尔顿还是能在《失乐园》中借用堕落的和忠诚的天使，比如撒旦和加百列，来完成古典时代那些男神女神们的各种任务，包括在神界发动战争和干涉人间事务。但是，在启蒙时代期间和之后，现代小说发展成一个极为世俗化的形式。在20世纪初，理论家格奥尔格·卢卡奇为小说作了著名的定义：它是"关于被上帝抛弃的世界的史诗"（卢卡奇，《小说理论》，20）。长久以来，神界的秩序塑造了史诗传统，那么史诗又是怎么在神界的崩塌之后继续生存的？

卢卡奇的定义其实并没有指明上帝已死，只是说他远离了尘世的场景；其实荷马之后的古代传统本身，已经开始表现众神从凡人的日常生活中逐渐退场了。众神不断被荷马提起，而且他们是行动的最终控制者。在《伊利亚特》中，特洛伊城墙之前的最后战役里，宙斯在天空中出现，拿着秤砣衡量双方的命运，并最终判定特洛伊的战败。在史诗的开端，阿喀琉斯被阿伽门农王剥夺了荣誉，也被夺去了一个美丽的囚徒；他在海滩上独自彳亍，向他的母亲忒提斯祷告求助。她是海中的仙女，在海底听到了他的祷告。出于母性的怜悯，她来到阿喀琉斯面前，坐在他身边，用自己的手轻抚他，问他遇到什么困难。在荷马的世界里，众神与凡人是分开居住的，但众神随时可以越过分隔，与凡人直接接触——包括繁殖后代，比如阿喀琉斯。忒提斯答应帮助儿子，然后到身处"奥林匹斯山最高峰"、坐在王座上的宙斯那里求情；这也是天界与凡间的交汇点。一到那里，忒提斯就做出传统恳求的姿态，一把用左手抓住宙斯的膝盖，让他跑不掉，然后右手托着他的下巴，强迫他望着自己的双眼，聆听她的诉求。

《吉尔伽美什》中有一段类似的场景，当然也有重要的差异。当吉尔伽美什计划他危险的旅程，去对付遥远松柏森林中的恶魔胡姆巴巴时，他呼唤自己的母亲宁松——跟忒提斯一样，她是一个低级的神灵——请她代表自己向太阳神沙马什求助。但是在这部史诗里，英雄的母亲并不是到圣山上面见太阳神，而是到楼上平坦的屋顶，像一个凡间的女祭司一样代表整个世界祈祷：

> 她爬上楼梯，来到屋顶，
>
> 在屋顶，她为沙马什设立祭坛。
>
> 她一边焚香，一边举起双臂，向太阳神祷告：
>
> "为什么你要赋予我儿子这么一副躁动不安的心灵？
>
> 现在你已经触碰他了，他将会迈向
>
> 那遥远的路途，去往胡姆巴巴的巢穴。
>
> 他将要面对他所不知道的战斗，

他将要踏上他所不知道的道路。"

(乔治,《吉尔伽美什》,24)

宁松请求沙马什派遣他的十三道强有力的飓风,帮助吉尔伽美什打败胡姆巴巴。史诗并没有记录沙马什的任何直接的回答——这再一次反映了凡人祈祷的境况——不过,那十三道飓风的确在关键一役中向吉尔伽美什伸出了援手,令巨怪动弹不得,以便吉尔伽美什和恩奇杜能够擒获它。

虽然《吉尔伽美什》和《伊利亚特》以不同的方式描述与神界的接触,但它们用女神的祈祷达至类似的目的。宁松对自己儿子安全的担忧,与阿喀琉斯向忒提斯恳求获得宙斯帮助时忒提斯所表现出的恐惧,是互相对应的。这从史诗一开始就发生了,在第一册中:

忒提斯眼泪流了下来,回答他:"啊,我,
我的孩子。你的出生是苦涩的。为什么我要养大你?
如果你能坐在你的船队旁,无所挂碍,不再哭泣,该多好
——既然你的一生真的短促,恍如白驹过隙。
现在已经注定了,你的一生比所有人都短暂而苦涩
我把你带到这个坏的宿命中来。"

(荷马,《伊利亚特》,70)

在两部史诗中,凡人生命的脆弱感通过英雄的女神母亲的忧虑被戏剧化了。每个英雄都暂时逃过了死亡,但是他的必死宿命,如阴影一般笼罩了整个故事。在史诗中,英雄的必死性被移植到了英雄所爱的朋友身上,而朋友也的确在史诗剧情的框架内悲剧性地死去了。从这个意义上说,恩奇杜可算是和帕特罗克洛斯——阿喀琉斯的亲密朋友和情人——

同属一个谱系。

这种相似性大概不可能是机缘巧合。《吉尔伽美什》在近东地区广泛流传；书写它的泥板残片曾经在巴勒斯坦的米吉多和今天的土耳其被发现过。在那里，这部史诗被翻译成赫梯语，那是特洛伊希腊人强大的邻居的语言。正如 M. L. 韦斯特在《赫利孔山的东方面孔》中所说的，在荷马史诗的传统开始形成的过程中，吟唱诗人很可能正在叙利亚和塞浦路斯演唱《吉尔伽美什》。紧密的文化交流在古代地中海世界中进行了多个世纪；这清晰地表现在希腊艺术对波斯和近东传统的借鉴上。写作本身借助腓尼基商人传到了希腊，这些商人化用了叙利亚和迦南族群的早期西方闪米特字母。早期的希腊游吟诗人是不识字的，而荷马史诗中也没有任何一处直接翻译自《吉尔伽美什》，但是很可能某些能懂两种语言的希腊游吟诗人听过《吉尔伽美什》的表演，然后发现了一些可供他们使用的主题。通过这种口头流传，阿喀琉斯和他那躁动不安的同伴奥德修斯，与他们在史诗领域最伟大的前辈吉尔伽美什具有了谱系上的相似性。

这种情况就跟别处的例子一样：一个文学传统并不是以单一线条的方式，像一朵花一样单独成长起来的；它可能经历了发展与停滞、进化与复古。《吉尔伽美什》大概在公元前 1200 年定型成它的最终形式，早于《伊利亚特》几百年；但是与荷马的传统相比，它体现了神与人之间一种更加隔膜、更加"现代"的互动。就像《吉尔伽美什》一样，人们今天经常焚香向上帝祷告，或者向印度教神灵湿婆和时母祷告，但是我们不再期待哪个凡间的英雄能让他的女神母亲去抓住宙斯的双膝，逼他望着自己的双眼。在这层意义上，《吉尔伽美什》最终定型版本的作者"向月神欣祷告者"，比几个世纪之后的荷马史诗吟诵者们与我们距离更近；

他是有一千多年历史的文学传统的继承人，而即使在涉及天神的段落里，他的听众也仍然会预期一定程度的凡间真实感。

冥界之梦

众神逐渐抛弃了凡间的舞台，但是在很多后世的作品中，他们仍然守候在舞台侧翼。即使当诗人们开始怀疑，他们的英雄是否有能力亲自到神界去，但诗人们也鲜有忘记，所有人终有一日都会到地下世界。在史诗发展传统的早期，下到冥界已经成为一个核心的情节：它是一种把故事人物与过去相联系的方式，并常常为预言提供了场景。在古代，诗人们已经开始探索不同的表现方式，来展现人物与冥界的接触：要么让他们直接进入一个具体、可触碰的地下世界，要么使用比较间接的方式，比如梦境和幻象。

在早期关于吉尔伽美什和恩奇杜的苏美尔诗歌系列（写于公元前2000年前后）中，恩奇杜下到地下世界，打算找回一个从大地裂缝中掉下的球体；他装扮成一具死尸的尝试被识破了，结果被地下的幽灵抓住。800年之后的史诗版本，并没有照原样复制这么一个场景。相反，当嫉妒的女神伊丝塔判处恩奇杜要过早死去时，他做了一个噩梦，梦见自己死后将要身处的"尘土之屋"，那里的人把砖块当作面包吃，把泥水当作啤酒喝。这个幻境符合"向月神欣祷告者"的听众的期待：活着的人们获得关于死后知识的唯一途径，是通过梦中所见；他们不再觉得有可能通过钻进地缝中，进入冥界去取回一个球体。一旦恩奇杜死去，吉尔伽美什就去找寻关于永生的奥秘，这曾经为他早已消失的祖先乌特纳比西丁所拥有，他是远古大洪水灾难的唯一幸存者。吉尔伽美什的旅程包括了一段黑暗的隧道，之后他要在死亡之水上航行，过去从来没有凡人穿越过它。在吉尔伽美什的故事中，冥界被常态化为地面上的濒死经验，而不是在地下。

在《奥德赛》的第十一卷，奥德修斯在通常被称为"地下世界"（nekuia）的空间中与死者有一次直接的相遇。但是，跟吉尔伽美什一样，奥德修斯并非真的下降到了什么地方：他去了一个遥远的地方，把亡灵召唤出来，尤其值得注意的是，这其中包括他的母亲。在史诗的正中间，即第十一卷，他们有一段动人的对话，她向他保证，他的妻子仍然忠诚地在故乡伊萨卡等待着他；然后奥德修斯想去拥抱母亲：

> 我三次跑向她，焦急地渴望抓住她，
> 三次她都从我的指缝间穿过，就那么飘散
> 像一个阴影，如梦般消失，而每一次
> 哀伤都切割着我的心。
>
> （荷马，《奥德赛》，256）

另一方面，在《埃涅阿斯纪》里，埃涅阿斯亲临古典版本的地下世界，而这又一次发生在史诗的正中间（第六卷）。他跨过遗忘河，抵达至福乐土，那是获选的有福之人所处之地，然后他进入广阔而幽暗的死者之城，那是冥界之主狄斯的领地。在那里，他看到了各种精心设计的刑罚，专门对付诸如坦塔卢斯这样的人物；然后埃涅阿斯继续前进，去与他死去的父亲安喀塞斯会面，后者预言了埃涅阿斯将来的冒险经历和罗马帝国的整个发展历程。维吉尔让埃涅阿斯尝试去拥抱安喀塞斯，就像奥德修斯尝试拥抱自己的母亲一样：

> 于是他尝试了三次
>
> 想用双臂环抱父亲的颈脖,
>
> 三次,那阴影没有被触碰到,而是从他手指间溜走,
>
> 如风一般无重量,如梦一般不可捉摸。
>
> (维吉尔,《埃涅阿斯纪》,184)

维吉尔大胆地化用荷马史诗中的这个核心情节,同样把它放置于自己的史诗的中心位置;他如此逼真细致地表现这个场景,迫使我们把地下世界想象成一个可触碰的具体现实——"厚厚的泥土,/深渊中刮起的旋风/令尘土飞扬乱舞/吹进科赛特斯"(170)。埃涅阿斯的旅程是发生在史诗框架里的,而不仅仅是一个梦,所以它倒置了一般的模式,即处于他的世界中的历险。但是这种倒置暗示了一点:和口头文学的程式一样,进入冥界这一幕已经变成了维吉尔时代的常用场景;也就是说,一部完整的史诗应该包含这一幕,而且诗人可以纯粹为了发挥它的文学性潜能来对它进行各种拓展、改造。在《奥德赛》中,奥德修斯听着母亲描述他未来的故事;而到了维吉尔这里,则是由安喀塞斯告诉埃涅阿斯罗马的整部历史,一直到维吉尔自己所处的时代。维吉尔对奥德修斯下冥界一幕的改造,精彩地展示了他运用古代材料的技巧;这一幕悬浮在冷酷的现实与精妙讲究的文学修辞之间。

维吉尔的读者可以通过暂时搁置怀疑,并把自己彻底置身于他的诗歌世界之中,去充分欣赏他的艺术;他们无须相信维吉尔在勾画一个可靠的地狱线路图。《奥德赛》对应的段落中相对缺乏丰富具体的描述,但它所表现的召唤亡灵的方式,是荷马的听众很容易信以为真的;在《圣经》中,扫罗王也以类似的方式召唤出了恩多女巫,以此了解自己的未来(萨缪尔,28)。维吉尔的场景比《圣经》和荷马的场景都要真实,但

那纯粹是文学意义上的真实：他想要我们看到的地下世界富于文学与历史的暗示，而非一个真正可信的所在。当安喀塞斯的影子从他儿子的手指间流走，"仿佛长了翅膀的梦"，他的转瞬即逝折射出整个场景梦一般的特质。这甚至不是一个可信的梦：埃涅阿斯是通过"象牙之门"，而非"号角之门"回到凡间的；前者给予世间虚假的梦，后者给予世间真实的梦。

<46> 后来的史诗作者继续发掘这种下冥界幻象的表现力。但丁的《神曲》所描写的似乎既是一段梦境，也是一段他世界的、灵魂出窍经历的真实写照。但丁所表现的那些炼狱场景，有一种紧张的切身感觉，以及深刻的心理写实性。毕竟，灵魂是因为信仰的缺失而被带到地狱的。但丁的炼狱比维吉尔的地下世界更逼真，而故事的情节又与上帝离得更遥远。上帝永远不会出现在炼狱，这并不是因为但丁所穿越的领地被上帝抛弃了，正相反，这里是那些选择抛弃上帝的人的王国。上帝以精细讲究的公平性组织了这个存在于诗歌中的地下世界，让每一种酷刑都与其对应的罪孽相称，同时也与罪人个人的变态癖好相匹配。在维吉尔的史诗中，埃涅阿斯在冥界旅途的高潮处与自己的父亲安喀塞斯相遇；在但丁的诗中，扮演父亲角色的则成了维吉尔本人，他成为但丁在炼狱中的向导。

到了现代，史诗传统的继承者是小说家，他们一般不会表现他们的人物进入古典或者基督教意义上的冥界，但是他们往往以梦或者幻象的形式接续了史诗传统。在乔伊斯的《尤利西斯》中，列奥波德·布鲁姆反复出现幻觉，看到自己死去的儿子鲁迪在亡灵的阴影间游荡，这是化用自维吉尔至福乐土的一幕："默默地，灵魂飘荡着，穿越了一代又一代生存过的人居住的所在。在这里，灰暗的暮光不断下沉，却

从不降到暗绿色的草原,发散出夕照,挥洒一片永不消散的、露水般的星星。"(乔伊斯,《尤利西斯》,338)当布鲁姆沉浸在这种白日梦之中时,年轻的斯蒂芬·迪达勒斯坐在旁边,把自己比作奥德修斯。"你已经言说了过去和它的幽灵,"斯蒂芬跟一个朋友说,"为什么要想起他们?如果我召唤他们复生,让他们跨过遗忘河,那些可怜的鬼魂会响应我的召唤吗?谁觉得会这样?"(339)奥德修斯对亡灵的召唤,在这里变成了雄心勃勃的小说家的梦想:他要以一部激荡人心的小说重建他年轻时候的那个都柏林;同时,跟奥德修斯与母亲的谈话相对应,斯蒂芬被母亲弥留之际向碗里吐出绿色胆汁的景象困扰着。

如果现代的虚构人物还能在梦中瞥见古典时代的冥界,他们也能在现实中经历炼狱。很多20世纪的小说都采用各种冥界场景来表现此世的地狱。在《尤利西斯》中,长篇章节"瑟西"的场景设在都柏林的红灯区"夜城"。在这里,炼狱般的幻象和现实中斯蒂芬、布鲁姆和一群妓女在一个廉价妓院中的对话互相交叠。我们在非裔美国诗人阿米里·巴拉卡写于1965年的一部作品中,可以找到一个具有可比性的场景。他的诗化小说《但丁地狱的系统》,把但丁的炼狱和新泽西州纽瓦克的街区叠置。巴拉卡的书充满了锈迹斑斑的现实感,但他描写的场景同时也有一种虚幻的特质,并通过旋风般而又铿锵有力的、喷薄而出的散文风格表现出来。比如,其中一章题为"通灵者",借用了但丁为算命者选择的具有象征意义的刑罚。在地狱中,他们的头被畸形地扭向后面:

  吉卜赛人在我之前生活在这里。头被扭到背后,朝向后院和栏杆。那棕色的车库、帽子、绿色的衣服。离后院十五尺,离砸烂了

的厕所更近一些。瘟疫之年，死去的动物之年。[……]

你永远都不知道具体的时间。有人站在那里，挡着光线。有人把自己脑瓜劈开了。有人沿着韦佛利大道走下去。有人发现自己被用过了。

这是真正的悲剧。我会在地狱变成畸形。

（巴拉卡，《但丁的地狱》，49—52）

25年后，德里克·沃尔科特把巴拉卡对维吉尔和但丁梦境的两极对立式的借用倒置过来，在《奥麦罗斯》中创造出一个正面得多的情景，融合了凡间景象和维吉尔的地下世界。沃尔科特表现自己回到出生地圣卢卡的喀斯特里镇，结果发现他儿时的家变成了一间印刷商店（既是象征意义上的，也是事实意义上的）。与奥德修斯为自己和珀涅罗珀造的那张不可移动的床相对应，沃尔科特发现母亲的床被换成了印刷厂的"折叠床"（沃尔科特，《奥麦罗斯》，67）。突然一个鬼魂出现了，径直从机器中穿过，"像电影一样清晰，被完美地投射"（68）。那是他的父亲华威，他已于1931年去世，那时他的儿子才一岁大。华威曾经是个有天赋的业余诗人和画家，沃尔科特认得他，因为他看过父亲一幅老旧的自画像。鬼魂透明的手中拿着一本书（68）：

"在这苍白的蓝色笔记本中，你找到了我的诗作"——
我父亲微笑着说——"我似乎帮你做出了人生的选择，
而你所做的事业，既是对我职业的否定

也是对它的致敬——从你我事业融合的那一刻起就是如此，
现在你的年龄已经是我的两倍了，哪个是儿子的，哪个是爸爸的？"

"父亲"——我吞吐着说——"它们已经合为一个声音了"。

华威提醒他的儿子（同时也在告诉我们），他自己的英国父亲以他的出生地华威郡为他命名，同时也是莎士比亚的故乡。由此他隐晦地在荷马和但丁之外，新加入了一个谱系。然后，两父子一起散步到港口，在这里，华威揭示了他儿子史诗事业的具体本质。在《埃涅阿斯纪》中，埃涅阿斯父亲的鬼魂宣告了儿子的宿命，这是他回到人间之后必须追寻的："罗马人，记住，以你的力量去统治／地上的诸民族——因为你的艺术是：／为世界带来和平，以及法治／宽恕被征服者，打败傲慢的人。"（维吉尔，《埃涅阿斯纪》，190）华威·沃尔科特倒置了维吉尔的叙事：他确认儿子的毕生志业，不是一个帝国的统治者，而是为被统治者发声的诗人。他的艺术将会是艺术本身——不是为艺术服务，而是为了他所描写的那些人服务。华威的鬼魂告诉儿子，在他自己的童年回忆中，女人们仍然处在完全被奴役的状态，永不停息地把一篮一篮沉重的煤装到蒸汽机车上，用于出口："每运一百斤的篮子／两个戴着白色遮阳帽的计数员就会打一个勾，／当她们爬上炼狱里深灰色的煤山／这个无限重复的过程向你展示什么是地狱。"（沃尔科特，《奥麦罗斯》，74）当德里克在沉思这些被父亲的回忆唤起的劳苦女人时，华威宣告了他预言性的命令：

跪在你要搬运的篮子前，然后稳住你的摇摆的双脚
爬上那煤梯，像他们那样有节奏地，
一只赤脚跟着另一只，依照祖先的韵律。

（75）

华威以三行一节的方式写作，让人想起但丁的隔句押韵法三行体，同时也提醒他的儿子，这些劳苦的女人（并非某个神圣的缪斯），为他提供了最初的诗歌灵感：

> 因为这些复合音步组成的诗节
> 构成了你最初的韵律。看，她们往上爬，但没人知道她们；
> 她们挣着她们那几个可怜的铜板，还有你的责任
>
> 从你在祖母的房子里看着她们的那一刻起
> 作为孩子，被她们的力量和美感所刺伤
> 这就是你现在拥有的机会：为那些赤裸的脚发声。

（75—76）

荷马的女性化

《奥麦罗斯》只是很多对荷马史诗传统进行改造的重要作品之一。更加晚近的例子包括加拿大作家玛格丽特·阿特伍德——她的《珀涅罗珀记》（2005）为女性仆人发声，是对《奥德赛》反讽式的、阴暗的改写。在这里，女人的双脚不再向前迈进，而是在空中晃动；书中的第二个短章以一系列的诗歌开篇："歌舞线上：跳绳歌谣。"这些歌谣由十二个女仆唱出，她们正是在奥德修斯杀掉了珀涅罗珀的追求者之后，命令塔里马库斯杀死的，因为她们与那些追求者睡过觉：

> 我们是那些女仆
> 你杀掉的女仆

你抛弃的女仆

我们在空中起舞

我们的赤脚抽搐着

这并不公平

……

这给你带来快感

你举起你的手

你望着我们倒下

我们在空气中起舞

我们是你抛弃的

我们是你杀害的

(阿特伍德,《珀涅罗珀记》,5—6)

与沃尔科特一样,阿特伍德让荷马传统的口语特质复活了,而且相对于以白人男性传统为主的西方文学的标准英语写作背道而驰。她没有强调混合语方言(creole),转而运用品类丰富的口头文类和形式;在上面引用的例子里,她把女仆的歌词表现为不带标点的童谣。她用"歌舞线上"来作诗歌的标题,这是1975年一部广受欢迎的百老汇音乐剧的名字,还于1985年被拍成电影。它讲述17个舞者在一个空荡荡的舞台上试演,希望获得一部舞剧的演出机会,并在此过程中讲述他们的人生经历。阿特伍德使用这个标题,还有"跳绳歌谣"的副标题,隐含了极大的反讽意味:对这些女人来说,所谓的歌舞线或绳子,指的正是船上的绳索,塔里马库斯用它缠着这些女人的脖子,把她们高高吊起来:"这些女人的头被束缚在一根绳索上,/ 环索吊起她们的颈脖,一个一个地 / 这样所有人都死得很惨,很恐怖…… / 她们的脚乱踢了一会儿——但不

是很久。"(荷马,《奥德赛》,453—454)

女仆们语带讽刺却又哀怨的歌唱,穿插在各个章节之间,这些章节由珀涅罗珀自己讲述——她也已经死了,深处冥界;在那里,她冷冷地回顾她的过去,评价她的丈夫。她说,他进入冥界的经历,可能根本就不是像他所说的那样:"有些人说,奥德修斯到过亡灵之境,去询问鬼魂。不,他只不过是在一个阴暗古老、到处是蝙蝠的洞穴里过了一夜而已,这是其他人的说法。"(阿特伍德,《珀涅罗珀记》,91)这一幕和全书一样,说明口头传统并不能反映卢卡奇所说的史诗的完整一体性;相反,它反映了一种后现代的碎片化、可塑性和不稳定性。珀涅罗珀的魂魄反复被魔法师和招魂者召唤出来,"在几百甚至几千年后——要计算具体时间真的很难,因为我们根本没有这种所谓时间的观念"(17)——她还对那些夜晚在房间照明的"发光的球"(电灯泡)感到好奇(18)。

时间的流逝使珀涅罗珀得以询问一些有关她丈夫的冒险经历、性格特点等困难问题,这些都是她在生时需要回避的:

> 当然了,我早已看到端倪了,我感觉到他的难以捉摸,他的油滑,他的狡诈,他的——怎么描述呢?——他的,只不过我装作看不见而已。我闭嘴不谈;或者,如果我张嘴的话,都是为他唱赞歌。我从不跟他对着干,我从不问尴尬的问题,我从不深究。那时候,我只想皆大欢喜。
>
> (3)

女仆们也质疑奥德修斯的人品,还有他下命令杀死她们的动机。她们语带讽刺地在书的最后直接向他发出质问:"呦吼!不存在先生!无名先生!制造假象的大师先生!玩弄手腕先生,小偷和骗子的孙子……你为什么要谋杀我们？我们对你做什么了，非要我们死？你从没有回答。"（191—193）《珀涅罗珀记》永远不给出具体答案，但是这类涉及本质的问题，占据着整本书的中心。

阿特伍德从女性主义立场对男权制度和帮助维持这种制度的史诗叙事做出了强有力的批判；但与此同时，她也不放弃探索女人之间的竞争和敌意。女仆们憎恨珀涅罗珀，因为她让她们做间谍，偷偷监视那些追求者；所以那些令她们丧命的情欲关系，也是珀涅罗珀一手造成的。很可能珀涅罗珀自己也有婚外情，但是她的阶级地位保护了她，让她可以安然无恙、全身而退。这就跟父权制度容许双重标准，让奥德修斯可以随意地享受不止一段的婚外情一样。而且，珀涅罗珀自己就和她更美丽的表亲海伦有一段漫长的争风吃醋的经历，还把后者轻蔑地称为"腿上之毒"（79）。

阿特伍德把她的史诗故事，跟言情小说，甚至是所谓"鸡仔文学"中经常出现的姐妹矛盾糅合在一起。比如海伦不屑地说，奥德修斯和珀涅罗珀是天作之合："'她和奥德修斯真是同类人。他们俩的腿都那么短，'她随随便便地点评道，但她最随便的话也都是最狠毒的。"（33）海伦的阴险性格在珀涅罗珀仆人的反应中得到强化："女仆们都在偷笑。我心都碎了。我从来没有想到我的腿原来那么短，我更加没想到海伦会留意到这一点。当然了，在评价别人身体的优点和瑕疵方面，没有什么逃得过她的眼睛。"（34）在派遣这12个女仆去当间谍之前，珀涅罗珀早就被她们背地里的嘲讽刺伤了。或许她不太在乎把她们送入虎口。

从维吉尔到但丁，再到巴拉卡、沃尔科特、阿特伍德，还有其他很多作家，我们可以看到，古代的史诗传统跨越多个世纪，也跨越各个大洲，不断被重塑，而且在今天仍然魅力不减。

采摘玫瑰花蕾

到现在为止,我们一直在追寻从古到今的连续性和变异性——这是一个理所当然的探索方向,因为它本来就是文学史发展的脉络。但是,对于一个读者来说,有时候也值得反过来,从今天往回追寻,把一个意象或者一个场景上溯回它的单个或者是多个源头。在阅读一个当代作家的作品时,我们可能会猛然发现对过去某个作家的引用,又或者某个编辑的脚注可能会把我们的注意力引向某段引文,或者某个极其相似的经典人物。有时候,整个序列的重写与借鉴支撑起了某部现代作品,而我们可以对历史进行深入的考古,观察一个形象如何在闪烁不定的时间深渊中蒙上不同的印痕。

图1是英国艺术家汤姆·菲利普斯为但丁《炼狱》的一个现代翻译创作的插图。这幅图画前端中的文句,展示了上述的回溯过程。在这个后现代的关于地狱的幻象里,布满整片土地的死魂灵,其实是正在燃烧的书,上面的文句暗示了道德的沉沦会把作者——或者读者——导向永不超生的结局。在图画前端最显眼处的两句引文,直接挑战了中世纪基督教观念中对追求永生的强调。左边的引文来自罗马诗人贺拉斯的名句,"把握今天,不要太寄望于明天"(Carpe diem, quam minimum credula postero)。这句话旁边是文艺复兴时期诗人罗伯特·赫里克一首抒情诗的第一句:"致处女们,及时行乐。"

> 采摘你的玫瑰花蕾,趁你还能够,
>   旧日还在流逝;
> 这同一朵花,今天还在微笑,
>   明天将会死去。

图1　汤姆·菲利普斯 /但丁 /《炼狱》第十节 / 1983 年
（纽约 /伦敦艺术家版权协会授权使用）

天堂辉煌之灯，太阳，
　　　　他飞得越高，
　　就越快结束他的旅程，
　　　　就越接近日落。

<52>　最好的时光，是最初的时光，
　　　　青春和血液都还是温热的；
　　一旦消耗，就会变坏，然后更坏的
　　　　时间会被最坏的时间替代。

<53>　所以不要腼腆，善用你的时间，
　　　　在你还能够的时候，赶快结婚；
　　一旦失去你的青春，
　　　　你将永远蹉跎。

（奎勒-考茨，《牛津集》，266—267）

如果我们以赫里克为出发点去考察采摘玫瑰花蕾这个意象，颇有一段历史可供我们往回追溯。赫里克诗作的第一句，摘自法国诗人皮埃尔·德·隆萨一首著名十四行诗的最后一句。隆萨逝世于1585年，即赫里克出生前几年。隆萨为他最爱的"海伦"写的其中一首十四行诗如下：

　　当你老去，在夜晚的烛光旁
　　　　坐在炉边编织着你的羊毛，
　　吟唱着我的诗，你将会受到触动并宣布，
　　"隆萨赞美过我，当我还是楚楚动人的时候。"
　　没有一个你的侍女，在听到这句话时，

> 虽然她们一边编织一边已经昏昏欲睡,
>
> 会不被隆萨的词句唤醒,
>
> 他为你的名字,献上不朽的颂词。
>
> 而那时候,我将已深埋地下,只是一个没有骨头的阴影,
>
> 我会在桃金娘花丛中自由自在,
>
> 而在你的栖居处,你被岁月压弯了腰,
>
> 你将会后悔曾经骄矜地鄙视我的爱。
>
> 所以好好生活,我恳求你,不要空待明天:
>
> 赶紧采摘今天的生命之花。
>
> (隆萨,《作品全集》,1:340)

隆萨的抒情诗是对某个具体女人饱含躁动情欲的恳求,这可能还是一个已婚女人(根据宫廷爱情文学的传统),她厌恶与他发生婚外情。而赫里克带有调情味道的诗则很不同,他磨掉了隆萨那些酸楚的棱角。他在对一群处女,而非他自己的情人说话,而且催促她们赶紧结婚。这个欢乐得多的场景化用了基督关于聪明与蠢笨的处女的寓言:聪明的处女让灯一直亮着,避免错过她们的婚礼。

相反,隆萨的诗是建立在古罗马的伊壁鸠鲁传统上的;而在汤姆·菲利普斯为但丁所作的插图中,恰如其分地把伊壁鸠鲁的书也放在炼狱中。隆萨的最后一句诗,是对贺拉斯 "Carpe diem, quam minimum mcredula postero" 这句诗比较自由的翻译;这句诗里的 "carpe diem" 包含了农业劳作的意思——虽然它一般被译作"把握今天",但是更准确的表达应该是"采摘时日",仿佛这是一次丰收。隆萨也引用了贺拉斯的同时代人提布卢斯;他在公元前19年去世,时年三十六岁。时光短促是提布卢斯作品的重要主题,比如在下面这首诗中,弥留的诗人促请情

人戴丽雅在自己死后仍然忠于自己:

> 但是我恳求你,继续保持你的贞洁,你圣洁的端庄
> 永远保持着,让她像你年老的伴侣一样坐在身边。
> 她会给你讲故事,油灯已布置好,
> 而她会从拉线棒抽出她长长的纱线,
> 同时,周围的女孩都俯身做着针线活计
> 直到睡眠完全把她们征服了,手上的活计也停下了。
> 然后我会突然出现,不需要任何人宣告;
> 对你来说仿佛我是从天堂下凡。
> 然后对于我——就像你一样,你的发髻散乱了,
> 你的双脚脱掉鞋子——跑吧,噢戴丽雅。
> 我做这段祷告:希望璀璨的晨星护佑我的目光,
> 骑在晨曦的玫瑰色马之上。
>
> (提布卢斯,《哀歌》,211)

隆萨把贺拉斯的丰收意象与提布卢斯荷马式的玫瑰色晨曦结合起来。叫作戴丽雅的女人显然已经与一个军官结婚了,而且她在丈夫外出征战时与提布卢斯继续着这段婚外情。垂死的诗人有理由相信她的悲哀不会长久,另一个情人可能很快就会取代他。但是他的语调是亲密并满怀着爱的。他从没有想象戴丽雅会变老;在同一个场景中的老妇人只是一个陪侍的女伴。与此形成强烈对比的是,隆萨把自己表现为得不到回应的爱人,并把悲哀的女孩与年老的妇人糅合在一起,营造了突出的效果。

隆萨可能还参考了另外一个非常不一样的来源:采集玫瑰花蕾这个主题也出现在《圣经》里,被列入"次经"系列中的"所罗门智训"。这

本书的作者与贺拉斯和提布卢斯是同时代人,是一个生活在亚历山大里亚的说希腊语的犹太人。作为一个严格的道德家,这位作者为他周围这些埃及的纵欲主义者描画了一副不堪的肖像:

> 他们的理智不太正常,对他们自己说,
> 我们的生命短促又充满哀伤,
> 当一个人的生命走到尽头,不会有任何补救办法,
> 从来没有人能从冥界回来。
> ……
> 那么,来吧,让我们享受眼前存在的美好,
> 趁着年华尽情享受世间万物。
> 让我们享尽昂贵的葡萄酒和香水,
> 不要让一朵春天的花与我们擦肩而过:
> 让我们趁玫瑰花蕾凋谢之前,以它们为桂冠为自己加冕。
>
> (《所罗门智训》,2:1,6—8)

《圣经》文本的作者被罗马诗人们的伊壁鸠鲁主义激怒了;他忧虑的不仅仅是个人的不道德,更是它的社会后果。他认为那些为了快感而活着的人,会压迫寡妇与孤儿,会躲起来偷袭义士,"因为他对我们来说是障碍,并且反对我们的行为"(2:12)。对于这个诗人来说,生命的短促应该迫使人们进行严肃的反思,以及在此时做出有德的行动。他否认真正信神的人会只想着死后的生活:"上帝没有创造死亡,他并不为活着的人死去而感到高兴。/……他创造万物,是为了他们能存在。"(1:13—14)反而是那些不义的人,才把死亡当作一种浪漫的欲望对象:"不信神的人,通过他们的语言和行为召唤死亡;/把死亡看作朋友,他

们会哀痛欲绝，/ 他们与它立约，/ 因为他们适合与它为伍。"（1：18）

把所爱的人表现为春光中的一朵花，也在《圣经》中以正面的意义出现："我是沙龙的一朵玫瑰，是山谷中的百合。"年轻的女人在雅歌中唱着，催促着恋人起来与她一起走："看，冬天已经过去，大雨已经结束了，/ 鲜花在大地上盛开，歌唱的季节已经来临，/ 欧斑鸠的声音已经在我们的土地上响起。"（雅歌，2：1，11—12）犹太拉比们把这些歌谣收入《圣经》中，因为他们并没有把其看作非宗教的享乐主义，而是选择把雅歌理解为一种寓言，其主旨是对神和以色列的爱。早期教父们继承了犹太拉比的看法，把雅歌文本重新诠释为对基督和教会的爱之寓言。但丁也采用这种经过宗教过滤的色情符号，但不是在炼狱，而是在天堂；在这里，圣人们围绕着上帝，构成一朵灿烂的天国玫瑰。

在汤姆·菲利普斯所描绘的炼狱中，那片充斥着书的土地一直往时间的深处延伸，但菲利普斯是一个自觉的现代艺术家，他创作的图像把玫瑰花蕾从但丁的时代带到我们面前。他把赫里克置于但丁的炼狱中，表现了一种故意的时间错置，因为赫里克生于但丁之后三百年——所以这幅图画很好地表现了文学如何超越自己时代。如果我们在菲利普斯这篇敞开的书之土地上往远处看，就会越来越接近当下。我们能看清文字的最远的书，包括古代唯物主义哲学家、诗人卢克莱修的一册著作，还有一本简单地写着"玫瑰花蕾"的书。菲利普斯的作品充斥着对视觉和语言艺术的引用，而很可能这册部分被遮蔽的书，指向了奥逊·威尔斯电影经典中公民凯恩那谜语般的遗言。《公民凯恩》最后的镜头揭示了"玫瑰花蕾"并非如观众相信的那样——这也是从提布卢斯到赫里克的整个传统让我们所相信的——是一个失去的爱人的名字。相反，它是凯恩儿时雪橇的牌子，威尔斯以此作为一个诗意的象征，指代失去的童真。

通过赫里克和隆萨往回追溯来进行阅读，我们得以更充分地把握后世诗人所赖以立足的传统，也看到所谓的"古代世界"是如何具有多义性。单单在一个世纪里，"把握时日"这个主题就已经被《圣经》传统和罗马作家以极为不同的方式使用着；他们为了实现不同的效果而采集玫瑰花蕾。正如莎士比亚所言，一朵玫瑰不管叫什么名字都一样甜美，但鲜有别的花朵拥有这么丰富的历史——在菲利普斯的画中，与"玫瑰花蕾"一册交叠的另一本书写着这样一句话：Les Très Riches Heures de Fleur（"花朵的豪华日课经"）。诗人们、视觉艺术家们依自己的意愿采摘它们、运用它们、反复塑造它们，把玫瑰花炼成了关于光阴易逝的永恒象征。

第三章

跨越文化的阅读

阅读世界文学，给我们一个机会，去拓展我们的文学和文化视野，让它远远超出我们自己的文化范畴。虽然阅读外国作品会带来无限的灵感，但也伴随着很大的问题。作者会预设自己的读者熟悉各个朝代，或者各种神祇，然而外国读者可能从来没听过。作品会与一系列过去的著作形成对话关系，但是我们也可能从未听说过它们。作品的形式本身也可能会显得怪异、令人难于理解。一篇很好的编辑导言可以厘清作品所处的历史和文学语境，但即使如此，我们也仍然有可能只是停留在文本的表面，被它的怪异感拒之门外，又或者不自觉间把它过分本土化，将它简单地代入自己熟悉的文化中。毕竟，我们接触一部作品时所带的预设和阅读方式，都是由我们曾经读过的书塑造的——这既包括我们自己的传统，也包括我们遇到的外国作品。我们不应该把这些已有的知识抹掉，而是应该有效地运用它们，将其作为探索新境界的跳板。本章将会讨论几种不同的方法，让我们有效地在比较的视野中阅读新材料，深入研究相似性与差异性，以便理解陌生的作品，也有助我们从熟悉的作品中读出新意。

为了有效起见，对差异很大的作品进行比较，需要预设一个第三方平台作为背景，让比较能在一个可通约的基础上进行。没有这种有意义的共同基础，一切比较都会沦为散乱、不相干的作品的聚合。如果我们迷失在纯粹的丰富性中，就很容易构建一些随意的关联。霍尔赫·路易斯·博尔赫斯的故事《突伦，乌克巴，第三天体》中就描写了一些文学批评家，他们喜欢使用这种批评方式。突伦这个虚构之地的批评家相信所有文学都表达了一种隐含的统一性；他们"会把两部完全不同的作品——比方说，《道德经》和《一千零一夜》——归于同一个作家，然后认认真真地以此为依据，重构这个极为有趣的'文人'作者的心理"（77）。

幸好，我们在处理来自不相连文化的文学时，并不需要依赖这种随意、自由的关系构建。相隔千里的作家之间可能并不使用共同的文学语汇和诗学技巧，但是，我们有很多办法去比较不同文化中的作品。本章以戏剧和短故事为例，讨论几种比较的方法，它们涉及文类、人物、情节、主题、意象的相似性，也涉及相似的文化模式和社会背景。这种相似性提供了一个通约的基础，由此我们得以对不同文化传统呈现出的深刻差异性做出衡量和评价。

<58>

古典戏剧：希腊与印度

当我们对不同文化中的文学作品进行比较时，其中一个可依赖的基础来自文类本身。文类对于作品的塑造和观众预期的形成扮演着重要角色。某些文类是一个传统所独有的，其他文类则可以在世界各地的传统中找到；前一章对西方史诗传统的讨论可以拓展到其他文化，比如印度、波斯和北非。戏剧则更具广泛性，普遍存在于多个文化、多个历史时期中。虽然世界上的戏剧传统差异巨大，但它们都在共同探索舞台化表演所带来的可能性——对人物与行动的表现，对道具与布景、音乐、舞蹈和灯光的运用。在这些总体的框架之内，我们可以通过观察哪些元素获得强调，而作家们又是如何运用它们，来了解一个文化的很多方面。反过来，对一个文化总体的戏剧规范的理解，也为我们提供了一个重要的起点，去理解某部具体戏剧的运作模式——包括剧作家如何背离他/她所面对的既定法则。

我们的讨论从两部世界戏剧经典开始：索福克勒斯的《俄狄浦斯王》和迦梨陀娑的《沙恭达罗》。索福克勒斯和迦梨陀娑的地位相若，都是各自传统中的戏剧奠基人，但希腊戏剧和印度戏剧之间鲜有多少有迹可循的联系。希腊国王们的确在公元前的最后几个世纪统治过印度北部；现在的阿富汗也发现了一座建于这个时期的希腊剧场遗迹。但是，对于迦梨陀娑所处的公元4到5世纪来说，这一类的联系已经属于遥远的过去了，而梵文戏剧也已经以自己的模式发展了好几个世纪，并取材于印度的史诗和抒情诗传统，而非借鉴于外国。迦梨陀娑不会听说过索福克勒斯；但是，虽然有这么多的差异性，《沙恭达罗》和《俄狄浦斯王》在好几个层面上都还是具有可比性，包括它们最根本的主题。

<59> 索福克勒斯的作品是一部关于知识的戏剧。面对瘟疫和疾病肆虐的底比斯城，俄狄浦斯希望知道，究竟是什么罪行和错误导致众神对这座城邦做出这样的惩罚。他下定决心一定要找到目击证人，提供揭开谜底的线索，而他也的确抽丝剥茧，逐渐接近真相。全剧伊始，一段神谕表明，众神要迫使底比斯驱逐他们中间的一个杀人犯——那个不知名的、杀害前任国王拉伊俄斯之人。于是，俄狄浦斯发誓要彻底找出这桩罪行的真相，并放逐罪犯——无论这个人是谁。他所不知道的是，他自己就是那个罪犯。虽然某些剧作家会把这个真相留到结尾，但是索福克勒斯很早就在戏剧中点明了它——盲人先知泰瑞西阿斯的话令俄狄浦斯震惊不已："你玷污了这片土地。/……你还在找寻弑君者/你自己就是弑君者。"（索福克勒斯，《俄狄浦斯王》，101）比这更可怕的事情是，俄狄浦斯所不认识的这个拉伊俄斯王正是他的父亲；他抛弃了还在襁褓中的俄

狄浦斯,因为他企图扭转一个预言,即他会被自己的儿子杀死。在不知情的情况下,俄狄浦斯实现了这则预言,并成为底比斯的国王,还迎娶了拉伊俄斯的遗孀伊俄卡斯忒——他自己的母亲。

这部戏剧余下的部分主要讲述俄狄浦斯证实——或者证伪——这段可怖而不可思议的传言的努力。这部戏密切聚焦于俄狄浦斯和他贴身的人物圈,描述他们如何面对自己的境况、他们接受或者抗拒现实的策略,以及这个过程中表露出的性格特征。整部戏剧发生在单一的地点,在同一天里,完全是实时的;在这个过程中,遥远过去的事情也被冷酷无情地暴露在阳光之下。早已被遗忘、被压制的事件,都被翻转、被揭露,把故事推向悲剧性的高潮;一个优秀的人,从好运的顶峰一下子跌落到绝望和耻辱的深渊。在戏剧人物和观众之间扮演中介角色的是底比斯城邦市民组成的歌队,他们表演动人的悲歌,一边歌唱一边跳舞。

迦梨陀娑的《沙恭达罗》,也讲述了一个伟大的君王如何面对自己在早已被遗忘的过去所犯下的错误。像索福克勒斯一样,迦梨陀娑对由史诗传统流传下来的一个故事进行了戏剧化处理——这个故事来自印度史诗《摩诃婆罗多》。有一天,正在森林中狩猎的国王豆扇陀偶遇一处隐居之所,并发现了美丽动人的沙恭达罗。她是孤儿,由一个苦行僧抚养大。豆扇陀立刻爱上了沙恭达罗,而后者对君王也是一见钟情。两人私下结婚,豆扇陀把自己的印章戒指送给了沙恭达罗,并向她保证尽快把她迎回王宫作为自己的正室,然后就离开了。显然他需要一点时间去为沙恭达罗的到来做准备,因为她将取代自己现任的正室,而她无疑拥有强大的支持者。

然而,他还没来得及把她接到宫中,麻烦就降临了:沙恭达罗沉浸在对情人的思念中,没有好好向敝衣仙人致敬,因此激怒了后者。作

<60>

为惩罚，敝衣仙人让豆扇陀完全忘记曾经遇到过沙恭达罗。沙恭达罗的友人们哀求敝衣仙人解除魔咒，后者终于让步，允许豆扇陀在见到自己的印章戒指的情况下，回想起他对沙恭达罗的爱。然而，在沙恭达罗前往王宫的路途中，在一条河里洗澡，戒指从她手指上滑走了。当她获得豆扇陀接见时，困惑的国王坚称他完全不记得曾经见过她，更遑论与她结婚了。沙恭达罗这时已经怀上国王的骨肉，她完全不知所措，为自己无法恢复国王的记忆感到绝望。抚养她的家庭怀疑她所描述的事情的真实性，不想再与她有牵扯。天使的力量把她带到喜马拉雅山巅的极乐世界，她在那里诞下儿子，并在那里抚养他。

幸好事情并非不可挽回——一个渔夫找到了丢失的印章戒指，把它呈送给国王，并向他讲述自己是怎么找到这个物件的。见到戒指，豆扇陀马上想起了一切；他渴望与沙恭达罗重逢，但是不知道天神把她带去了何处。几年之后，事情终于出现转机：主神因陀罗借助豆扇陀击败了妖魔的军队。作为回报，因陀罗让豆扇陀飞到喜马拉雅山巅；在那里，他和沙恭达罗终于重逢，并且第一次见到自己的儿子，也是王位的继承人。这部戏剧以幸福的一家人登上因陀罗的马车回家作结。

虽然《沙恭达罗》的整体格调是喜剧性而非悲剧性的，但是它跟《俄狄浦斯王》一样是一部心理戏剧。与俄狄浦斯一样，豆扇陀被一段记忆所困扰，无法把它带回到自己意识的表层；同样，他也难以理解一个不可思议的故事：他遇到了世界上最美丽的女人，并与她结婚，但是，他居然在几天的时间里就把她忘得一干二净。当他回到宫中，在沙恭达罗出现之前，失忆的豆扇陀听到他的一位妃子唱了一首关于被抛弃的悲歌，竟被深深地打动了。他问自己："为什么听着那首歌的歌词，会让我充满强烈的渴望？我并没有与哪个相爱的人分离啊。"他忍不住把自己的困惑以诗歌的形式表达出来：

> 看到罕有的美丽，
> 听到可爱的声音，
> 即使一个快乐的人
> 也会奇怪地感到不自在……
> 可能他记起来，
> 上辈子的爱
> 深埋在自己的存在中
> 虽然他自己不知道因由。
>
> （迦梨陀娑，《沙恭达罗》，134）

弗洛伊德曾用俄狄浦斯的故事来说明潜意识中的欲望是如何运作的；在《沙恭达罗》中，豆扇陀同样被徘徊在意识表层之下的记忆困扰着。第七幕的大团圆结局，发生在充斥了整整三幕的困惑、不安和心碎之后。第四幕里，在林中隐居所的沙恭达罗和她的同伴们，诧异于豆扇陀一直没有来信把她接到王宫里。最后，她的养父甘浮决定把她赶走，虽然他内心充满悲伤，既对她非常不舍，也对她将要在宫中所面临的境况感到不安。在第五幕中，豆扇陀平静地拒绝承认他们的婚姻，沙恭达罗和她的同伴感到极为震惊。倍感困惑的国王对她们说："修行者们，我思前想后，但是实在想不起来与这位女士结过婚。我怎么能接受一个已经怀孕多时，而我却不能确定与自己有关的女人呢？"（139）沙恭达罗感到羞耻而无法自拔，懊悔爱上这个现在看来毫无诚信的男人。直到戏剧的最后一幕之前，她都被束缚在一个悲剧性的境况里，被指责在甘浮圣洁的隐修领地内进行了有罪的性行为，因此像俄狄浦斯一样，她被社会放逐了。

相似的意象模式加强了两部戏剧之间在人物设定和情节上的可比性。戏剧是一种非常视觉化的媒介，正如后世的很多自省式剧作家一样，索福克勒斯和迦梨陀娑把这种媒介本身的特征都融合于作品的主题里。在以上两部戏剧里，人物经常谈论他们能够看到和不能看到的事物。俄狄浦斯和先知泰瑞西阿斯互相指责对方比自己更盲目；当俄狄浦斯开始意识到先知所讲述的恐怖真相，他大喊道："我有一种致命的恐惧／那个老先知是有眼睛的。"（索福克勒斯，《俄狄浦斯王》，120）俄狄浦斯不断以视觉语言来描述自己对真相的追求："我希望能够看到这个牧羊人"；一个信使的"脸是亮的……他带来的消息可能也会照亮我们"（89，121）。视觉变成了内在直觉的体现，而且在该戏剧著名的恐怖结尾，俄狄浦斯把愤怒发泄向自己的双眼。

在《沙恭达罗》里，视觉也同样能产生内在直觉。在整部戏剧里，人们仔细观察别人在做什么，并经常评论观看这个行为本身。当豆扇陀乘着因陀罗的马车在空中飞翔时，这段旅程并非通过特别效果，而是通过国王与车夫之间对于他们所见的奇异景象的讨论传递给观众的。在第三幕，豆扇陀渴望对沙恭达罗了解更多，于是尾随着她，分析各种视觉上的证据——豆扇陀仿佛是一个恋爱中的福尔摩斯：

> 我看到新的脚印
> 在白沙上清晰可辨，
> 脚跟处留下深深的印痕
> 这是臀部的摆动造成的。
> 让我透过树枝张望。

（迦梨陀娑，《沙恭达罗》，112）

然后,他描述了自己(但不是观众)可以看到的一幕:沙恭达罗的两个同伴用莲花露按摩她的乳房,因为她们以为她中暑了,希望以此缓解症状,但其实是沙恭达罗相思成疾。豆扇陀为自己所见感到欢愉,他宣称:"我的双眼找到了极乐!"(112)

在他与沙恭达罗第一次对话之后,豆扇陀仔细观察她的双眼、嘴巴和动作,由此找到线索,猜到她也爱他:"在我面前,她的双眼低垂,但是她找到借口去微笑……当我们分离的时候,虽然她很内敛,但是她对我的情感还是表露无遗。"在反复咀嚼这些证据的时候,他吟诵起了诗句:

"锋利的草叶
划过我的脚",
那个女孩走过几步之后
毫无因由地说;
然后她假装把裙子从树枝撩开
但其实树枝根本就没有勾住裙子
然后,她羞涩地望了一眼。

(107)

跟俄狄浦斯一样,豆扇陀以自己能看到和知道一切而自豪;在咒语的麻痹下,他拒绝了沙恭达罗,所以当他意识到自己的悲剧性错误时,也同样要遭受它带来的痛苦。渔夫进献的印章戒指加速了他的觉醒——这是认知和逆转互相重叠的时刻。在《诗学》中,亚里士多德赞美了这两种元素的搭配,并且特意指出《俄狄浦斯王》对这两个元素的处理手法乃是戏剧艺术的巅峰。

悲剧性的错误,还是命运?

《俄狄浦斯王》和《沙恭达罗》是古代多神信仰社会的产物;在其中,众多的男神和女神被认为会干涉凡间的事务。把《沙恭达罗》与《俄狄浦斯王》放在一起阅读,能帮助我们看清两位剧作家的创作前提与他们的后继者是多么大相径庭。从文艺复兴开始,西方戏剧家们把注意力集中到单个的人物及其评判上,故而悲剧性的错误被看作古希腊悲剧的主题;是这些错误打倒了他们的主角——这种侧重点更加接近后世的基督教价值观,与古希腊的价值观反而更遥远了。亚里士多德把情节看得高于人物;在《诗学》中,他认为真正的悲剧主角必须是一个好人,甚至是一个伟人;坏人的灭亡固然是好事,但根本不是悲剧。至于骄傲感,它反映了一个主角对自己能力的恰当认知;而俄狄浦斯有理由为自己感到骄傲,因为他有能力管理他的城邦,解答谜语,并控制自己的命运。虽然这种骄傲感在戏剧的结尾遭到了挫败,但是索福克勒斯同样注重,甚至可以说更加注重表现命运在人间事务上的巨大威力。年幼的俄狄浦斯对于那多年后终将毁灭他的诅咒,可以说完全不负有责任,但是成年的俄狄浦斯认为自己能扭转众神定下的宿命则是错误的;而整部戏剧也不断地、残酷无情地摧毁俄狄浦斯的自信心——他还一心以为经过自己的侦查,可以扭转局面。可以说,这部戏剧是索福克勒斯对他的雅典同胞含蓄的反驳——他们越来越依赖理性,或者帝国权力,将之作为控制自己命运的方式。而索福克勒斯的戏剧表明,即使是最伟大的英雄,也会被神的意志打败。

通过强调命运高于个人能力,索福克勒斯与迦梨陀娑的距离,比他与大部分后世的西方剧作家更近。沙恭达罗所遭受的诅咒,完全与她个人的道德品行无关，纯粹是敝衣仙人易怒本性的后果；而这诅咒为豆扇陀王带来同样巨大的折磨，但当敝衣仙人暴怒的时候，豆扇陀根本就不在森林里。这个关于遗忘的诅咒，阻止他解决一个他甚至根本不知道的问题。的确，他和沙恭达罗对于坠入爱河这件事，几乎是别无选择的。一见钟情是西方浪漫传统的常见主题，但是迦梨陀娑甚至更加接近好莱坞：他的主角在看到对方第一眼之前，就已经感受到爱意了。当豆扇陀仅仅是走近沙恭达罗的森林时，就已经感受到肌肉的颤抖："隐居所是一个宁静的所在，/ 但是我的手臂在抖动…… / 是我感受到虚假的爱的预兆了吗，/ 还是命运在到处都有安排了暗门？"（迦梨陀娑，《沙恭达罗》，93）

　　俄狄浦斯和豆扇陀都是模范的统治者，被命运杀了个措手不及。上述各部戏剧里，重点都在于他们自己如何面对困境。两个君王都必须接受他们的宿命，因为他们逃避宿命的尝试无一不把事情变得更糟。当豆扇陀坠入爱河之际，他选择向身边的人隐瞒并秘密成婚，然后回到宫中为沙恭达罗的到来做准备。如果豆扇陀不顾对现有婚姻的影响和政治代价，公开承认了这段关系，那么沙恭达罗就不会被独自抛下，在森林中白白等待他，而诅咒的问题根本就不会产生。后来，虽然豆扇陀被沙恭达罗深深地吸引，但是失忆的他还是拒绝接受后者作为自己的新娘，因为他相信沙恭达罗怀的是别人的孩子。他符合道德的反应，反而令问题变得严重了，就像俄狄浦斯所有试图寻找杀害国王凶手的善意努力，总是令事态恶化一样。

　　与俄狄浦斯一样，豆扇陀和沙恭达罗对各自处境的反应表露出他们真实的价值。当沙恭达罗被丈夫和扶养她的家庭双双抛弃之际，她坚守真相，但是拒绝留在国王的宫廷中蒙受屈辱。她在流放中抚养儿子，从不绝望放弃，并最终拥抱快乐的结局。至于豆扇陀，当他意识到自己的错误之后，忠诚地对沙恭达罗忏悔，但同时也仍然兢兢业业地履行自己身为国王的职责：在这层意义上，他为自己的行为做了补偿（正如他的侍从所说的那样），虽然这些行为都不是他的错。俄狄浦斯也同样勇敢地直面凄惨命运的挑战。他的妻子伊俄卡斯忒一开始阻止俄狄浦斯的努力，后来眼见真相无法掩盖，终于绝望地放弃并自杀。而俄狄浦斯一开始是歇斯底里地坚持先知泰瑞西阿斯一定是腐败的，认为他肯定早已与自己的连襟及对手克瑞翁结盟；他执意找寻真相，甚至当他逐渐意识到真相会毁掉自己也不放弃。虽然他把自己弄瞎了，但是他拒绝自杀；他承认自己最初的盲目，现在愿意随命运摆布。在很多方面，俄狄浦斯与豆扇陀之间的相似性远远超过前者与莎士比亚的李尔王或者莫扎特的唐璜的相似性，因为后两人都主要是因为自己的错误而毁灭的。

人物与情节

虽然《俄狄浦斯王》与《沙恭达罗》之间在好几个层面上都具有令人着迷的相似性，但是它们的差异性也同样有趣，显露出戏剧家在创作方法以及观众预期方面重要的区别。从人物设定上，我们已经可以看到差异了。在典型的希腊戏剧中，《俄狄浦斯王》的人物数量颇为有限。大部分的场景都涉及俄狄浦斯与一到两个人的对话：他的妻子、他的连襟，或者一系列次要人物。他们每人都只在一个场景出现：先知泰瑞西阿斯、一个祭师、两个信使和一个牧人。除了歌队之外，舞台上永远不会同时超过三个人物；当索福克勒斯引入第三个人物的时候，他已经突破常规了：在他之前，一般舞台上只会有两个人。古希腊演员使用面具，所以他们可以通过更换面具来扮演不同角色。歌队本身永远使用第一人称,并且永远是齐声合唱;这个角色至少可以由一个人担纲。

迦梨陀娑的舞台则要拥挤得多。《俄狄浦斯王》一共只有八个有台词的角色,而《沙恭达罗》则有至少四十四个,这还不算各种在后台说话的精灵。沙恭达罗和豆扇陀自始至终被朋友、亲人和侍从围绕,与本书第一章所讨论的印度抒情诗中热闹的社会性一致。即使在与世隔绝的森林隐修所发生的场景中,也比《俄狄浦斯王》从头至尾在底比斯中心出现的人物要多。迦梨陀娑数量庞大的人物角色,置身于一个比希腊戏剧要情景化得多的脉络里,其中时间、地点、行动都是统一的。《沙恭达罗》的情景囊括了从森林隐修所到国王的宫殿等众多地点,戏剧的七幕跨越好几年——时间足够长,得以让沙恭达罗遇到国王,与他成婚,生下他们的儿子,然后把他抚养大;当我们在最后一幕再见到他们的时候,他们大胆的儿子已经宁愿跟一只小狮子玩耍,而不要他的玩具了。

但是,这部梵文戏剧数量众多的人物角色和更长的时间跨度,并不意味着其行动的重要性比《俄狄浦斯王》要大。一方面,《俄狄浦斯王》是一部关于知识的戏剧,聚焦于查探被隐藏的罪行和被压抑的诅咒;而《沙恭达罗》则是关于情感和抒情的戏剧。抒情性也在索福克勒斯的作品中占据一席之地,体现于歌队的赞美诗节和舞蹈中,但是在迦梨陀娑的笔下,反倒是主要角色经常唱起歌来,或者陷入诗性的幻梦中。即使强大的豆扇陀王,也既善于行动,又经常做诗人的沉思。他的很多台词都是以一个宣叙性的句子开始,随后是一首歌,他在其中以宏观的视觉反思整个场景:

这条裙子根本不合她的身材,但是它装饰了她的美丽……

> 一束浮萍衬托着一朵莲花,
>
> 一个黑斑反衬出月亮的光环,
>
> 这条裙子增加了她的魅力——
>
> 美丽在哪里都能找到装饰。
>
> （迦梨陀娑,《沙恭达罗》, 95）

与这种对抒情性的着重点相一致,《沙恭达罗》把主要的行动都留在了后台。沙恭达罗和豆扇陀在第一幕中感受到爱欲的荡漾,随后在第二幕中国王一直想着他新产生的爱情,但是却并不行动。这对爱侣在第三幕中互相表达了倾慕,但是没有机会亲吻,因为国王必须离开,去隐居所的神坛主持祭祀仪式。他们的婚礼,还有新婚之夜发生在幕间;豆扇陀的离去也一样。当第四幕开始时,豆扇陀已经回到王宫里了;沙恭达罗则已经怀孕,并且因思念爱人而日渐衰弱。后来,国王直面被他遗忘的新娘那令人心碎的一幕,的确是展现在我们面前了,但是我们没有直接看到关键性的一幕,即豆扇陀看到戒指并记起一切的那一刻——我们只是在事后从两个配角的简短对话中听到它。

迦梨陀娑的故事情节构成了一个框架,其中哑剧、舞蹈和歌唱一段接着一段登场,把人物对自己经历的反应细腻地呈现出来。因为普遍的观点认为,诗歌的本质存在于回响、弦外之音、微妙之处,以及各种暗示之中,所以迦梨陀娑选择强调情感的表达重于戏剧化的事件。这一点与当时印度流行的皮影戏形成对比:后者紧凑地表现那些取材自印度史诗的战斗情节。对行动的弱化代表了其与西方戏剧的一个重要差异——虽然在这一点上,迦梨陀娑与索福克勒斯的差异同样不如他跟后世西方剧作家的差异那么大。索福克勒斯同样把主要情节和事件留到后台发生——不仅包括对俄狄浦斯父母的诅咒的历史,也包括戏剧结尾的高潮情节,即伊俄卡斯忒的自杀和俄狄浦斯的自残。在《沙恭达罗》中,这些核心事件都是通过配角的间接转述来交代的。即便如此,《俄狄浦斯王》中的描述还是充满了鲜血淋漓的细节:"淌着血的两只眼球弹出来／血沾染到他的胡子上——不是细小的几滴／而是黑色的雨,血淋淋地泼下来。"(索福克勒斯,《俄狄浦斯王》,143)这样的描述几乎比真实的演绎还要鲜活,而且让剧作家得以表现一些因为过分暴力而不适宜在舞台上演出的场景。《沙恭达罗》对发生在幕后的事件的简短总结,绝对没有这样强烈的戏剧张力。

随后,在欧洲的戏剧舞台上,开始出现越来越令人不安的场景。在《李尔王》的第三幕第七场,康沃尔公爵在我们的眼前把格洛斯特的双眼挖了出来。"出来吧,恶心的肉冻!"他边做边阴森森地说(莎士比亚,《戏剧》,165)。我们亲眼看着奥赛罗将苔丝狄蒙娜勒死,即使他已经宣告"把灯熄掉,然后把光灭掉"(235);《哈姆雷特》在一系列的刺杀和毒杀中,达到了血腥的戏剧高潮。如果我们是读着莎士比亚长大的——更不用说当代电影和电视中的色情、暴力场景——我们需要在阅读索福克勒斯或者迦梨陀娑时调整我们的预期:在他们的剧作里,我们进入了一种不同的节奏,一个不同的文学空间,一个由暗示性的间接表达而非戏剧性的行动构成的世界。

来自中产阶级生活的场景

我们对索福克勒斯和迦梨陀娑的研究,聚焦于人物设定和情节的相似性上;另一方面,从如何表现社会生活的角度来比较不同的作品,也会很有启发。古老的文化建构可以构成艺术作品的背景,就像君主制和多神信仰在《俄狄浦斯王》和《沙恭达罗》中所起的作用一样;但是作家们也会考虑新的现象,比如不断改变的社会关系,或者新的政治秩序。在十七八世纪,世界上很多地方的商人阶级都在强调他们新的影响力,并且在19世纪有力地取代了旧的贵族阶级。作家们在这个转变的最初阶段就开始探讨它了,而不同文化都以各自的模式经历了类似的过程。把来自这些文化的文学作品放到一起进行比较,将会非常有意思。

作为例子,我们可以看看伟大的法国剧作家莫里哀的《贵人迷》(又译《中产阶级贵族》)和那个时代日本最伟大的戏剧家近松门左卫门的《情死天网岛》。两人基本上算是同时代人:1673年时近松门左卫门二十岁;那一年莫里哀逝世,享年五十一岁。虽然法国和日本的戏剧传统完全独立于对方存在,而且有根本性的不同,但是两位剧作家都努力地思考他们身边正在形成中的新社会秩序。这种共同的关注点导致两者的戏剧产生非常有趣的交集,同时也造成同样引人入胜的差异。

莫里哀的标题构成了一个悖论:一个中产阶级商人是不能够成为贵族的。Gentilhomme一词起源于中世纪,指代那些出生于贵族圈子的人。莫里哀笔下的茹尔丹先生是一个富裕的布匹商人的独生子,但他糊涂地深信自己仅凭从父亲那里继承来的巨额财产就能够跻身上流社会。他为自己低下的出身感到尴尬,但是又在仆人的奉承下感到骄傲——后者假装茹尔丹的父亲根本不是什么生意人,而是一个服装鉴赏家。

茹尔丹先生: 有些笨蛋说我父亲是个生意人。

科维尔: 生意人!那简直是恶意中伤!他一辈子从没有做过

这种事！只不过他非常和善，渴望帮助别人，又正巧很了解衣物布料，所以他会到处挑选样板，让人把它们送到家里，然后再转送给他的朋友们，供他们考虑。

（莫里哀，《贵人迷》，50）

不过茹尔丹先生知道，要想成为一个"贵族"，他不单单要掩盖自己的出身，还需要教育、需要教养、需要贵族的品位。所以他聘请了一个舞蹈指导、一个音乐老师、一个击剑教练，甚至还有一个哲学家，让他获得一个真正的贵族理应享有的一切文化优越感。这出戏以音乐老师与舞蹈指导的争论开始：他们的丰厚酬劳是否值得让他们承受教导茹尔丹这么耻辱的事情。虽然舞蹈指导觉得，要教这么没文化的客户真的很没面子，但是音乐老师却乐于效劳，因为"他的赞美是有标价的"（4）。

在这个金钱交换的世界里，茹尔丹并不满足于仅仅在与品位有关的方面做交易。他坚持让他的女儿嫁给一个贵族，而且他自己也希望享受法国贵族阶层臭名昭著的混乱性生活。虽然他有一个背景跟自己一样普通的妻子，但是他却深深地爱着（至少他如此宣称）侯爵夫人杜里梅娜——她的阶层比茹尔丹高出许多个等级，茹尔丹甚至从来没有机会跟她说话。不过，他倒是的确与一个名为多朗托伯爵的贵族建立了友谊，多朗托的名字可以译作"金色的"或者"闪闪发光的"。但并不是所有发光的东西都是金子：穷困潦倒的多朗托不断从茹尔丹那里骗钱，用以偿付自己的开销，以及支撑他同一位侯爵夫人的恋爱。他希望能通过与富裕的杜里梅娜（她的名字可以译作"带来黄金的人"）结婚让自己致富；他只是装作帮助茹尔丹追求杜里梅娜，但是事实上，他把茹尔丹的礼物当作自己的礼物赠予杜里梅娜。

<68>

另一边厢，近松门左卫门的《情死天网岛》探索了类似的社会关系中的张力。他的主角纸屋治兵卫是一个买卖纸张的商人；叙述故事情节的歌者赞扬他说："纸张被诚实地出售，商店的地理位置也很好；那是一个老字号，每天客似云来。"（近松门左卫门，《情死天网岛》，403）与茹尔丹一样，治兵卫和来自他本阶层的一个女子结婚，但是他却爱上了出身比他高的人——小春，一个专门招待武士和其他贵族阶层人士的高级艺妓。小春也爱上了治兵卫，而治兵卫正拼命想办法把她赎出妓院，但是她的赎价远远超出了治兵卫的承受能力。他的情敌，一个叫作太兵卫的富有商人，很清楚要赎出小春唯一需要的就是钱："说到钱，我轻易就能成为赢家。如果我用尽我的钱，有什么是我征服不了的？"他相信商业已经取代了古老的社会关系；他宣称："客户就是客户，无论他是武士，还是普通市民。唯一的区别，只不过是前者佩剑，后者则没有。"（392）

在日本，就跟在法国一样，衣着是社会地位的重要标识，而莫里哀和近松门左卫门都描述了这样的人物，他们试图通过穿着崭新的服装获得上流社会的身份。茹尔丹先生痴迷于裁缝推销给他的浮夸、不合身的服装，认为这代表了贵族们最新的潮流；当他的妻子和女仆不停地嘲笑他那一身荒谬的羽毛和皱褶时，他感到颇不自在。在《情死天网岛》中，治兵卫准备去为小春赎身时故意打扮得很入时，想以此令妓院的鸨母对他刮目相看；但是他在路上被愤怒的岳父堵截，后者责骂他试图掩饰自己低下的出身。他语带嘲讽地说："我这位受人尊敬的女婿啊，我这是多么难得，看到你穿着自己最好的服装，还有短剑和丝绸长袍！啊，原来有钱的贵人是这么花钱的！谁会把你当作卖纸商人啊。"（411）

两部戏剧中的人物都将穿戴打扮作为角色扮演的一种方式。茹尔丹先生拒绝女儿与她的真爱克莱昂特结婚，因为后者不是一个贵族。但是克莱昂特聪明的仆人柯维耶勒想到了解决办法，他说："我在前一段时间看过一出戏，里面有个好主意。"（莫里哀，《贵人迷》，42）他把自己的主人打扮成一个土耳其王子，结果茹尔丹马上满心欢喜地接纳了这个异国贵族做自己的女婿。乔装打扮的克莱昂特赐予茹尔丹一个假头衔——"玛玛姆齐"（借用自"马穆鲁克"，一个奥斯曼帝国的军阶），然后克莱昂特又让茹尔丹穿上土耳其的华服，引得茹尔丹的女儿惊叫："不是吧，爸爸！你穿成那样干什么？难道这是一出戏吗？"（59）

《情死天网岛》中的情况则要严肃得多。小春和治兵卫意识到他们不可能自由恋爱了，所以他们开始考虑自杀。治兵卫的内兄孙右卫门急于阻止这疯狂的举动，就打扮成武士，假装自己是一个客人去找小春。他劝说小春不要殉情，并用自己假装出来的、高人一等的社会等级来增加自己语言的分量。孙右卫门自己也觉得在演戏，穿上服装之后，他发牢骚说："看看我，穿得像个节日里的假面人，或者根本就是个疯子！我一辈子第一次戴上佩剑，宣称自己是武士，仿佛一个戏子似的。"（近松门左卫门，《情死天网岛》，401）

在两部戏里，新的角色背后始终有传统社会规范的影子。粗俗的太兵卫宣称武士与普通人无异，都只不过是客户而已。但是当他在妓院撞见一个看似很高贵的武士时，立马谦卑地退让，虽然这个"武士"其实是伪装的孙右卫门（393）。茹尔丹先生相信贵族身份在于衣着打扮，但是他骗不了任何人，其中一个原因就是，他没有从做服装商人的父亲那里继承到足够的知识，去了解贵族阶层的服装究竟是什么样的。治兵卫和茹尔丹都发现他们的恋爱不能顺遂，因为他们的妻子都不愿意合作。治兵卫的妻子阿赞听从了他姑母的教导："一个男人的堕落，追根溯源，总是由于妻子的不小心。"她建议:"你应该强势一点去介入,多留意他究竟都在干什么。"(405)阿赞直接质问治兵卫,还写了一封信恳求小春,借此打破他们看似简单的恋爱。不过,随着戏剧的展开,阿赞逐渐对自己丈夫和小春的纠葛有了更深入的了解。最终她做出了一个惊人的举动,转而支持两人:她把自己的衣物抵押出去,让兵卫凑齐赎身的钱,以帮助小春获得自由。治兵卫于是穿上自己最好的衣服,去付赎身款,却不幸在半途遇上岳父。后者拒绝容忍治兵卫、阿赞和小春之间的相互谅解。结果这对恋人别无选择,以殉情的方式把自己从这种不堪忍受的状态中解救出来。

　　在莫里哀的喜剧里,社会行为规范更加吻合主角的意愿。即使对于茹尔丹先生来说,这都是好事儿,虽然他本来就没机会得到杜里梅娜的青睐。茹尔丹的妻子打断了丈夫为杜里梅娜和多朗托安排的晚宴;她对丈夫说:"我坚持我的权利,而且每个妻子都会站在我这一边。"(莫里哀,《贵人迷》,49)和治兵卫的妻子一样,她选择直接面对她的情敌:"至于你呢,夫人,我想说,对于一个贤良的女性来说,给一个体面的家庭制造麻烦,或者更直接点说,让我的丈夫觉得他爱你,是不恰当的。"(48)这个指责令杜里梅娜感到莫名其妙,因为她才第一次与茹尔丹见面,并且以为他只是在为自己与自己的追求者多朗托提供一个方便的会面处所。茹尔丹夫人强调:"与阶级地位比自己高的人结婚,总是会带来麻烦的。"(41)跟茹尔丹夫人一样,杜里梅娜也不赞同跨越阶级的交往。

　　莫里哀和近松门左卫门共同探讨了社会阶层的松动这一主题,并运用他们自己的专业,作为强有力的比喻,去描述一个社会身份变动不居的世界中的生活。然而,两部戏剧之间的差异也是巨大的;个中原因,不仅仅在于广义的文化差异，也是两位作家在生活中的个人选择的结果。莫里哀出身自商人家庭——也就是他所讽刺的那个阶层。他的父亲是一个富裕的家具加工商人，与贵族顾客建立了广泛的联系，借此令自己和家庭在宫廷的圈子中勉强谋得一席之地——这就跟服装商人的儿子茹尔丹的野心一模一样。无独有偶，在这部戏剧的首演中，茹尔丹这个角色就是由莫里哀本人扮演的。他虽然着力描写这些人物，但是也与自己的出身保持距离。他把《贵人迷》写成一出滑稽剧，为路易十四的宫廷提供娱乐；虽然严重的阶级矛盾推动着戏剧情节的发展，但又笼罩在荒谬的氛围中。

相反，《情死天网岛》是一部令人心碎的悲剧；它是近松门左卫门写的二十多部关于普通人的戏剧之一。在整部戏中，中产阶级人物所显露出的情感深度和痛苦的敏感度，是莫里哀乃至当时绝大部分欧洲文学中小资产阶级人物鲜有表现的。近松门左卫门笔下人物的情感强度尤其令人印象深刻，因为他们甚至不是由真人演员表现的；《情死天网岛》是一部木偶戏（见图2）。在社会身份的选择方面，近松门左卫门选择了与莫里哀相反的方向，把自己锻就成整个世纪最杰出的木偶剧大师。他出生在一个富裕的武士家庭，年轻时曾经在贵族家中工作，但后来辞职了。他离开京都，搬到大阪，那是正在发展兴盛的平民商人阶级的中心。在那里，他开始参与木偶戏这种流行的娱乐形式；它充满各种色彩斑斓的情节和胡闹的行为。近松门左卫门把木偶戏发展为一种极为流畅而富于强烈表现力的艺术形式；木偶在严肃的木偶师操纵下变得栩栩如生，旁边的叙事人描述他们短暂的欢愉和永恒的悲伤，赋予木偶以所有微妙细致的人类情感。

当治兵卫透过窗棂，看到小春在为客人提供服务时，叙事者说，治

图 2 人形净琉璃木偶戏的一幕
每个木偶一般都由三个木偶师操纵,其中两个藏起来,只有主木偶师露面
(经太平洋出版/阿拉美图片授权使用)

兵卫"感同身受,他的灵魂早已飞向她,但是他的身体,像被蝉脱掉的壳一样,只能抓住窗棂。他焦躁地哭起来"(396)。当治兵卫帮助小春偷偷逃离妓院,实现他们的殉情计划时,开门这么一个简单的举动,都被延长成了一幕痛苦的场景:

> 她焦躁得迫不及待,但是他们越快开门,别人就越容易听到声音。他们把门托起;它发出呻吟般的声音,在他们耳中、心中,仿佛雷鸣。治兵卫从外面帮忙,但是他的手指尖随着他的心颤抖。门开了四分之一寸、半寸、一寸——一寸之外,就是地狱的折磨,但是比起地狱,他们更害怕的是守门恶魔的双眼。
>
> (418)

最后，他们成功逃脱，叙事者哀伤地吟诵着他们如何慢慢走近选好的殉情之地："现在降落的晚霜，到早晨将会化掉，但是比这个象征人的脆弱性的意象消失得更快的，将会是这对恋人自己。当他在夜晚的睡房里，温柔地拥抱她的时候，一缕幽香曾经徜徉在空气里；以后它将会变成什么？"（418）

近松门左卫门的世界是极具写实性的，充满意味深长的日常生活细节；直到一个半世纪之后易卜生和契诃夫的戏剧里，这种细节才出现在欧洲的舞台上。当治兵卫的岳父被前者对小春的沉迷彻底激怒，决定让女儿跟自己回家时，阿赞因为要跟自己的孩子分离而流露出深沉的哀伤（"可怜的宝贝！你们出生以来，还没有一晚不是跟妈妈一起过的"）；然后，她与丈夫之间深层的联系，通过最平常的要求表现出来："（她对治兵卫说）不要忘了，在早餐前给孩子们营养品——噢，我的心要碎了！"（414）

在这种写实的氛围中，这部戏也同样充斥着诗化的甚至是宗教性的符号象征。在最后一幕，这对正在迈向毁灭的恋人，跨过了好几座桥，其中一座桥名为"成佛"。在西方文学中，我们习惯于看到宗教价值观支持婚姻的神圣性，但是在近松门左卫门的笔下，他的男女主角在戏剧的结尾迈向了精神的觉悟。就在自杀之前，他们剪下了自己的头发，抛弃尘世，仿佛变成了和尚和尼姑；但他们期待下一世再一起重生。正如小春所说："我们有什么好悲伤的？虽然在这一世我们不能在一起，但是下辈子，乃至以后的每一辈子，直到世界终结，我们都会是夫妻。"小春把这个期待作为其宗教信仰的核心："每年夏天，我都抄写《法华经》的观世音菩萨普门品，希望我们能在同一朵莲花上重生。"（420）

通过将这部戏跟如此深刻的诗歌和哲学元素相结合，近松门左卫门自己也建造了一座桥梁，把粗糙的木偶戏与他自小熟知的、精致的贵族艺术连接起来。跟近松门左卫门一样，莫里哀的贡献在于对一个简单、通俗的戏剧形式进行革命：到他所处的时代为止，舞台上的滑稽剧基本上都充斥着丑角，以及刻板的、脸谱化的幽默角色，由戴着各色面具的演员扮演——可以说，这等于真人木偶。如果说近松门左卫门为大众娱乐带来了贵族的情感深度，那么莫里哀则把平实的写实感带进了对贵族世界的描写中。虽然这部戏是他为宫廷创作的，但是他对宫廷生活的描写一点都不客气：杜里梅娜愤世嫉俗，多朗托则是个爱撒谎、喜欢控制别人的变态。毫无疑问，他们的婚姻将会导致无休止的出轨和坏账。在戏剧的结尾，注定会获得幸福的人物是平凡的克莱昂特和茹尔丹活泼可爱的女儿吕西尔——在首演中，她由莫里哀年轻的妻子扮演。未来属于他们，而不属于茹尔丹徒劳地跻身其中的那帮贵族。

　　莫里哀和近松门左卫门、索福克勒斯和迦梨陀娑之间的比较，显示了多个丰富的层次；在这些层次中，我们可以比较主题、意象、人物、情节，或者更广义的社会和文化问题。一旦确立起有效的比较框架，就能显示更多可能的探索方向。对这些戏剧进行深入的分析，能够展现出更深层次的差异性和相似性，而新的关联又会在对世界戏剧和其他文类不断的阅读中得到拓展。比如，沙恭达罗和豆扇陀可以跟莎士比亚《第十二夜》中的薇奥拉和奥斯诺伯爵做比较；后者不得不面对一种有违理智的互相吸引。小说中也能找到类似的对应性。托马斯·品钦的小说《拍卖第四十九批》，讽刺性地把索福克勒斯的俄狄浦斯重新塑造成一个女人——俄狄珀·玛斯。这本书极其关注某种隐藏而致命的范式／套路。对于福楼拜笔下的包法利夫人、列夫·托尔斯泰笔下的安娜·卡列尼娜，爱最终都把她们引向了自杀，这与近松门左卫门笔下的治兵卫和小春具有可比性——虽然具体情景不同，但是这些自杀行为都表现了人类普遍永恒的爱情主题与剧变中的社会秩序的紧张冲突。我们也可以比较每部戏的印刷出版版本，以及在舞台、银幕上的不同诠释。因为不但在每一次翻译中，而且在每一次的舞台制作中，同一部戏剧都会获得新的意义。每一次上演《俄狄浦斯王》，我们都能发现该剧不同的侧面，正如小春和治兵卫每一次在莲花上重生，我们都能找到新的可能性。

对边缘的阅读

直到近世之前，作家们都只是在自己的国别和地区边界内阅读别的作家，所以本章以当代为立足点所分析的跨文化相似性，是针对各自独立文学传统而言的，它们并非作家们对话交流的结果。但是，在过去的两个世纪中，作家们逐渐开始受到来自截然不同的文化背景的作品的启发。欧洲和北美的作家开始从亚洲的古典作品中吸取养分，这些作品通过殖民贸易到达他们手上。他们感兴趣的是他们眼中的古代智慧，而非殖民地世界的当代作家们。在 19 世纪初期，歌德以迦梨陀娑的《沙恭达罗》为模范来塑造他的《浮士德》序章；他学习波斯语，以便直接阅读伟大诗人哈菲兹的诗作，从而创作出一组重要的诗作——《西东合集》，作为对哈菲兹的回应。亨利·大卫·梭罗则着迷于《薄伽梵歌》。

另一方面，在殖民地内部，雄心勃勃的作家则会受到欧洲同行的影响，既包括近现代的，也包括古代的，尤其是来自宗主国的作家。这些殖民地作家成了帝国主义教育与出版系统的一部分，他们被连接到一个广阔的文化版图中，虽然他们在世界不同的地方成长——我们将会在第六章继续探讨这个问题。到了 20 世纪，不断加强的全球联系，意味着越来越多的作家会阅读和回应来自差异极大的文化体系的作品，其规

<74>

模远远超出旧殖民体系的贸易路线。在这里，我们将探讨两位伟大的作家——中国的鲁迅和巴西的克拉丽丝·李斯佩克朵；两人都跨越了文化的界限，去为他们的作品找寻灵感。

对于鲁迅来说，俄国作家尼古拉·果戈理为他的成名作《狂人日记》提供了灵感。这个故事一般被认为是现代中国虚构文学的奠基之作。1881年鲁迅生于中国浙江；十五岁时，其父亲在长期患病之后去世。他把父亲的死归咎于传统医术的误诊和骗人的药方，于是决定接受西医训练，去帮助国民解除病痛。从中国的学堂毕业之后，他赴日本留学、学习日语，并于1904年开始学医。两年后，他改变了专业，因为一个生物教授在下课前的空余时间，给学生们播放了一系列关于日俄战争（1904—1905）的幻灯片。在其中的一帧照片里，一个日本兵在准备处决一个中国人，他被怀疑为俄国人当间谍；一群中国人麻木地在旁边围观。鲁迅被这一幕深深震撼了，从而决定弃医从文。正如他在《呐喊》自序中所言：

> ……凡是愚弱的国民，即使体格如何健全，如何茁壮，也只能做毫无意义的示众的材料和看客，病死多少是不必以为不幸的。所以我们的第一要著，是在改变他们的精神，而善于改变精神的是，我那时以为当然要推文艺……

（鲁迅，《呐喊·自序》, 17）

<75> 迈向文学成功的道路并不平坦；鲁迅最初在日本，然后回到中国，经过了十多年的努力进行创作。在清朝末年和民国初年，中国饱受内忧外患，作家们在经济上颇多困难，而在吸引读者和确立自身社会角色方面也并不容易。虽然清王朝一直以来把自己看作"中央帝国"，但是现在相对于西方帝国主义势力和日本而言，它都处于一个边缘位置；日本在1868年明治维新之后进行的现代化改革，令它成功转型成该地区内最强大的势力。在决定成为作家之后，鲁迅对于继承和发展儒家传统没有多少兴趣；他和很多同代的改革者认为必须把它抛弃掉。于是鲁迅转而通过日文和德文的文学作品翻译找寻灵感。俄国作家对他来说别有深意，因为他们的国家也同样在挣扎着，与日本和西方帝国主义做斗争；俄国知识人在整个19世纪一直在尝试改革，乃至彻底替换掉僵死的沙皇制度，创造了一个能够立足于世界的新社会。

正是尼古拉·果戈理的《狂人日记》（出版于1835年）给予鲁迅灵感，使他创作出第一部成熟的文学作品。在读过果戈理作品的日文翻译之后，鲁迅在1918年为《新青年》杂志写出了自己的《狂人日记》。《新青年》由鲁迅、周作人和其他志同道合的友人一同编辑，是一份宣扬社会、政治和文化现代化的刊物。他们的目标包括引进新的文学形式，比如西方风格的短篇故事，同时提高平民百姓白话文学的地位，取代精英阶层程式化的古典传统。鲁迅的《狂人日记》主要由白话文写成，在当时造成了巨大的影响。这种影响包含了两个层面：一方面，它是对现代中国顽疾精辟的分析；另一方面，它充分展示了白话文同样能够创作出具有巨大感染力的高水准文学作品。

鲁迅在果戈理身上找到了知音，虽然两人来自大相径庭的文化语境。果戈理是一个具有神秘主义倾向的东正教信徒，他生活在俄罗斯帝国——这个国家的独裁沙皇坚信自己拥有由神赋予的统治权力。但是理性的鲁迅却在果戈理身上发现了一个擅长讽刺的同类，他同样关注自己国家灵魂的状态，他谜一样的故事同时挑战了文学和社会的既定规范。果戈理笔下的狂人阿克森提·伊万诺维奇·波普里什钦被爱情与事业上的困扰逼疯了,他在没有前途的书记员工作里无法脱身,工作的内容似乎主要是无休止地为独裁者般的老板削鹅毛笔。同时他又着迷于老板美丽的女儿苏菲,但她对他视若无睹,反而与一个帅气的年轻军官发展出一段恋情。失落的波普里什钦听到苏菲的狗美琪与邻居的狗之间的闲言碎语,从而发现两只狗一直在交换信件,谈论苏菲正在发展的恋情。从那时候开始,他的日记渐渐变得混乱,比如出现了"三十月八十六日"这样的日期。最后,波普里什钦发现了一条脱离这种绝望境况的出路:读着关于西班牙王位继承危机的新闻,他意识到自己其实是真正的西班牙国王。

波普里什钦选择了西班牙,这其中是有特定逻辑的。即便是波普里什钦,也还没有疯狂到以为自己是一个强国的国王;他被老板的书架上满满的法语和德语书籍吓唬到了,这些都是西欧强国文化力量的象征。在尝试逃出自己的边缘处境的过程中,他的思维从俄国跳到了欧洲的另一个边缘:曾经强盛的西班牙,在16世纪的黄金时代之后一直处于衰落中;它对于波普里什钦而言似乎触手可及。可惜,波普里什钦身边的人并不相信他;在故事的结尾,他被扔到一所精神病院里,却仍然很困惑,为什么他的臣民会这样对待他。在故事的最后一段,他看到了幻象,其中出现了俄罗斯的大地,还有他的母亲(也可能是祖国母亲),他对她哭诉:"亲爱的妈妈,救救你可怜的儿子!……亲爱的妈妈!可怜一下你的病儿!……你知道阿尔及利亚知事的鼻子下面长着一个瘤吗?"(果戈理,《狂人日记》,300)

在某些方面,鲁迅紧紧跟随果戈理的故事,包括狂人最后的呐喊:"救救孩子。"(鲁迅,《狂人日记》,31)与波普里什钦跟狗的对话相呼应,鲁迅笔下的狂人在思考为什么邻居的狗总是在盯着他,并怀疑它想谋害他（22，27）。但是鲁迅把他的故事引向了一个与果戈理不同的方向——从地理转向了历史。他的狂人并没有显露出对西欧文学的任何认知，而是非常关注中国古典传统的作品。他认为同村的邻人，包括他的同胞哥哥，都开始与他作对；因为他"廿年以前，把古久先生的陈年流水簿子，踹了一脚"（22）。他逐渐深信，同村的人打算把他吃掉，而他的恐惧似乎在他翻阅的古书里得到证明：

  凡事总须研究，才会明白。古来时常吃人，我也还记得，可是不甚清楚。我翻开历史一查，这历史没有年代，歪歪斜斜的每叶上都写着"仁义道德"几个字。我横竖睡不着，仔细看了半夜，才从字缝里看出字来，满本都写着两个字是"吃人"！

（24）

果戈理关注俄罗斯与西欧的关系，而鲁迅的故事则聚焦于现代中国如何挣脱过去的束缚——古代成为当下的压迫者。

  虽然鲁迅从果戈理的故事里获得了灵感，但是他也赋予自己的作品以更鲜明的现代意味。波普里什钦的日记杂乱无章，我们不会觉得他真的是西班牙国王，或者两只狗美琪和费德勒真的在交换闲言碎语的信件；果戈理把他对社会的讽刺建立在对精神错乱的逼真描绘上。然而鲁迅的创作年代则是在75年后；他属于现代主义作家的一派，他们正在把19世纪的现实主义范式变得复杂而暧昧。鲁迅笔下的日记以一段序言开始，使用的是冷冰冰的文言文，其中夹杂了现代的医学术语，即鲁迅在习医时学过的内容。但是，如果我们仔细阅读，会发现序言打破了这份可"供医家研究"的"迫害狂"案例在表面上的明晰性（21）。叙事者一开始先告诉我们，他是怎么发现这份日记的：

第三章 跨越文化的阅读

> 某君昆仲，今隐其名，皆余昔日在中学校时良友；分隔多年，消息渐阙。日前偶闻其一大病；适归故乡，迂道往访，则仅晤一人，言病者其弟也。劳君远道来视，然已早愈，赴某地候补矣。因大笑，出示日记二册……
>
> （21）

这一切听起来都还很正常，但是为何为他的狂人安排了一个哥哥？为什么他又要把他们的姓名隐去？这段话的要害可能就在"则仅晤一人，言病者其弟也"。叙事者真的能分得清两兄弟吗？重逢之前，他们已"分隔多年"；他见到的那一位，告诉他是另外一位生病了，但是现在已经痊愈，而且正在等候补阙（应该是经过严格的科举考试之后）。这难道不是有点不可思议吗？当他出示那两册日记的时候，脸上究竟是怎样的表情，"大笑"？我们真的能确定，眼前的这位是正常的兄长，而不是那个狂人吗？

如果叙事者遇到的其实是那个狂人，那么他的兄长怎么样了？如果我们带着这个问题去读这个故事，我们很快就会意识到一个不寒而栗的可能性。狂人深信他的哥哥正在带头密谋杀害他、要吃他的肉。的确，狂人相信他的哥哥已经杀掉了他们的妹妹，这一点在故事接近结尾处被提及："我捏起筷子，便想起我大哥；晓得妹子死掉的缘故，也全在他……妹子是被大哥吃了。"（30）在日记的倒数第二段，狂人预计他将会是下一个："我未必无意之中，不吃了我妹子的几片肉，现在也轮到我自己……"（31）日记以那段著名的话结束："没有吃过人的孩子，或者还有？救救孩子……"（31）可能这个狂人在写下这些疯狂绝望的话之后，最终恢复了理智，通过了科举，重新变回一个正常、得体的公民。但是同样有可能的是其反面：他确信自己的哥哥将要杀害和吃掉他，所以他先下手为强。我们这位冷静的叙事者认为，他生活在科学的世界中，这里由理性主导，但是他自己很可能马上就要变成盘中餐了。

在中国，鲁迅的故事通常被理解为对社会改革的直白诉求，也被归于 19 世纪伟大的社会现实主义传统。但是上文所提示的其他诠释可能性，令我们联想到一系列现代主义的叙事模式；它们虽然产生自不同的地方，但是与写实主义传统同时存在，比如马塞尔·普鲁斯特的《追寻失去的时间》（又译《追忆似水年华》，1914）、弗兰兹·卡夫卡的《变形记》（1915）、詹姆斯·乔伊斯的《一个青年艺术家的画像》（1816），以及芥川龙之介的《竹林中》（1922）。它们都有模棱两可、完全不可靠的叙事模式，迫使我们以非常规的方法来阅读和理解。这些作家在创作这些作品时彼此之间一无所知，但是他们都在参与构建一个原初的现代主义范式，就像陀思妥耶夫斯基的《地下室手记》一样。通过跨文化的阅读，我们可以思考如下问题：鲁迅和他的这些现代主义同路人们，如何以各自的方式，共同探索一种重新建构时间与空间的可能性。

在里约热内卢重写经典

渐渐地，现代主义作家们自己也成了经典，并成了可供反复阅读品味的奠基性人物。伟大的巴西作家克拉丽丝·李斯佩克朵就是一个跨文化重新诠释的经典例子。她一直着迷于弗吉尼亚·伍尔夫、乔伊斯和卡夫卡的作品。李斯佩克朵于 1920 年生于乌克兰。当她还是婴儿的时候，父母带着她流亡至巴西北部，以逃避家乡的种族屠杀。在二十三岁时，李斯佩克朵以她的处女作《濒于冷酷的心》（1943）一夜成名。这部作品采用了情感浓烈的内心独白，在巴西文学中可谓前所未见。该书的

<79>

标题来自乔伊斯《一个青年艺术家的画像》中的一句话。在借鉴其现代主义前辈的过程中，李斯佩克朵经常对他们的主题进行一些惊人的再创造。比如卡夫卡著名的《变形记》中格雷格尔·萨姆沙变成了一只恐怖的甲虫，而李斯佩克朵《第五个故事》里的叙事者则全程注视着一大队蟑螂每晚入侵她的厨房；当它们吞下她放置的毒药之后，变成了细小的雕像。在她写于1964年的小说《依据 G. H. 叙述的受难记》里，女主角甚至吃下了一只蟑螂。

李斯佩克朵1960年的故事集《家庭关系》可以被视为她对乔伊斯《都柏林人》的改写：后者标题中的城市变成了家庭，而李斯佩克朵的故事也往往发生在居家的背景中。这本文集的一个核心故事《生日快乐》，同时对乔伊斯，以及乔伊斯最重要的对话者之一——莎士比亚进行了重新创作。《生日快乐》和《都柏林人》中的最后一则长篇故事《死者》都聚焦于一个家庭庆祝聚会，由一个或一对年长的女人主持：在《死者》中是凯特和茱莉娅·摩尔坎姨妈；在李斯佩克朵的故事中则是家中的那位女性长辈，大家正在庆祝她的八十九岁生日。两则故事都在聚会的框架内展露了人际以及社会上的矛盾；两个故事里都有一个男人需要发表一段讲话，向他年长的亲戚致敬。然而，李斯佩克朵笔下的祖母并不是像摩尔坎姐妹们那样慈祥的老人家；她牢骚满腹，心里觉得她的七个孩子和他们的配偶都是琐碎、软弱、自我放纵、不懂得真正的快乐并缺乏行动力的人。她心目中唯一的例外是年轻的孙子罗德里戈，"她唯一的一块心头肉。罗德里戈，还有他那坚强的小脸蛋，有男子气，粗犷"（李斯佩克朵，《生日快乐》，157）。在令人震惊的一幕中，她朝地上吐口水，表达自己的轻蔑。乔伊斯笔下的主角加贝里埃尔·康莱发表了含情脉脉的致辞，赞扬他的姨妈们；相反，在李斯佩克朵的故事中，老妪的儿子何塞说了一段例行公事式的祝酒词，并说期待在母亲下一次生日庆祝会上与大家重聚——这个愿望听起来像是在反讽，因为他和他的兄弟姐妹其实都在期待母亲死掉。而且无论如何，他们其中的几位家庭成员都乐于在来年无须见到彼此。

乔伊斯的故事随着聚会的结束，加贝里埃尔和他的妻子格丽塔回到他们的酒店而结束。加贝里埃尔本来期待着一个浪漫的夜晚，但是却震惊地发现，宴会上演唱的一首歌让格丽塔想起了她早年的情人迈克尔·弗雷，而加贝里埃尔竟然从未听说过他的存在；格丽塔这位毕生的真爱，在多年前死于肺结核。一段隐藏的爱情也处在《生日快乐》的核心，但它一直没有被明确写出来。在聚会上热闹的推杯换盏之间，小罗德里戈的母亲科黛莉亚奇怪地急于得到他婆婆的某种回应，徒劳地希望听到"你得知道。你得知道。人生苦短。人生苦短"（161）这句话，但是没有用：

> 科黛莉亚惶恐地盯着她。并且，最后一次，她没有重复——当罗德里戈，生日女孩的孙子，被抱在她的臂弯里，在那有罪的、茫然的、绝望的母亲的臂弯里；她再一次带着央求的神色回望老人，以求再一次得到示意，表明一个女人应该循着令人神魂颠倒的冲动，最终把握住她最后的机会，真正地活着。

<80>

（161）

在《尤利西斯》中，乔伊斯笔下的男主角斯蒂芬·达德留斯有可能成为却最终没有成为哈姆雷特；在《生日快乐》中，李斯佩克朵重写了《李尔王》，把性别和代际关系都倒置了。现在，不再是女儿科黛莉亚拒绝说出老迈的父亲要求的亲切话语；相反，是老母亲在儿媳妇的恳求下保持沉默。

但是，究竟李斯佩克朵笔下的科黛莉亚为什么如此有负罪感、茫然和绝望？作者一直没有告诉我们，至少没有明说；但是，就像鲁迅的《狂人日记》一样，有一些蛛丝马迹可供我们重构真相。生日祝酒词是何塞说出来的；他是母亲的次子，"在洪伽去世之后，现在他就是长子"（153）。洪伽是科黛莉亚的丈夫。我们不知道他在多久之前去世，也不知道他们的婚姻如何；但是可能老母亲说的话比她自己所意识到的更真实——她呵责家人，因为他们不愿给她一杯葡萄酒："见鬼去吧，你们这帮阴阳怪气的、戴绿帽的人，还有婊子们！"（159）可能罗德里戈，整个家族里唯一"有男子气"的成员，终究不是洪伽的儿子，而有罪的科黛莉亚现在正在设法跟孩子的父亲私奔，或者跟一个新的情人私奔，循着令人神魂颠倒的冲动，把握住她最后的机会，真正地活着。

通过对里约热内卢女性的生活做出无可比拟的描绘，克拉丽丝·李斯佩克朵声名鹊起；但是在出版了她的处女作之后不久，她就于1944年离开巴西，陪伴她的外交官丈夫去世界各地履新。当她写出《家庭关系》的十三个故事时，她正旅居在欧洲和美国。直到1959年离婚后，她才回到里约。巴西版《家庭关系》的起始附有一段出版商的前言，庆祝她在多年的漂泊后回归巴西文学界，并赞扬这些故事展现了"十三段精彩瞬间"，称其为"巴西的简史"。我们可以补充说，这十三段巴西式的瞬间都带有鲜明的国际色彩。

* * *

跨文化的阅读与诠释在现今的文学中正变得越来越普遍；在很多当代小说中，它们甚至成了直接的主题。以下三个例子可以说明这一点，它们都创作于21世纪初，来自三个不同的大洲。在澳大利亚小说家琼·伦敦的《吉尔伽美什》（2001）中，女主角艾迪丝是一个来自澳大利亚乡间的年轻女子；她与自己表亲的一位来访的朋友经历了一段短暂的恋情，之后她怀孕了；这位访客是一个来自中东的考古学家。艾迪丝在读了史诗《吉尔伽美什》之后激起了好奇心，决定远赴美索不达米亚去寻找孩子的父亲。故事被设定在1930年代，第二次世界大战的前夕——可以说是远古史诗中大洪水时代的现代版本——而艾迪丝的旅程，与吉尔伽美什对长生不老的追求相呼应。在村上春树的《海边的卡夫卡》(首次出版于2002年)中，十五岁的卡夫卡(我们一直不知道他的真实姓名)在听了一首名为《海边的卡夫卡》的日本流行歌曲之后，为自己起了这个名字，向那位著名作家致敬。在钟芭·拉希莉的《同名之人》(2003)中，男主角的父亲在印度经历了一次列车出轨的意外，并差点因此丧命。当时他在阅读一本果戈理的故事集；通过挥舞一张从果戈理的书里撕下来的书页，他成功引起了救援人员的注意。很多年以后，他在美国定居下来，并为自己的儿子取名果戈理，以感谢这位作家救了自己一命。年轻的果戈理·甘古力对自己的名字有一种很深的矛盾感，而且对自己的印度—美国身份感到无所适从；最终，他与自己的父母以及家庭背景暂时达成了和解。随着小说的结束，他最终开始阅读与自己同名的作家的故事。

  跨越文化边界的重读与诠释，绝对不应该意味着同质化那些背景和用意都差异极大的作品。在上面讨论到的所有例子里，差异性与相似性同样重要。即使当作家们直接对自己灵感的来源致敬时，他们仍然清醒地意识到，自己正在借用的主题和技巧实则来自非常不同的文化和历史场景。当作家们感到有必要拓展本土文化所蕴含的可能性时，他们会把目光投向遥远的异国。无论是鲁迅、李斯佩克朵，还是村上春树，要成为一个杰出的民族作家，有时候需要整个世界作为灵感。

第四章

在翻译中再创作

大部分的文学都经由翻译在世界上流传。即使是全球性的语言，比如阿拉伯语、英语和西班牙语，也只是小部分读者的常用语言。作为全球性语言，英语的力量体现在受欢迎的作家被翻译成多种语言的速度上，比如斯蒂芬·金和J. K. 罗琳。而对于使用范围较小的语言来说，翻译的重要性就更明显。没有翻译，土耳其小说家奥尔罕·帕慕克也不会在祖国之外被广泛阅读。靠着翻译，他扣人心弦的小说《雪》在墨西哥城的机场都有出售，译名为 *Nieve*；能在柏林的书店买到，被译成德文 *Schnee*；也能在亚马逊网站上订购它的英文版 *Snow*。翻译为帕慕克获得2006年诺贝尔文学奖铺平了道路。他和一众作家的作品也是以译文的形式在世界文学课程中被阅读的。

但是，翻译长期以来都有很糟糕的名声。人们会质疑，翻译怎么可能传达小说家深长的意味、诗人微妙的音乐性呢？就如古老谚语"Traduttore traditore"所言——这句话非常巧妙，译成中文，它的意思是"翻译即背叛"，但是这句翻译本身却失去了意大利原文带有的戏谑性。这句谚语来自一篇文章的开头，是对翻译局限性的经典论述——西班牙哲学家何塞·奥特嘉·伊·加塞特的《翻译失得论》。这个标题是对巴尔扎克小说《烟花女荣枯记》的借用。其中最引人注目的差异在于加塞特把"失"放到了"得"之前。不过，加塞特对巴尔扎克的创造性引用恰恰又是通过翻译完成的；而且这篇文章的内容是一段发生在巴黎的对话，有可能最初是法语，现在被译成生动的西班牙语呈现给读者。事实上，加塞特这篇文章的主题恰恰是关于翻译的必要性和它的不可能性——这是人类文化中最伟大的乌托邦式努力的写照。

　　这个主题在最近关于"不可译性"的讨论中再次备受关注，尤其是在《欧洲哲学词汇表：不可译词典》(2004)一书中。这本书由哲学家芭芭拉·卡桑主编，于2014年改编成英文出版，标题为《不可译词典：哲学词汇表》。卡桑和各位作者追溯一系列哲学语汇在各种欧洲语言中的演变历史，展现出这些词语在进入新的语言、新的语境时，它们的意义如何演变。但是，在卡桑和加塞特看来，这些意义的嬗变并不意味着翻译是不可能的，而是说明它是一个开放的过程。"不可译性"体现了一种不断重译的必要性，因为意义总是在新的语言和观念语境里发展和改变。正如卡桑在一次采访中对她的"不可译性"概念进行了清晰直白的自我翻译："那就是我所说的，ce qu'on ne cesse pas de (ne pas) traduire：那些永不停止地（不）被翻译的。"（瓦尔科维茨，《翻译不可译的东西》）

　　如果单个词汇已经呈现出这些问题和困难，那么当我们遭遇一整个文本，尤其是一部复杂的文学作品时，挑战就变得更大了。而如果这部作品来自一个与我们自身差异极大的文化语境，而不仅仅像卡桑那样仅仅就欧洲的内部而言，挑战就更是有增无减了。文化与语言的差异所造成的问题呈现出诸多不同形态，也往往有各种不同的解决可能。这一章将讨论翻译的潜力和缺点，为我们在阅读翻译作品时需要意识到的问题勾画出大致的轮廓。通过留意译者所做的选择，我们可以更好地欣赏其成果，并且校正译者的偏见。如果我们懂得恰当的阅读方式，那么一部优秀的译作可以成为对原文的拓展，对文化交流的具体化，也成为这部作品从本土流传到世界的生命历程中的新阶段。

模仿，意译，直译

翻译既是语言层面上的也是文化层面上的行为，每一位严肃的译者都必须面对具体文本在这两个层面上做出的具体挑战。翻译究竟应该在多大程度上忠实于原文的语言形式？一首诗的格式和韵律，是否应该被忠实地再现，还是应该做出调整，乃至完全抛弃？如果一个人物的名字在原文的语言里面有特别的含义，是应该意译，还是音译？1759年，伏尔泰《老实人》(Candide) 的第一位译者把书名和主角的名字译作英文里的对应词"Candid"，因为他担心英语读者会被法语中的"e"弄糊涂，不能把握住这个名字的含义。如果一个名字保持原样，我们是否有必要加一个脚注？奥尔罕·帕慕克的小说《黑书》中，那个难以捉摸的女主角名叫 Rüya，在土耳其语中是"梦"的意思。这本书的英译者莫琳·斐列里不愿意使用脚注，于是她加了一段话做解释，让小说中的叙事者说"Rüya，也就是土耳其语里'梦'的意思"(8)。如此一来，她以稍显突兀的表达方式为代价，表达出了作者的意思。如果一位作者使用有一整个自然段那么长的句子，如帕慕克那样，这些语言特质是应该被保留在英语翻译中，还是应该被分拆为长度合适的短句？在更宽泛的层面上，译文是应该力求流畅通顺、读起来完全没有翻译腔，还是应该保留那种特殊的原汁原味，并尊重原文的外语特质？

各种不同翻译分布在一个光谱上，涵盖了从严格的直译，到自由的意译和再创作的整个范畴。早在1680年，诗人约翰·德莱顿就在他为奥维德的译文所写的序言中讨论了这个问题。他把极端的忠实性定义为"metaphrase"，即逐字直译，机械地为原文的每一个词语找到目标语言中最相近的替代词。与之相应的是，在诗歌翻译中保留原文的格式和韵律。德莱顿对直译没有多少耐性，把它描述为一种"奴隶般"的翻译模式。他说：

> 词语的抄写者要同时承受很多困难的重担，以致他永远无法把自己从中抽离出来。他必须同时考虑作者的思想和遣词，并在另一种语言中找到对应；除此之外，他还把自己困在格式的范畴内，并做韵律的奴隶。这很像双脚戴着脚镣，在绳索上跳舞：很多人通过谨小慎微来避免掉下去，但是舞蹈的优雅已经无从说起——当我们说完它的优点之后，只能承认这实在是一项愚蠢的工作。
>
> （德莱顿，《前言》，39）

为摆脱这些枷锁，在德莱顿那个年代的译者往往会转而进行自由的翻译。德莱顿为这种翻译配上"模仿"的牌子，它们以原作为出发点，以供自己在新的语言中进行全新的创造。在这种情况下，译者试图"以他认为的作者会采用的方式来写作——假设这个作者生活在我们的时代、我们的国家"（40）。一个好的自由翻译可以拥有自己的独立完整性，并通过切合读者的文学趣味来获得成功。例如，亚历山大·蒲柏创作出了广受欢迎的荷马史诗译著，把原作不押韵的六音步诗句译成优雅的五格对句，这正是他和那个时代的英语读者首选的叙事诗形式。

虽然这种自由的改写方式有助于一部作品获得广泛的外国读者，但是德莱顿认为这种结果并非对原作的忠实反映，因为"那些想知道原作者真正想法的人将会感到失望。正如当一个人在期待别人偿还亏欠自己的债务时，他不会为收到一份礼物而感到满足一样"（40）。德莱顿关于债务的观点不仅仅是一个文学意义上的比喻，也具有道德意义：译者对于原文负有责任，必须设法传达它的意义和感染力。要实现这一点，德

<86>

莱顿推崇一种他称为"意译"的方式,即直译与模仿之间理想的中庸状态——既不被原文束缚,也不完全抛弃它,而是努力在忠实与自由之间找寻一种可操作的平衡。

德莱顿所提及的三种翻译模式在今天仍然能见到,而各有其作用。电脑程式现在可以产生出直译,至少对于说明书来说,已经足够准确;而逐字的翻译则经常被用于文学作品原文的学生版之中,以供对该语言有基本了解的学生使用。自由的模仿则能令一个残缺或者意义模糊的文本获得新的生命,并让它更容易被大众接纳;否则,这些文本会因为充斥着脚注、括号和省略号而令读者望而却步。德莱顿自己就承认,古希腊诗人品达"通常被认为是一个幽暗的作者……他令读者一头雾水。一个如此狂乱而不受规限的诗人是不能被直译的,他的天才太强大,以致无法穿戴锁链,会像参孙一样挣脱它"(40)。

译者也可以绕开语言方面的困难,自由地对过去的作品进行再创作,以便重建那种与当下的直接关联感。英国诗人克里斯托弗·罗格重写了《伊利亚特》,里面充满颠倒历史的人和物,包括弥尔顿、拿破仑,以及"直升飞机轰隆隆地穿越沙丘"(罗格,《战争的音乐》,25)——这里的轰隆声和直升飞机,在语言和技术层面都是颠倒历史的。罗格用了半个世纪的时间,却只出版了这部长诗的一部分;当他于2011年逝世时,这部长诗尚未完成。而在2015年结集出版的遗作《战争的音乐》则超过三百页。就像传世的史诗《吉尔伽美什》残本所缺失的部分一样,这部长诗的缺陷反而增加了它的力量:死亡这个主题,从荷马的主角们延伸到当代的译者,乃至翻译本身。正巧,罗格的长诗中有一处写到,阿喀琉斯的朋友们"找到他,带着吉他,/唱着吉尔伽美什的故事"(216)。这是双重的颠倒历史,因为它让阿喀琉斯用现代的乐器去唱颂古代英雄——那个因为自己亲爱的朋友恩奇杜过早死去而悲痛欲绝的吉尔伽美什。英国和美国版本的《战争的音乐》有着不同的封面设计，但是两者都通过装甲直升机强调了诗歌的现代感。美国版的封套告诉我们，这幅照片是由"美国海军三等下士绍恩·胡松"拍摄的，并且加上一句备注："使用美国国防部的图像资料，并不代表国防部的支持。"这段法律免责声明肯定是第一次出现在任何荷马史诗的翻译中。 <87>

罗格版本的副标题为"重述荷马伊利亚特"，而不是翻译，但是罗格觉得一个自由的改写比逐行翻译更能传达荷马的神韵。正如他所描写的"直升飞机轰隆隆"一样，罗格尝试在诗歌语言和意象上赋予荷马新生。在为《巴黎评论》做的访谈中，罗格对里士蒙·拉提摩儿和罗伯特·法格勒斯这类学者笔下那忠实得多的翻译表现得不屑一顾。他说："他们可能一辈子都在读荷马，但荷马没能成功教会他们诗歌是什么。他们不写诗，他们写苍白的诗歌—散文……这种文字徒有躯壳，但是并不契合诗意。"（罗格、古皮，《诗歌的艺术》）罗格对文学教授们也毫不客气——他们一般都会布置这些翻译给学生们阅读："教授们喜欢这些翻译，他们是翻译界的警察。这很容易理解，这让他们能操控荷马。"

罗格强行让读者逐字逐句地阅读他大胆创造的新词，去表达荷马的意思，其中的直白性恐怕很难在过往的翻译中找到："科学家赫淮斯托斯，火神"（罗格，《战争的音乐》，43）；或者，更加露骨的："大色魔阿伽门农！"（24）在对荷马的改编中，罗格从头至尾都在努力打开英语的诗歌潜能，在抑扬格的五音步基础上做自由的变奏，这其实就相当于荷马笔下雍容的六音步格律。我们常常能在罗格的版本中听到弥尔顿和莎士比亚的回音（有时候甚至是直接的引用），但是在打破五音步的韵律方面，他比这些前辈走得更远。于是，在一段四行诗节里，两个结构完美的五音步诗行一前一后，裹挟着争论中的希腊人破碎的言语：

> 然后潘达的"的确！"与某人的"可耻……"混合在一起
> "可耻……"又跟"回答他……"和"站住……"搅合
> 还有"上天派来……"和"放过她。"
> 他们的声音在凝固、甜蜜的空气中升起

（52）

有时，罗格把本来是单句抑扬格五音步的句子打散成为几行诗，比如在以下关于神庙祭器的两段铭文的记叙中：

> 一个人说：
> 　　我是大地
> 另一个人说：
> 　　虚空。

（275）

一个三行的诗节，由两句四音节的句子，包裹住一句五音步的句子，从而生成了一种俳句般的效果：

> 尘光。远方
> 一个背着婴儿的女人
> 在摘水果

（154）

自始至终，罗格在《战争的音乐》里，既化用荷马，又与他对着干；赋予敌意和血腥的故事某种现代感，从而与整个20世纪充满暴力的历史遥相呼应。这段历史囊括了从第一次世界大战到90年代肆虐南斯拉夫的内战：

> 曾经，作为游客，我和我的朋友们
> 抽着烟，看着
> 斯科普里城里的人们
> 在他们的喷泉广场来回踱步
> 在我们的露台上，听不清他们的低语
> 在黄昏，当一场地震刚刚打破了
> 他们和他们社会的平衡之后不久

（52）

在这种对史诗的低调模仿中，罗格把自己直接置于诗歌里，正如沃尔科特在《奥麦罗斯》中所做的那样。他暗示了自己处于道德上有缺陷的立场——安全的、置身事外的旁观者，以淡然、反讽的冷漠态度，既回避了过分的戏剧化，也回避了自恋般投入自白式的诗歌。

罗格并不是唯一一个把《伊利亚特》放置于当代暴力语境中的诗人。翻译理论家苏珊·巴思奈特探讨过一个吊诡的例子——爱尔兰诗人迈克尔·朗利一首名为《停火》的十四行诗。这首诗发表于1994年，当时，爱尔兰共和军在与英国和爱尔兰新教军队进行了多年的武装冲突之后，终于接受停火协议。朗利的这首十四行诗引起过广泛的讨论；它压缩了《伊利亚特》第二十四卷的两百行诗句，其内容是关于特洛伊国王普里阿摩斯，从胜利者阿喀琉斯手上取回自己的儿子赫克托耳的尸体。这首十四行诗以一组押韵的对句结束，正如巴思奈特所言：

> （这两行诗）仍然具有震撼人心的力量，尤其是当我们把它放在北爱尔兰几十年暴力冲突的终结这个关键的历史语境中。这些话出自普里阿摩斯国王之口："我双膝下跪，做我不得不做的事情。/ 我亲吻了阿喀琉斯的手，他是杀死我儿子的人。"
>
> （巴思奈特，《论译者》，311—312）

<89> 正如我们在第二章讨论过的爱丽丝·奥斯瓦尔德的《纪念》一样，朗利和罗格笔下的这种改编，本身就是强有力的现代文学作品，虽然它们也从荷马的原文中提炼出翻译家心目中的精华元素。这些"复述"和"发掘"式的作品，可以成为极有价值的、进入源文本的路径，但是它们并不能取代忠实的翻译，因为后者更能传达出经典文本的本来面目。大多数的忠实翻译都处在中间状态，即德莱顿所谓的"意译"：它们尝试传达原文的意思和感染力，但是并不做逐字逐句的直译，也不做随意的改写。在这个中间状态的、有弹性的忠实翻译范畴之内，翻译家们可以有很多选择；本章余下的部分将勾勒出这些不同的选择，并讨论我们作为读者能够怎样去阅读它们。

译本之间的比较

如果我们把同一部作品的不同译本放在一起对比，那么我们很快就能察觉，译者的多重选择既是语言层面上的，也是社会层面上的。我们可能没有时间去从头至尾阅读一部作品的各个译本，但是即使对简短的段落进行对比,也能使我们领略不同译者所做的各种选择。当我们开始分辨出不同译本的某些固定模式和差异时,译者对文学和文化价值的取舍,以及他们对读者预期的把握,也会逐渐变得清晰。作为例子,我们可以看看《老实人》的一些段落。在过去的两个多世纪中,伏尔泰的这部讽刺杰作不断被翻译成英文,这也为我们打开一扇窗,看到翻译在历史上的演化,以及在英吉利海峡、大西洋两岸的嬗变。

有一点颇为有趣:伏尔泰其实从一开始就把这本书作为一个译文呈现在读者面前。他没有以真名发表这部在宗教和性方面都可能引发极大争议的作品,而是在《老实人》的扉页上宣称"Traduit de l'Allemand de Mr. le Docteur RALPH"(译自拉尔夫博士先生的德文原文)。扉页上并未提及出版社和出版的地点,这在当时是颇不寻常的。这也令人很难追溯这本书的来源并查禁它。1759 年,《老实人》甫一出版就获得成功。几个月之内,该书迅速被译成英文在伦敦出版;其标题为:"老实人:或曰,一切都是最好的。伏尔泰先生作。"明显有人怀疑,这部英文著作是假借伏尔泰之名写的伪书,所以在同一年的晚些时候,该书第二版的标题更加直白:"老实人:或曰,一切都是最好的。译自伏尔泰先生的法语原作。第二版,经过仔细的修改和校正。"于是,虚构的翻译变成了现实,伏尔泰被醒目地标注为原作者。

伏尔泰断然不会对这种暴露其身份的方式感到高兴,因为他此前发表的讽刺作品曾导致自己被关进巴士底狱,并在一段时间内被禁止踏足法国。但是,那个年代的作家无权控制自己的作品在外国的发行。伦敦的出版商决定最大限度地利用伏尔泰这个名字的商业价值,对可能使作者陷入麻烦的情形置若罔闻。但是伏尔泰并没有被吓倒;当他于 1761 年出版修订版时,以幽默的方式利用了翻译的自由,把副标题扩充如

‹90›

下:"Avec les additions qu'on a trouvées dans le poche du docteur, lorsqu'il mourût à Minden, l'an de grâce 1759"("加入了新的材料;当拉尔夫博士在1759年死于敏登时,它们在博士的口袋中被找到")。通过这种方式,伏尔泰向读者传达了这样一个信息:此版修订过的"翻译"是对原版的提升;它得益于首次公开的新材料,这来自虚构的作者的口袋,他当时已死于七年战争的战场上;而当伏尔泰写作这本书时,这场战争仍然在如火如荼地进行着。在《译者的任务》一文中,瓦尔特·本雅明说"与其说译文出自原文的生命本身,毋宁说它出自原文的死后生命"(本雅明,《任务》,71)。伏尔泰会认同这个说法的:《老实人》在"拉尔夫博士先生"死后获得了新生。

《老实人》不断展开的"死后生命",可以在如下的例子中呈现出来。第一个例子,美丽的居内贡被迫同时接受两个情人:葡萄牙的宗教大法官和犹太富商伊萨恰。富商勉强接受与宗教大法官分享居内贡的安排,但是当居内贡青梅竹马的老实人出现时,他暴怒了:

> Cet Issachar était le plus colérique Hébreu qu'on eût vu dans Israël, depuis la captivité en Babylone. "Quoi! dit-il, chienne de galiléenne, ce n'est pas assez de monsieur l'inquisiteur? Il faut que ce coquin partage aussi avec moi?"
>
> (伏尔泰,《老实人》, 180)

<91> 1759年的译文把这段责骂翻译如下:

> 这个伊萨恰是自巴比伦之囚以来,在以色列能见到的最易暴怒的希伯来人了。"什么!"他说,"你这个加利利✽子,有宗教大法

官还不够吗？还得让这个混蛋来和我分享吗？"

(伏尔泰，《老实人》，佚名译，1759年，29)

译者准确地把侮辱性的chienne（母狗）翻译成"婊子"；尽管按照18世纪的含蓄风气，他以标点符号隐去了其粗俗感，但是当然没有人不能领会这其中的深意。所以，伏尔泰总体的风格得到了很好的表现，而且这个方式兼顾了英格兰海峡两边的风俗。

如果我们现在来看另一个具体年代不详的维多利亚时期译本，它似乎只是对1759年的版本做了最低限度的更新，但是有一处引人注目的例外——"＊子"失去了它的冲击力：

这个伊萨恰是自巴比伦之囚以来，在以色列能见到的最易暴怒的希伯来人了。"什么！"他说，"你这个加利利狗，有宗教大法官还不够吗？还得让这个混蛋来和我分享吗？"

(伏尔泰，《老实人》，佚名译，维多利亚时期，133)

伊萨恰的侮辱性语言在最晚近的两个翻译中彻底表露无遗，它们回归1759年版的语言风格，并不需要标点符号的遮羞布：

这个伊萨恰是自巴比伦之囚以来，在以色列能见到的最容易暴怒的希伯来人了。

——"这是什么！"他说，"你这个基督徒婊子，有宗教大法官还不够吗？还得让这个混蛋来和我分享吗？"

(伏尔泰，《老实人》，亚当斯译，19)

> 这个伊萨恰是自巴比伦之囚以来，在以色列能见到的最暴躁的希伯来人了。
>
> "什么！"他说，"你这个基督徒婊子，有宗教大法官还不够吗？还得让这个混蛋来和我分享吗？"
>
> （伏尔泰，《老实人》，戈顿译，288）

每一个翻译都显示出对伏尔泰生动语言不同的表现方式。亚当斯一定程度上保持了那个时代的语言风貌，比如"容易暴怒"和"基督徒婊子"，甚至是标点符号（不适用引号），而戈顿则着重表现出快节奏、现代的感觉。但是，两个译者都选择修改了一个带有时代印记的字眼——加利利。跟前两个译者不同，亚当斯和戈顿都把它译成"基督徒"。这个改变背后意味着什么？

在伏尔泰的时代，加利利是对犹太人的侮辱，用来指称耶稣最低等的信徒。加利利是贫穷的牧人和渔夫，是被耶路撒冷城里人看不起的人。《牛津英语字典》引用了一篇1686年的神学论文："当犹太人把一个人叫作加利利人，是指一个无关紧要的人。"亚当斯和戈顿都意识到，今天没有人会理解"加利利"是"低等基督徒"的同义词，所以他们澄清了宗教矛盾的含义，但是放弃了阶级层面的侮辱。可能他们应该保留"加利利"，然后加上一个脚注来解释，或者加上一个释义性的短语，比如"乡巴佬"或者"白人垃圾"。相反，他们选择让事情简单一点，好让对话流畅地进行；很可能他们觉得伊萨恰的态度在随后的话语中已经表达得很清楚了。

很显然，某个细微的意思丢失了，但是在这个例子中，最关键的转变是在时代的发展而非语言之间的转换中发生的：今天的法语读者同样无法领会伊萨恰提到加利利时的侮辱含义。原文的版本应该保留作者的字句不变,但是在今天基本上是不可理解的;所以,翻译行为本身所具有的自由度,为今天的英语读者理解伏尔泰原意所带来的便利,要大于阅读原文的读者。

一方面,比较不同的版本有助于揭示各种翻译在模式上的差异;另一方面,使用两到三个翻译版本可以帮我们更好地理解原文。即使不懂原文的语言,我们也可以借助多个翻译来尽量接近原文的意思,这总比单靠任何一个译本来得有效。要认识到这一点,我们不妨看看《老实人》的另外一段文字是如何呈现在几个译本中的;这一次我们可以不看法语原文。在书的前半段,老实人和居内贡得到一个老妪的帮助,后者在第十一章讲述了自己的故事。1759年版的译本是这么描述的:

> 我的眼睛并非一直都是酸痛的;我的鼻子并不是一直都碰到我的下巴;我也并非一直都是仆人;我是教皇乌尔班十世和帕莱斯特里纳公主的女儿。一直到十四岁之前,我都是生活在宫殿里的……然后我开始令男人爱慕。我的脖子长成了完美的形状:那是怎样一个脖子!雪白,笔直,完全跟美第奇的维纳斯一模一样……我的女仆们,在帮我穿衣脱衣的过程中,常常会进入迷醉的状态,不论她们是从前面还是从后面看我;男士们要是能够做这份工作,该会多快乐啊!
>
> (佚名译,1759年,34—35)

如果我们只看这个翻译,完全无法知道它在多大程度上准确地传达了伏尔泰原文的意思。该译本读起来很通顺,但是我们可能会很好奇,这个女人为什么会强调自己脖子的标致形态。人的脖子真的会在青春期长成"完美的形状"？美第奇的维纳斯的脖子真的这么著名吗？

18世纪的翻译家通常以很快的速度翻译，当然报酬也很低，所以他们的译文有时候会颇为粗糙。当我们读过维多利亚时期的译本之后，就会发现某些内容在1759年译本的第一句里就缺失了：

> 我的眼睛并非一直都是模糊的、近乎血红的；我的鼻子并不是一直都碰到我的下巴；我也并非一直都是仆人；我是一个国王和帕莱斯特里纳公主的女儿。一直到十四岁之前，我都是生活在宫殿里的……然后我开始捕获每个人的心。我的脖子已经长成：噢，那是怎样一个脖子！雪白，坚挺，完全跟美第奇的维纳斯一模一样……我的女仆们，在帮我穿衣脱衣的过程中看着我，常常会进入迷醉的状态，所有男人都愿意做这份工作。
>
> （佚名译，维多利亚时期，136）

"模糊的、近乎血红的"是比"酸痛的"更加全面的描述，也更符合伏尔泰生动的风格。即使我们不去查法语原文，也有理由相信1759年版的这位译者，随意地压缩了对这个女人的眼睛的描述——抑或排字工遗漏了一句话。于是，维多利亚时期的译本在此就很有用了，但是它只增加了我们对这个女人美丽脖子的不确定感——它现在被描述成是有力的，而不是挺拔的："噢，那是怎样一个脖子！雪白，坚挺，完全跟美第奇的维纳斯一模一样。"（136）脖子从什么时候开始被描述成"坚挺"的了？为什么只在这个女人脱掉衣服之后，她的美丽脖子才显露出来？这位译者显然觉得有必要改正1759年版本的某些内容，但是我们暂时还没有获得一个满意的结果。

这位维多利亚时期的译者，也制造了新的不确定之处：这个女人的父亲突然从教皇变成了国王。如果我们相信伏尔泰的文风总是生动而具体的，那么旧版本的教皇乌尔班十世，应该优于新版这个模糊含混的"国王"。维多利亚时代的人们对宗教和性的话题尤其避讳，所以如果译者不愿意提及一个放荡的教宗，读者也不会感到意外。这种避讳在最晚近的两版翻译中得到印证，两者都恢复了教皇乌尔班十世作为帕莱斯特 <94>
里纳公主情人的身份。通过保留这个名字，我们也能察觉伏尔泰如何与审查制度的压力周旋，因为他让这个不道德的教皇与现实保持了距离：历史上并不存在乌尔班十世这么一个教皇。

晚近的翻译也解决了一个谜，即那个有点奇怪的、吸引人的脖子。亚当斯的版本是这样的："我已经开始引起年轻男子的爱慕；我的乳房已经发育了——那是怎样的乳房啊！雪白，坚挺，有如美第奇的维纳斯那样的形状。"（亚当斯译，22）戈顿的译本也与之类似："我的胸脯正在发育，那是怎样的胸脯！雪白，坚挺，像古代维纳斯雕塑那样雕琢而成。"（戈顿译，291）这两位译者扯下了维多利亚时代的遮羞布，但是这还不是故事的全部，因为1759年那位很坦诚的译者也选择了"脖子"这个翻译。他可能并没有压抑什么，而只是犯了个错误，而且如果我们决定去重看法语原文，就会知道这个错误是可以理解的。伏尔泰采用的字眼如下："gorge：ma gorge se formait；et quelle gorge！blanche, ferme, taillée"。"gorge"这个词最常用的意思正是脖子，而1759年的译者可能直接就用了这个意思，而没有停下来想一想，在当前的语境中，"脖子"这个词并不恰当。"乳房"或者"胸脯"会合适得多，而它们是"gorge"的第二层意思。即使看不到法语原文，这个语境本身也会让我们倾向于选择"乳房"或者"胸脯"而非"脖子"，而且

第四章 在翻译中再创作   133

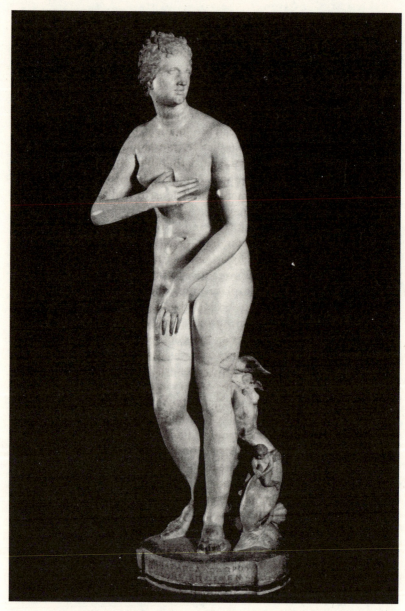

图 3 《美第奇的维纳斯》/ 大理石 / 公元前 1 世纪 / 佛罗伦萨乌菲齐美术馆
(纽约阿林那利艺术资源授权使用)

这也是正确的——至少对于一部欧洲小说而言。面对日本的语境，我们可能会做出不同的选择；从一千年前的《源氏物语》一直到谷崎润一郎和三岛由纪夫笔下的现代小说，光是短暂地露出脖子，都已经是极具色情意味的瞬间。

今天的我们生活在翻译的盛世，当代翻译作品往往比过去时代优秀得多。但是过去的译本仍然有助于我们修正晚近翻译中的错误和过当之处。上文所引戈顿翻译的段落，总体来说很优秀，但是其中提到那个女人的胸脯"像古代维纳斯雕塑那样雕琢而成"。这究竟会是哪座雕塑呢？亚当斯更加具体，把它确定为"美第奇的维纳斯"。那究竟是不是这样呢？更早的译本告诉我们，亚当斯是对的。

根据我们对戈顿翻译标准的理解，可以推测出他从文本中隐去"美第奇的维纳斯"的理由。为了方便当代读者的阅读理解，戈顿显然觉得，这座雕塑的名字太过陌生了——这明显是他的错误，因为"美第奇的维纳斯"赫赫有名，是佛罗伦萨乌菲齐美术馆的镇馆之宝。在伏尔泰的时代，它已经被广泛地复制到版画和瓷器中；铅制的复制品是受欢迎的花园装饰物。即便现代读者对它一无所知，也很容易通过谷歌搜索"美第奇的维纳斯"（见图3），亲眼目睹雕像的情色诱惑力。戈顿笔下含糊的"古代雕塑"不但不符合伏尔泰的风格，而且也剥夺了读者观看这个图像的机会。

翻译应该在多大程度上保留异国色彩？

<96>

从《老实人》可以看出，即使是邻国的、时代并不久远的文学作品，也会让译者面对不少问题。如果这部作品来自遥远的异国、久远的过

去，那么挑战就更大了。一部译作应该如何反映原文的异国色彩？又应该在多大程度上符合目标语言的文学范式？过多的异国色彩会令读者感到困惑和厌烦，但是完全同质化的翻译，又有可能失去宝贵的差异性，而这往往是一部作品值得被翻译的关键因素。这些问题超出了斟酌字句准确度的范畴。译者有两个基本的选项：首先，他们必须考虑清楚，他们心目中原作的本质是什么，包括它的语调、层次、表达模式、与其所处环境的关系等。其次，当他们对一部作品在其原本语境中的意义和效果建立了一个基本的理解——或者说是基本的诠释立场——之后，译者就需要构建出合适的策略，把作品的这些特质传达给新的读者，并调整语言、时代、空间和读者预期之间的差异。

有一个文本，无论是原文还是译文，都具有引人注目的多变性，它就是伟大的阿拉伯故事集 *Alf Layla wa-Layla*，即《一千零一夜》，又译作《阿拉伯之夜》。它最初创作于公元 9 世纪，其原型是一部波斯故事集，名为 *Hazar Afsana*（《一千个传说》）。阿拉伯语版本保留了波斯语版本的故事框架：山鲁亚尔国王发现妻子对自己不忠，就将她杀死，然后每晚与一个不同的女人成婚，再于次日早晨处决掉新娘。人们开始把自己的女儿藏起来，最终国王的大臣因为找不到新的姑娘而感到绝望；他的女儿山鲁佐德（又名谢赫拉莎德）坚持做下一个新娘，发誓要保护这个王国的女人的性命，否则就舍弃自己的性命。新婚之夜，在与国王洞房之后，山鲁佐德开始给国王和自己的妹妹顿尼娅莎德讲述一个引人入胜的故事，并聪明地拖延到黎明都不说出故事的结局。顿尼娅莎德恳求听完故事，国王也不得不同意把山鲁佐德的性命留到第二天晚上；但是到那时候，山鲁佐德又把第二个故事包裹进第一个故事中，再一次等到黎明都还不说出结局。这个模式一直重复着，直至第一千零一夜，国王终于承认自己残忍的做法是错误的,并且正式与山鲁佐德结婚;而此时她已经生下三个孩子了。

根据留存下来的手稿判断(它们的创作时间都早于故事结集之前好几个世纪),阿拉伯语的文本最初完全不像真的能延续一千零一个夜晚。但是讲故事的人不断加入新的故事,其中很多故事起源于巴格达和开罗,但也有其他故事来自更远的地方,比如印度和中国。《一千零一夜》最完备的版本包括超过六百则故事,这其中不乏散文的叙事。诗歌是中世纪阿拉伯文化中主要的文类体裁,而《一千零一夜》早期的编纂者开始在故事的中间加入诗歌。有时候他们会插入经典的抒情诗,比如像阿卜·努瓦斯这样的诗人(努瓦斯成为好几个故事的主角,它们的焦点都是他对醇酒与男童的喜爱);而有时编纂者会直接创作诗歌。由此产生的成果是一种复合的文本,糅杂了诗歌、直率的散文,以及处在中间状态的有韵散文。

最终,《一千零一夜》吸引了在中东旅行的西方人的注意;安托万·伽朗翻译了第一个法语版本,在1704年至1717年间分成十二卷出版。这个译本获得了巨大的成功,并且成为后来很多其他欧洲语言译本的基础。伽朗延续了多个世纪以来无数抄写者和编纂者的做法——他毫不犹豫地加入新的故事来丰富这本书,有些故事是他从一个叙利亚说书人那里听到的(至少他自己如此声称)。比如,阿拉丁与阿里巴巴的故事最初的书面印刷版本就出现在伽朗的法语文本中;他们的故事很快成为阿拉伯语版本固定的内容,但其实是从伽朗的法语版本翻译成阿拉伯语的。与其说伽朗的十二卷本《一千零一夜》是一个翻译版本,毋宁说它在真正的意义上是该书不断演化的其中一个阶段。

最初的英译本全都是以伽朗的法译本为基础的;直至19世纪,英译者才开始尝试直接接触阿拉伯文本。从那时候开始,《一千零一夜》的译者们面对的第一个问题就是究竟该采用哪个版本:是各种驳杂的中世纪手稿的其中一版,还是各种添加了新故事的现代版本的其中一版?译者需要附上多少文化信息,来帮助欧洲的读者理解这些故事?这些信息应该以不被察觉的方式插入文本中,还是以冗长的脚注形式出现?此外,那一万多行、遍布文本各处、有时候颇显平庸的诗歌该怎么办?它们是否应该被翻译?如果应该的话,那么这些令人感到陌生的诗歌形式又该如何处理?还有《一千零一夜》中各种粗俗、色情的场景——它们应该被直接翻译,还是做出恰当的处理,或者干脆直接删除?

到19世纪,译者已经开始采用极为不同的方法来回应这些问题了。1839年,一个名叫爱德华·威廉·连纳的阿拉伯学者出版了一部新译作,后来成为维多利亚时代的标准版本。连纳所依据的底本是只包括两百个故事的阿拉伯语版本;他在此基础上只保留了一半左右的故事。他随意地删减段落乃至整个故事,以免读者看到所有"任何不恰当的内容"(连纳,《一千零一夜》,xiii)。他保留了部分诗歌,但是将之译成散文,并把富于音乐性的阿拉伯语散文译成颇为平淡的英语。这个具有很重匠气、去除了所有"不得体"内容的"清洁版"译本,经历了多次重印,直到20世纪初都还在再版。比如,它成了哈佛经典文库所选择的译本。

<98>

与连纳的译本形成巨大反差的,当数旅行冒险家理查德·弗朗西斯·布尔顿爵士那风格肆意汪洋的翻译版本了。这个版本只是私人印刷,在1885年以十卷本的形式出版,随后还出版了六卷增补本。在新版本的前言里,布尔顿火药味十足,批评连纳的文风"不忍卒读","那些长得不像话的、根本不像英文的词语,还有半个世纪前那生硬的、不自然

的风格,那时候我们的散文恐怕是全欧洲最糟糕的"(布尔顿,《一千零一夜》,1:xii)。在整部书的结尾,布尔顿附上一篇长文,占据了第十卷的大部分篇章;他在此处继续批判连纳的翻译,认为他笔下的诗歌是"光秃秃的直译,变成散文后,也变得味同嚼蜡"(10:222)。在布尔顿看来,比这更荒谬的是连纳极端保守的道德观。布尔顿为自己设立了一个目标,就是要"展示《一千零一夜》真正的面目"(1:xii)——包括它强烈的诗意、东方式的瑰丽,还有直白的性描写。

两种翻译方式的差异,在开篇作为大框架的故事中已经表露无遗。在这则故事里,山鲁亚尔和沙宰曼两位国王发现,妻子们趁自己不在的时候与别人偷情,因而怒火中烧。沙宰曼碰巧看到自己弟弟的妻子出现在花园里,后面还跟随着一大群侍女和奴隶。连纳保守的版本是这样叙述的:

> 宫殿的一扇门被打开了,从里面走出了二十个女人,还有二十个男性黑人奴隶;国王的妻子也走了出来,她分外的美丽和优雅,所以非常引人注目。她和这些奴隶一起走到一个喷水池旁边,所有人都脱掉衣服,一起坐下来。国王的妻子喊道,噢,梅苏德!一个黑人奴隶马上走向她,然后拥抱她;她也做同样的动作。其他所有奴隶和女人也都做一样的事情;他们所有人一直狂欢,直至一天的结束。
>
> (连纳,《一千零一夜》,7)

布尔顿的翻译则大相径庭:

> 于是沙宰曼国王……伤心地沉思着妻子对自己的背叛,一声

第四章 在翻译中再创作 139

声叹息从他饱受折磨的胸中吐出。正当他沉浸在这些思绪中时,看啊!王宫里面一直小心翼翼地被守护着的一扇门,砰地一声被打开了,从里面走出来二十个奴隶和女孩,簇拥着他弟弟的妻子。她有着不可思议的姿色,简直符合了美貌、吸引力、标致和可爱的标准定义;她仪态万方,宛如羚羊在清泉边歇息。沙宰曼从窗边往回退,让自己不被看到,但是他仍然窥视着窗外的情景。她们就在窗格下走过,通过一个小过道进入花园,一直走到大水池中央的喷泉旁边,然后她们脱掉衣服。看哪,其中的十个人是女人,国王的妃嫔,另外十个是白人奴隶。然后他们双双配对;但是王后只有她自己,她大声喊道:"来我这里,噢,我的主人萨依德!"突然从其中一棵树上,跳下来一个滑溜溜的黑鬼,转动着双眼,露出眼白,这是个恶心的场景。他大胆地走向她,双手抱住她的脖子,而她也热情地拥抱他;然后他开始亲吻她,双腿缠绕住她,就像纽扣孔扣住纽扣,他享受她。同时其他的奴隶也和女人们做着同样的事情,直到他们的情欲获得彻底满足;他们不停地亲吻和拥抱、交媾和酗酒,直到日暮。

(布尔顿,《一千零一夜》,1:6)

布尔顿给予我们那些连纳删掉的内容,甚至更多;他加入了那个奴隶的眼睛的细节,还自创了关于纽扣的比喻。按照德莱顿的说法,布尔顿的版本有时候更像是自由的模仿,而不是忠实的直译,但他的目的是向英语读者传递戏剧性的效果,而这恰恰是他在开罗听专业说书人表演故事时的切身感受。布尔顿的《一千零一夜》有一种奇怪而强烈的感染力,它完全不是严格意义上的文学文本,而是对一个引人入胜的口头表演进行富于想象力的重现。

布尔顿喜欢回忆中东地区的说书人，如何善用变化多端的说话方式："阿拉伯游吟诗人会以对话的方式进行朗诵表演；他会活灵活现地唱出有韵散文，还会在单弦琴的伴奏下吟诵诗歌段落。"（10：145）布尔顿对自己翻译出《一千零一夜》中有韵散文的能力尤其感到骄傲；他在前言中说："这段如鸟鸣一般的华彩段落，在阿拉伯语中有它特殊的作用。它为描写增添光彩，为格言、警句和对话增添说服力。"（1：xiv）在上文提及的花园狂欢一幕中，布尔顿的"他们不停地亲吻和拥抱、交媾和酗酒，直到日暮"，比连纳的"他们所有人一直狂欢"要有效得多。又或者，连纳说一个神灵在睡觉时打呼噜，布尔顿则说神灵"睡觉的时候鼾声如雷"（1：11）。布尔顿意识到他只能通过强行重塑英语的词汇和句法，来传递出原文中有韵散文的味道；而在他的前言中，布尔顿也强调自己下定决心要传达原文的异国情调："这种有韵散文可能不像英语，也不好听，甚至对英式的耳朵是一种冒犯；但是我仍然把它看作对原文进行完整的重现时不可或缺的手段。"（1：xiv）

<100>

后世的《一千零一夜》译者们喜欢通过引用布尔顿那些最夸张的段落来批评他的风格，用比较晚近的一位译者胡塞恩·哈达威的话来说，就是"雕琢"和"扭曲"的；这是译者们自娱自乐的一种方式，也为他们自己的竞争者铺平道路。哈达威不屑而语带嘲讽地说："布尔顿遗赠给这个国家的，只不过是一个文学版的布莱顿亭子。"（哈达威，《阿拉伯之夜》, xxv）他指的是英王乔治四世在即位之前，于19世纪初建造的一座具有艳俗东方风格的夏宫。根据N. J. 达伍德的看法：

> 布尔顿获得了准确性，却换来了风格上的损失。他对古风的痴迷，他爱生造词句的习惯，还有那些不自然的表达模式，都是对其

翻译的文学价值的破坏，而且这完全没有提供其对原文的忠实度。注释比正文有意思多了。

（达伍德，《一千零一夜》，10）

达伍德和哈达威的批评过分了。的确，布尔顿带有窥淫癖的东方主义，令这些现代的、生于巴格达的学者感到不快，是可以理解的；他们早已见到太多西方人把自己的幻想投射到中东去。而且布尔顿的脚注也太多了：它们告诉我们的东西，远远多于我们需要知道的，比如埃及人的性生活习惯，或者阿拉伯游牧女人乳房的形状。达伍德和哈达威严谨、细致、冷静、注释翔实的翻译，取代了布尔顿和连纳的版本，成为被广泛阅读的英译本自然是有道理的。但是很难说他们任何一个人比布尔顿更加接近《一千零一夜》的本质。虽然布尔顿导致一种对性事过分开放的倾向，但是晚近的译者们却又制造出经过大量删减、过分保守的版本。如果说布尔顿的错误在于太过放肆，那么他的现代后继者则往往流于过分谨慎。

  N. J. 达伍德的翻译于1954年由企鹅出版社出版，在1973年做过修改。他把这些故事套进小说的现实主义模子里。在序言中，达伍德把《一千零一夜》描述成"中世纪伊斯兰最全面和最亲密的记录"，借此把这些故事的诗意和修辞狂想最小化。"虽然文本描述的是幻想出来的奇异世界，但它们仍然忠实反映了产生它们的时代的生活方式。它们是纯真思维的自然产物。"（7）为了符合自己对这些故事作为忠实镜像的诠释，达伍德采用了清晰、直截了当的散文风格，其实类似于连纳平白的文风。在达伍德的版本中，王后和她的侍女绝对没有放纵于"亲吻和拥抱、交媾和酗酒"这么放荡的活动，而只不过是"一起狂欢"——事实上这与保守的连纳在一百年前使用的字眼一模一样。

<101>

在达伍德的心目中，这些故事是纯真思维的现实主义产物，为了符合这种诠释，他删去了几百首诗歌，它们本来提供了对道德的反思，以及抒情的梦幻时刻。最不可思议的是，为了避免中断每个故事的流畅感，达伍德删去了被反复提及的、每天晚上的做爱场景和讲故事的情节，包括山鲁佐德每天早晨开始不再说话，以及顿尼娅莎德急切地恳求她次日晚上继续讲故事等。就像书中包含的诗歌一样，开场作为大框架的故事，反映了对后面的材料所进行的不间断形塑，这个框架不再是（或者从来就不是）单纯思维制造的一个简单的产物。达伍德对各个故事的纯粹形式的忠诚，导致他忽视了山鲁佐德通过讲故事与死神赛跑这出更为根本性的戏剧。

在胡塞恩·哈达威 1990 年译本的序言中，他批评了达伍德删除诗歌的做法，并强调了它们对故事总体效果的重要作用。哈达威的确保留了诗歌，但是他略去了很多布尔顿版本中保留的诗作，因为哈达威所依据的底本是一份不完整的早期手稿。如果说伽朗和布尔顿过于沉迷这个不停生长的传统带来的乐趣，那么哈达威的目标则是根据能找到的最早版本恢复最初的状态。他所依据的是一个叙利亚的版本，它被保存在一部 14 世纪的手抄本和后世的某些抄本中，但这只不过是一整个复杂文本传统中的一个分支。哈达威完全采用这套文本，即使它们只包括了三十五个完整的故事，并在第三十六个故事的中间戛然而止。结果，哈达威略去了大部分最著名的故事，甚至很怪异地去掉了作为大框架的故事的结局，在其中，国王终于恢复理智，同意与山鲁佐德结婚，并正式承认他们的孩子。

在哈达威的序言中，虽然他承认自己所依据的源文本是"发育不完整的"，但他坚称这个缺陷其实是幸运的，然后他非常刻意地贬低埃及的手稿传统:"如果说叙利亚这一分支的文本,反映了一个中断的发展历程,这其实不是坏事,因为它有助于保存故事的原初形态;相反,埃及的分支显示出一种野蛮生长的状态,结出了大量有毒的果实,它们被证实对根源是致命的。"(哈达威,《阿拉伯之夜》,xii)难怪他对布尔顿没有丝毫的耐性:布尔顿这一整碟有毒的水果被摆到他的面前,他一手把碟子推开。

哈达威当然受到了很多批评,说他严重地损害了《一千零一夜》的完整性。于是五年之后,他出版了第二卷,其中包括了阿拉丁和辛巴达的故事,还有其他一些"后期"的故事。但是即使在这一卷中,他也还是略去了作为大框架的故事的结局,以及任何提到山鲁佐德每晚做爱和讲故事的情节。他这么做,纯粹是因为他所认可的手稿并没有包括它们。"自始至终,读者们都会舍不得山鲁佐德,"他不无惋惜地说,"不过我也舍不得她。"(哈达威,《阿拉伯之夜》,xvii)

阿根廷作家豪尔赫·路易斯·博尔赫斯写过一篇文章,讨论这部阿拉伯文本的各个版本;他赞扬了布尔顿和他同时代的法语译者马尔德鲁,说他们具有"创造性的不忠诚",并说宁愿读他们的译本,也不看伽朗和连纳"诚实但可耻"的翻译(博尔赫斯,《一千零一夜的译者们》,97,105)。达伍德和哈达威在性方面的话题,与布尔顿一样大胆,但是在语言上要保守得多,而且布尔顿肆意汪洋的翻译所传达出的特质,是他的晚辈所不具备的。由于《一千零一夜》本身所具备的异常丰富多变的性质,读者最好拿两到三个不同的译本对比着读,这远比只选一个版本来读要好。就像山鲁佐德本人一样,如果我们选择只专注于一个故事——或者一个翻译——那会对我们体验这部驳杂丰富的作品的整个经历造成致命的限制。

斯巴达人是怎么说话的？

并非所有的翻译作品都需要我们在日常的英语和布尔顿式驳杂的"异国"英语之间做出选择。在尝试传达出某种外国语言的特殊感觉的过程中，译者有一点可以利用：英语本身有很多不同的形式，并非只有"标准"英语一种。当源文本采用超过一种方言的时候，英语这种丰富的可能性就显露无遗了。这一点，可以在阿里斯托芬的戏剧《吕西斯特拉特》中看出来。这部戏剧于公元前411年首演，当时正是漫长的伯罗奔尼撒战争的末期，斯巴达人领导的联军逐渐处于上风，而雅典和它的联军则节节败退。在《吕西斯特拉特》中，雅典和斯巴达的女人联合起来，拒绝和她们的丈夫过性生活，直至这些男人同意停止战斗；在通过戏剧化的手段传达反战立场的过程中，阿里斯托芬也凸显了各种方言之间、两性之间滑稽的冲突。

斯巴达人以语言直白、简洁著称；英语中 laconic（简洁的）这个词，就来自斯巴达所处的地区拉孔尼亚（Laconia）。雅典人认为他们自己的语音是正确、典雅的希腊语，而斯巴达人的方言在他们的耳中则像是粗俗的乡下话。阿里斯托芬幽默地利用了这种偏见，把它用在了自己的戏剧里。如果说布尔顿和哈达威的区别在于他们对源文本本质的理解上，那么阿里斯托芬的译者们的分歧则在于把信息传达给目标读者的方法上。有些译者简单地把所有方言译成标准英语，因为他们觉得读者想以最便捷的方式读懂故事。但是，更有创意的译者则会利用英语内部不同的方言；他们往往基于各自心目中具体的读者群做出选择。

英国诗人保罗·罗什把斯巴达的口语翻译成一种考克尼方言（Cockney dialect）；英国的读者一下子就能读懂，这是大都市底层人物的语

<103>

言。于是，一个斯巴达信使在他的语言中不断省去"h"的发音（阿里斯托芬，《吕西斯特拉特》，罗什译，464）。与此形成鲜明对比的是，美国翻译家道格拉斯·帕克把斯巴达人变成了阿巴拉契亚（Appalachian）的山区土包子。正如他在一个注释中所写的那样，他给予他们一种有些低级的美国山区口音（阿里斯托芬，《吕西斯特拉特》，帕克译，115），所以吕西斯特拉特的同盟蓝皮杜会说出典型的阿巴拉契亚口语（22—23）。

另一些译者超越了语言层面，进入历史层面去找寻不同的口音，为雅典与斯巴达的战争建构现代的对应物。在1959年，翻译家杜德利·菲兹把斯巴达人表现为美国内战时期的南方人。菲兹毫不掩饰地表现纯正的南方口音；他笔下斯巴达人的说话方式令他们看起来如同《飘》里面的人物，有一种好莱坞风的讽刺意味；菲兹借此模仿雅典人对斯巴达人的偏见。他的译本加入的"h"，就跟罗什去掉的"h"一样多。

通过让一个斯巴达士兵以历史穿越的方式提到美国的南北战争，菲兹强调了这种相似性："上校，我们刚刚好及时穿戴好了。啊，我发誓，如果他们看到我们本来的样子，双方一定会有新一轮战争。"在希腊语中，这个士兵完全没有公开提及战争。因为女人们拒绝性交，他正在遭受无法解决的勃起的痛苦；他其实表达了自己的担忧——他害怕有人会把他的阴茎切掉。但是菲兹在这里所做的改变，其实并不如表面上看来那么随意。在原文中，那个士兵所提到的，是公元前415年一个臭名昭著的真实事件：在雅典，赫尔墨斯神多个雕像的脸部和阴茎遭到了毁坏，它们是苏格拉底曾经的门徒、任性的阿尔西比亚德斯带领下进行的破坏活动；这些毁坏行为被看作反战的举动。菲兹没有试图在他的翻译中表达此类富于话题性的内容，而是借此机会引入了美国内战的话题。

三十年后，古典学者杰弗里·亨德森决定使用一个更具现代感的语言和政治语境作为比喻。他出版于1988年的译本把斯巴达人表现为俄国人，于是伯罗奔尼撒战争变成了苏联与美国之间的冷战。与菲兹不同，亨德森把阿里斯托芬笔下的斯巴达人看成是可笑的讽刺漫画，所以他赋予他们带有浓重俄语口音的、蹩脚的美国英语。他译文中的蓝皮杜说，"我去健身房，我把屁股练得紧致"，还用不通顺的语法问道："请告诉我会议讨论的内容。"（阿里斯托芬，《吕西斯特拉特》，亨德森译，26）与菲兹一样，亨德森对原文的处理比较随意，因为这样才能表达出他的政治隐喻：一个普通的布伊奥提亚女人（希腊语里的presbeira Boiōtia），在这里变成了蓝皮杜的"来自底比斯集体农庄的优秀的同志"（26）。

通过上述种种不同的方法，阿里斯托芬的每一个译者都希望拉近现代观众与这部戏剧的距离，创造性地扭曲语言和历史，以找到古代希腊城邦冲突的现代对应。严谨或直接的翻译无法表达出《吕西斯特拉特》的精彩之处，因为这样会使阿里斯托芬的语言变得平淡，也会抹掉他那大胆甚至冒犯的色情相关语。比如，一个叫作基内西亚斯（Cinesias）的男人，其名字来自动词kinein，即"移动"或者"唤起"之意；杰弗里·亨德森巧妙地把它译作"Rod"①，虽然与原文不像，却有效地传达出其意思。最优秀的现代译者都采取类似的自由手法。

在现有的译本中做取舍时，读者需要选择那些对自己来说最有吸引力的版本。这可能意味着，一个美国读者会选择一个像美国南方人的斯巴达人，而一个英国读者则会想看到一个说着考克尼方言的蓝皮杜。但有时候情况可能正相反。如果蓝皮杜说起话来像萧伯纳笔下的伦敦底层

---

① 在英语中有勃起的阴茎的意思。

卖花女,一个英国的读者可能会觉得破坏其阅读体验;而一个美国南方人则会被过分强调南方口音的《吕西斯特拉特》所冒犯。在那种情况下,大西洋另一边的方言可能更便于表达作品的大意,这不一定需要把戏剧移到现代,并带入那些很不符合希腊风格的冲突。伯罗奔尼撒战争可以一时被表现为美国内战,一时又被表现为全球性的冷战,这说明了任何现代化的诠释方式都是有其局限性的;伯罗奔尼撒战争的很多具体细节并不能在这两个现代冲突中得到彻底表现。我们可以通过阅读《吕西斯特拉特》的各种译本获得乐趣,但是,我们在阅读过程中必须意识到,在某种意义上,我们需要知晓译者的诠释路径,从而把翻译再"译"回到原文中。

<105>

要想看透翻译这个五光十色的棱镜,我们需要洞悉译者的策略——他们用这些策略来弥合过去与现状、远方与眼前、他者与自我之间的距离。当我们了解到所有译者都需要做的妥协之后,我们更能欣赏他们的创造性,而这又是建立在前人基础之上并不断更新的过程。德莱顿无法想象,有任何方法能够充分翻译出品达颂歌那种自由流动的形式;德莱顿的时代所流行的严谨的对句,完全不适合品达"狂乱而不受规限"的风格。但是在今天,虽然我们与品达在时间上的距离比德莱顿与他的距离更遥远,但是当代自由诗歌形式的丰富资源,让我们得以用新方法来处理德莱顿的困境。弗兰克·尼塞奇翻译品达的第一首奥林匹亚颂歌时采用了长短句,一种不断变化、并不固定的韵律,以及广泛使用跨越诗行的长句子,把诗行包裹在一起,造成一种不断推进的运动感,很好地传达出品达那种紧张躁动的风格。在这雄辩的译笔之下,颂歌的第一句可以成为一个象征,它证明了诗歌的力量是可以跨越时空和文化的阻隔,从翻译中喷薄而出的:

水很显眼，黄金像火焰

　　在暗夜中燃烧，光芒盖过

令人的傲慢放大的一切事物。

　　但如果，我的灵魂，你渴望

　　　庆祝那伟大的游戏，

　　　　那不用往别处寻找了

　　　因为另一颗星

　　光芒穿透荒芜的以太

　比太阳还要耀眼，或者，你要攀比的话

比奥林匹亚更加有力——

　　　　　　　　　在这里，颂歌

成为皇冠一般的形状，铭刻在

诗人的脑海中

　　正当他们喊着宙斯的名字来临时。

（品达，《胜利之歌》，82）

第五章

美丽新世界

在上述章节中，我们的关注点在于文学作品传播到世界各地的方法，以及如何寻找到跨越时间、地域、语言的读者，这一切经常远远超出作者自身的预期。紫式部为置身于京都宫廷社交圈的友人撰写了《源氏物语》；她的期待无外乎本人辞世以后，与之出身背景类似、灵魂志趣相投的某些读者能够继续阅读其小说。她完全意想不到，自己的杰作在一千年后会被译成多个英语译本（这是在其所处的时代甚至还未存在的一种语言），并成为北美地区（这是一片对她和同代人而言一无所知的大陆）世界文学课程的主要内容。

同样，一部文学作品可以通过与其海外传播大相径庭的另一过程参与到世界文学之中：将世界直截了当地置入文本本身。当作者触及外国文学传统时，这种情况就会出现，即使故事拥有纯粹本土化的背景设定也依然如此。《源氏物语》鲜少有在京都之外的冒险，它用大量篇幅描写一个人物前往遥远的宇治小镇拜访一位女子的途中，展现沿着森林小径令人疲惫不堪的艰辛旅程，但实际上宇治距离京都仅有十英里。然而，紫式部从属于一个更为广泛的文学世界：她不断提及中国的诗歌，并将其小说中的诸多事件与中国历史上的知名典故相互比较；源氏的父亲在第一章里，向一位来访的韩国占卜师以及一位印度占星学家咨询过后，才解决了其儿子社会地位的难题。

通过将笔下的人物送到国外，作家们甚至能够与更广阔的世界更充分地接触：从远古时代以降，无论是为了物质宝藏还是精神财富，文学作品时常描述在神秘区域大冒险的长途旅行。吉尔伽美什冒险奔赴远方的雪松林，迎战守护森林的怪兽并获取珍贵的木材，然后他跨越沙漠、攀登山峦、涉过死亡之海，试图从祖先乌特纳比西丁处追寻永生的秘密。奥德修斯历时十年在地中海世界徘徊漂泊——"他见识过不少种族的城邦和他们的思想"①（荷马，《奥德赛》，77）——从魅惑的塞壬、恐怖的独眼巨人等诸如此类的怪物手中逃脱。层出不穷的航海英雄们紧随其后，从航海家辛巴达到约瑟夫·康拉德笔下环球旅行的商船水手查理·马洛。其他一些作品则完全置于异域背景下，呈现出遥远国度甚至平行宇宙的景象。

　　那些将作品背景设定在海外的作家，会参与到文化转译的过程中，对本国读者而言他们是异国文化风俗的代表。如前一章所讨论的语言翻译问题，这些文化转译涉及阐释上的选择，首先是作者，然后是读者。异国文化会被呈现或者被解读为纯洁无邪的天真、滑稽诙谐的荒谬，还是充满崭新可能性的精彩世界？这部作品强调的是种族文化差异、普遍真理，还是在远离故乡之处找到出乎意料的家园的惊喜？作者的祖国与那个异国社会之间的政治关系如何？那个遥远国度是贸易伙伴，还是帝国的竞争对手；是时机成熟可被征服的领地，还是失落的天堂，抑或对本国社会稍加掩饰的寓言象征？本章将着眼于作家们探索大千世界的方法，尤其关注异域如何成为家园故国的镜像，同时又与之相悖。

---

① 原文引用自罗伯特·法格勒斯英译本的第 77 页，即第一卷第四行，此处中文译文参考王焕生译《荷马史诗·奥德赛》，人民文学出版社，2005 年版，第 1 页。

异乡人在异乡

在许多文学作品中,遥远的异域国度往往既危险又诱人。那片土地的风俗习惯可能与故乡迥异,这种差异既予人自由,又让人迷失。如果能够在新环境中幸存下来的话,旅行者可以从其原生家庭与社会的约束中解脱出来,在新大陆重塑自我。此类模式的早期经典范例,是《旧约·创世记》第三十七至五十章关于约瑟的故事。开篇伊始,约瑟的父亲已经对他偏爱备至,致使其兄长们滋生出凶残的嫉妒心;当约瑟轻率炫耀那些象征性地预示他们将向他俯伏跪拜的梦境时,兄长们的愤怒无以复加。他们在乡间田野抓住并准备杀死约瑟之际,举目发现一批运输香料前往埃及的商队。这些途经此处的商人为那场家庭冲突提供了一个万全之策:兄长们将约瑟卖给商队,从而解决内部纷争,商队则带走约瑟并把他卖给埃及的护卫长波提乏。

<109> 埃及与以色列大相径庭,这是一个充斥着各式庙宇与魔幻变形的多神教国度,拥有钟鸣鼎食的皇权,统一长达千年,文化传统悠久、等级制度森严。一个年轻的异邦奴隶在这种环境中想要成功通常希望渺茫,然而耶和华赐福让约瑟的所作所为无往不利,波提乏发现他非常能干,就派他掌管家务。这次提拔使得约瑟与波提乏的妻子每天都有接触交流的机会。出于对他的情欲,波提乏之妻要求约瑟做她的情人,但是约瑟出于对耶和华的虔诚,以及对主人的忠诚拒绝了她。一个小小的仆从胆敢拒绝她,波提乏之妻感到被羞辱并狂怒不已,她召唤佣人,声称约瑟试图强奸她。在提出控诉时,她强调了约瑟的异邦人身份:"你们看!"她对仆人们说道,"我丈夫带到我们这里的希伯来人,要戏弄我们

了！①"（《创世记》，39：14）与傲慢自大的上流社会女主人相比较，那些奴仆或许与同为仆从的约瑟之间有着更多的共同之处，可是波提乏之妻为了凌驾于奴隶们的互相团结之上，狡猾地煽动起民族忠诚（"要戏弄我们"）。这些埃及奴仆对她的指控信以为真，她的丈夫也一样。

在这个段落中，约瑟不仅被强行抛入异国他乡，他其实还被卷入一则外国故事中。这是一段早就广为流传的埃及传说，如今名为《两兄弟的故事》。它包含弃妇诬陷的情节，并将该主题与兄弟的竞争相结合，而且早于《创世记》的叙述。故事中的英雄巴塔是其长兄艾奴卜的仆从与雇农。艾奴卜之妻请求巴塔做她的情人："来吧，让我们躺在一起待一会儿，这对你大有好处。"她恳求他，并且添上一个额外的奖励——"而且我会为你做很多华丽的衣裳。"巴塔嗤之以鼻，拒绝了她，于是她将此事告知她的丈夫，但角色之间的对话被黑白颠倒了："他对我说：'来吧，让我们一块儿躺下待一会儿；把你的穗带解开。'他这样对我说，但我没有听从他的话……现在，如果你让他活着，我就去死！"（利奇海姆，《古埃及文学》，2：205）

尽管基本的主题相类似，这两则故事却以迥异的方式铺陈开去。埃及传说采用童话的逻辑进行。一只会说话的动物向巴塔透露其处境危险，他便逃跑了，他的兄长则穷追不舍。巴塔向拉神祷告求救，拉神在兄弟之间抛下一片水域。当艾奴卜在鳄鱼出没的湖泊对岸气得冒烟之时，巴塔向他的兄长解释，最后总结说："仅凭一个不知廉耻的淫妇的证词，你居然就抄起长矛这样赶来冤杀我！"（206）正义似乎即将获胜，然而心烦意乱的巴塔割下自己的阳具后出发前往一个神奇之地——松树山谷。在

---

① 此处中文译文参考《圣经》（中文和合本），中国基督教两会出版部，2010年版，第69页。

那里，他挖出自己的心脏，并把它放在一棵松树的顶端；他死去后又以公牛的形态重生。巴塔依旧被复仇心切的兄长之妻纠缠不休，于是他化身为一棵树。其淫乱不忠的嫂子成为埃及法老的情妇，而且说服她的帝王情人砍倒此树为她制作家具。势不可挡的巴塔幻化为一块木头碎片飞进她的嘴里，九个月之后她诞下一名婴儿，却不知其并非法老之子，而是巴塔本人。巴塔后来循序成为新任法老，披露了整个故事的来龙去脉，并且惩办了这位由嫂子变来的代孕母亲，估计是判了她死刑。

<110>

《两兄弟的故事》也能够与《圣经》中紧随约瑟故事出现的摩西故事进行比较。和巴塔的故事如出一辙，摩西被法老家族收养，后来他带领着被奴役的希伯来人穿越红海离开埃及，他们借助耶和华奇迹般地操纵河水，迫使敌人无法通过，由此得以从追赶者手中逃脱。巴塔的旅程包含了前往神秘松树山谷的一段关键插曲，他在此超脱尘世的空间居住数年，并显然获取了变形魔力。摩西带领以色列人抵达净化心灵的西奈旷野；在他们四十年滞留期结束之时，已经从被奴役的民族部落转化为一个民族国家。埃及传说中的肉身变形，通过这种方法蜕变成他们自己的故事，内化为一种关于培育和更新精神世界的叙事。

尽管两者有着显著的相似性，我们依然无法确认《圣经》作者是否知晓埃及《两兄弟的故事》。可以肯定的是，埃及与巴勒斯坦之间几个世纪以来存在着稳固的交流；期间巴勒斯坦曾经好几次被埃及直接统治。而且约瑟和摩西故事中的埃及背景设置，让埃及元素增加了合理性，正如当今一个前往布拉格的人物时常会得到卡夫卡式的经验。无论这两部作品是否存在某种直接的文学关联，由于两者的相似性以及对待异邦人的不同态度，它们之间的比较颇具启发性。

对古埃及人而言，外邦人是指除了"**我们**"之外的人——不是北方与东方正在等待被征服的众多"可怜的亚洲"部落之一，就是南方新月沃土地区的原住民——那里是象牙、香料、贵金属以及跳舞的侏儒源源不断的产地。埃及文学鲜少区分不同的外国文化，遥远地区通常被表现为松树山谷那样的神奇之地，而非读者可能造访的真实之地。但另一方面，《圣经》的作者属于若干帝国边缘交汇处的一个少数族群，他们的写作时常表现出相互冲突或含混不清的文化身份。当摩西杀死一个殴打希伯来奴隶的督工并逃离埃及之时，我们自然会猜想，既然他用武力捍卫了一位希伯来同胞，那么他应该回到祖先的家园避祸。但事实并非如此，而是恰恰相反，他流落于一个中间地带：米甸位于阿拉伯半岛，当地人将他误认为埃及人。他在那里娶了米甸女子西坡拉为妻，并育有一子。摩西给孩子起了一个意味深长的名字——革舜（Gershon），源自术语"革（ger）"，意为"异乡人，寄居外邦"。"因为他说，'我在外邦作了寄居的'。"（《旧约·出埃及记》，2: 22）

即使是应许之地，在古代也是族群竞争的区域，正如在当今世界一样。为了号召摩西带领他的人民定居以色列，耶和华将之描述为"流淌着奶与蜜之地"；他又语焉不详地补充道，它也是"迦南人、赫人、亚摩利人、比利洗人、希未人、耶布斯人之地"（《旧约·出埃及记》，3: 8）。从《圣经》里的约瑟到卡夫卡笔下的约瑟夫·K，这些边缘文化或次要文化中的人物形象，即使回到故土，依然经常感觉到自己身处异乡。

现实世界的旅行

起码自希罗多德的时代以降，人们就钟爱阅读旅行家们讲述自己域外冒险的故事，而小说家则经常从旅行手记中汲取灵感，有时甚至会整段抄袭。反之，旅行作家往往会用间接听说或彻底编造的、异彩纷呈的故事来修饰他们的直接观察。事实与虚构显然相互交融，例如最著名的旅行叙事文本之一《马可·波罗游记》。商人马可·波罗在1271年跟随父亲和叔叔游历了亚洲，他1295年回到威尼斯当地时几乎身无分文——他抵家前夕遭遇抢劫——但他拥有珍贵的故事宝库。马可·波罗在威尼斯与热那亚的一次冲突中被捕，1298年至1299年间被投进热那亚的监狱，他在那里结识了一位传奇小说家，来自比萨的鲁斯蒂谦。这位成功的作家一听便知马可·波罗的故事是好素材，于是在鲁斯蒂谦的敦促下，马可·波罗开始口述他的旅行经历，以及为中国元朝皇帝忽必烈汗服务多年的回忆。集结成册的游记在意大利只出现了译本：鲁斯蒂谦用法语写成此书，而手稿最初传播的书名为《世界奇迹之书》。该书意大利译本 Il Milione 因其书名含义为"百万"个故事而众所周知。

　　鲁斯蒂谦明显润色了马可·波罗的故事，甚至到了嵌入他自己的传奇小说片段的地步；但是，且不论鲁斯蒂谦的贡献，马可·波罗的描述本身就是直接观察、奇闻逸事、纯粹想象的非凡融合。马可·波罗坚称，在他们首次抵达中国的航程中，他的父亲与叔叔就已经发现，忽必烈汗渴望从邪神崇拜改为皈依基督教信仰。大汗让访客们请教皇派遣传教士，能够"用公开清楚的讨论向他境内的学者们证明，基督教徒所宣扬的信仰是建立在更坚实的真理上的，比其他宗教更加优秀；同时还要说明，鞑靼人的神灵及其家中所供奉的木偶是一种恶魔，他们以及东方的普通百姓敬奉这些恶魔为神，实在是一种错误"①（马可·波罗，《马

<112>

---

① 此处引文为英文版第36页，中文译文参考《马可·波罗游记》，[意]马可·波罗著，梁生智译，北京：中国文史出版社，1998年版，第6—7页。

可·波罗游记》，36）。我们在此处已然能够见到后世关于帝国征服的文学中一个重要的主题：最有见识的当地人都渴慕欧洲人来访，并且教导他们真理的途径。

无论如何，细读马可·波罗的叙事有助于我们猜想一个更加接近历史真实的可能性。马可·波罗后来谈及，忽必烈汗每逢基督教的重大节日都会虔诚地对《圣经》行亲吻礼并施涂油礼；但波罗又补充道："即使是撒拉逊人、犹太人和偶像崇拜者的节日，他也履行同样的仪式。"（119）忽必烈汗统治着一个包含诸多宗教信仰的浩瀚国度，力图给予各种宗教一定程度的尊重，正如他采用联姻来巩固同盟一样。尽管马可·波罗愿意相信忽必烈"对改奉基督教有强烈的倾向"（120），他仍然记录了大汗对这一邀请直截了当的拒绝。"你希望我以什么理由成为基督徒呢？"忽必烈反问波罗的父亲，"你们可以看出这些地区的基督徒都是没有能力并且一无所成的愚昧之人。"（119）

即使将自己的欧洲价值观投射到其所见之人身上，马可·波罗还是很诚实的，以至他记载下了与其文化预设相悖的证据。他声称忽必烈汗逐渐依赖他的真知灼见，雇用他担任特使或代理人，处理其帝国周边诸多的事务；而且我们也知道，元帝王统治被他们征服的中原领土时，往往会雇用忠诚度不会被质疑的非汉族的顾问和大臣。尽管如此，对一个当代读者而言，马可·波罗的记述也不过是近距离的观察与高度夸张的幻想的随意混合。我们知道鸭子或鹅在中国首都的价格（六只鸭子的交易价格等同于一枚威尼斯格罗特银币的价值），我们也听闻克什米尔的巫师，能够使酒壶从餐桌上悬浮于空气中，飘到皇帝手中——虽然马可·波罗并未断言，自己究竟是否目睹过此类表演。

如果克什米尔的巫师让酒壶悬浮这一幕，对霍格沃茨的读者而言显得很熟悉，这是因为 J. K. 罗琳是古往今来从《马可·波罗游记》汲取素材的众多作家之一。塞缪尔·泰勒·柯尔律治^①更早使用马可·波罗的描绘，用作其关于元朝上都（Xanadu）^②浪漫主义幻想的基础。忽必烈汗缔造的富丽堂皇的逍遥宫殿，诗人希望凭空重塑；他的听众在其中高呼：

<113>
> 当心！当心！
> 瞧他飘扬的头发，闪亮的眼睛！
> 我们要绕他巡行三圈，
> 在神圣的恐惧中闭上双眼，
> 因为他尝过蜜的露水，
> 饮过乐园里的乳泉。
>
> （柯尔律治，《忽必烈汗》，158）

"乐园里的乳泉"是诗歌尾声的一处超验意象，或许是诗性想象自身的隐喻，但它源于民族志的史实：马可·波罗描述了元朝大都的年度仪式，彼时大汗会把牛奶洒向风中，作为供奉守护土地和庄稼的神明之祭物（109）。马可·波罗在别处称京师杭州（Kin-sai）^③为天堂之城，他所指的并非其精神性的一面，而是城中众多妓女的美丽与优雅，她们"拉客的

---

① 柯尔律治，又译柯勒律治。此处中文译文参考《外国诗歌鉴赏辞典2（近代卷）》，陈建华、彭卫国编，上海：上海辞书出版社，2010年版，第911页。该诗歌由飞白译。

② Xanadu，仙纳度，源自蒙语，指元朝的上都。引申义为世外桃源，在今内蒙古自治区内。忽必烈汗定都大都（北京）后，上都仍为行宫。

③ Kin-sai 为"行在"的英译，乃杭州古称之一，《马可·波罗游记》也曾提及，对应南宋的临安，时人将临安（杭州）称为"行在"，指皇帝居止之地。

手段十分高明，献媚卖俏，施展出千娇百态，去迎合各种人的心理。游人们只要一亲芳泽，便会陷入她们的迷魂阵中，变得如痴如醉，销魂荡魄，听任摆布，流连忘返"（216）。

　　将马可·波罗与同时代另一位伟大的旅行家进行比较，会颇具启发性——摩洛哥法官穆罕默德·伊本·阿卜杜拉·伊本·白图泰于马可·波罗逝世次年，即1325年，离开家乡。在长达四分之一个世纪的旅行中，伊本·白图泰甚至超越马可·波罗，最远抵达北方的俄罗斯，并广泛游历印度、中国、东南亚以及非洲，整个行程共计七万五千英里——据我们所知，他比任何前人都走得更远。与马可·波罗相似，伊本·白图泰并非作家，其探险故事中的非凡经历和知识，很可能差点随他同归于尽。幸好他最终在1352年回到非斯定居，苏丹被他的故事所吸引，于是命人做笔录——类似于哈伦·拉希德《一千零一夜》中所呈现的写法。随后伊本·白图泰向苏丹的大臣口述其回忆，穆罕默德·伊本·朱赞把那些故事囊括于充满诱惑力的标题《赠予那些向往异域奇游胜览的人的一件礼物》之下，通常简称为"游记"（阿拉伯文为 Rihla，英文为 Travels）。在序言中，伊本·朱赞表示自己修改过这本书：

> 将他（伊本·白图泰）口述的一切整理成册，并根据清晰和符合受众阅读习惯的标准进行润色，以便欣赏这异域奇闻，以收破壳捧珠之效。①
>
> 　　　　　　　　　　　　　　　　　　（《伊本·白图泰游记》，2）

---

① 本段中文译文参考《伊本·白图泰游记》，[摩]伊本·白图泰著，马金鹏译，北京：华文出版社，2015年版，第6页。

第五章　美丽新世界　　161

所以，这更像是一份精雕细琢的文学档案，而非一次简单的现场目击。虽然如此，《伊本·白图泰游记》中出现的想象与浪漫的元素，明显少于《马可·波罗游记》。

这种差异的一个主要原因涉及宗教。鉴于马可·波罗在基督教世界之外旅行，那些国度很少或没有信奉同一宗教的人，也没有共同语言，伊本·白图泰则是在伊斯兰世界内部广袤遥远的社群之间游历，罗尼·里奇在《被翻译的伊斯兰》中把这个巨大的网络称为"阿拉伯国际都市"。伊本·白图泰离开摩洛哥时，仅仅是计划完成朝觐（即到麦加朝圣），但是埃及的一位神圣酋长①预言说，他会前往更为遥远之地，并会出人意料地遇见酋长在印度和中国的兄弟们，其中一人将使他陷入困境——事实上这的确发生了。伊本·白图泰在广州会见的男子令他震撼不已，他多年前在德里偶遇过该男子，后来又在苏丹见到该男子的兄弟："他们之间相隔多么远啊！"（伊本·白图泰，《伊本·白图泰游记》, 268）即使当伊本·白图泰身处"非基教徒"国度时，他通常还是能够与那些分享其信仰与诸多习俗的人们在一起。他们往往使用同一种语言，要么是阿拉伯语，要么是波斯语，因此与当地知识分子对话时，他可以更迅速地深化并修正自己的观察。

他的叙述中并不缺少其标题所允诺的那些"奇异故事"，但他时常对令人叹为观止的传说持保留意见。在印度，听闻一位瑜伽修行者能将自己化身为老虎，他评论道："我听闻后拒绝相信，但许多人都向我讲述同样的事情。"（209）作为一位优秀的法官，伊本·白图泰更倾向于信任一则有许多目击者作证的故事。在锡兰也是如此，印度传说中闻名遐

---

① 酋长（Sheikh），又译谢赫，指较小部落的首领或酋长。

迩的美猴王据说依然健在：

> 谢赫奥斯曼和他的儿子等人告诉我说："猴群中，为首的活像一位苏丹，它头上扎着一条用树叶拧成的带子，手拄着一根手杖，其左右有四只猴子，也都手执木棍。"①
>
> （246）

一旦正式坐下，猴王就对其猴子国民们执行判决。

其余的奇异故事则由伊本·白图泰本人所目睹。他在德里亲眼见到一位瑜伽修行者在自己面前飘浮于空中，顿感心悸不已（210），但是他将之与一场发生在中国的更为震撼人心的表演相比较，记录下表示怀疑的评论：中国的魔术师把绳索抛向空中，绳索便扶摇直上看不到尽头，然后让其徒弟缘绳而上。魔术师手里拿着一把刀紧随其后攀登绳索，接着扔下徒弟被砍断的肢体，最终拼凑重装回那个毫发无损的男孩。"我见此大惊失色、心跳不止，就像我在印度苏丹面前所见到的那样。"伊本·白图泰回忆道，然而"法官赫伦丁在我身旁说，'哪里有什么腾空、落地的肢体，只不过是戏法而已'"（269）。尽管其奉行审慎的理性主义，但伊本·白图泰还是理所当然地接受了一系列奇异故事：圣人可以预知未来，魔术师可以制造风暴或者用目光杀人，而瑜伽修行者可以依靠纯粹的信仰维持生命，一次能够断食数年。《古兰经》提供了永恒的指引：学会在困难的处境下该做什么，他定期打开圣书，随机看见的第一行经文总会告诉他答案。

---

① 本段中文译文参考《伊本·白图泰游记》，[摩]伊本·白图泰著，马金鹏译，北京：华文出版社，2015年版，第375—376页。

伊本·白图泰在德里和马尔代夫停留了很长一段时间,担任卡迪[①]一职,即伊斯兰律法的裁定者,所以他有时候在国内外就像在家乡一样自如。他对于文化差异的兴趣具有双重性:与马可·波罗相类似,他被诸多遥远国度彻底的他者性所吸引,但是他同样也被远离其北非家园而偶遇的微妙多样的伊斯兰生活激起好奇心。他对印度南部某一社群印象深刻,那里的女性"美丽而有德性,每个人都在鼻子上佩戴一只金色圆环。她们的一个特异之处,在于她们都对《古兰经》烂熟于心。在市镇里,我见到十三所女子学校和二十三所男子学校,这是我在别处从来没有见过的景象"(218)。他在马尔代夫担任卡迪期间,试图执行正义并改革当地诸多习俗,但未能说服当地女性不应赤裸上身。尽管他规定自己家中的使女必须衣着整齐,他也承认"这不但没给她们增加美丽,反而使她们难堪不已,因为她们并不习惯于此"(234)。

伊本·白图泰在宗教信仰的层面按规矩行事,但他并非字面意义上的"清教徒":他充分享受"在这些岛屿上结婚轻而易举,因为彩礼微薄而且女性群体非常令人愉快"这一点(234)。这种愉悦伴随着当地的饮食习俗而递增:

> 椰子和鱼是他们的主食,所有这些产品都对性交起到神奇无双的效果,这些岛国的居民在这方面创造出奇迹。我在那里拥有四位妻子,此外还有小妾们,我曾经每天拜访她们,并且与妻子们轮流过夜,如此持续长达一年半之久。
>
> (232)

[①] 卡迪,在伊斯兰世界意为"法官"。

女性的陪伴远胜于性爱。他坦白道:"我认为世界上没有任何女性的陪伴比与她们在一起更宜人快乐了。"(234)他还描述了他最喜爱的妻子的一幅图景:"她是最棒的女性之一,无比温柔深情,她在我迎娶她时,曾用香水为我施涂油礼并焚香熏我的衣物,整个过程中笑语盈盈。"(238)他喜欢与自己的妻子们谈心,并对男女必须分开进餐这一当地习俗表示遗憾。虽然他设法让自己家中的一些女性与他同席共餐,但绝大多数女性拒绝了这种违反礼节的行为,"我为达成该目的的策略并未成功,我也无法看到她们进餐"(234)。

诸如此类的家庭插曲为艰辛的旅途提供了喘息之机。伊本·白图泰从各种各样的危险中勉强逃脱死亡:船只失事、盗匪、公开的战争、腐败的统治者、饥饿、痢疾、黑死病。然而,即使被此类麻烦所环绕,他仍一如既往地随时随地准备好观察某类新的习俗、品尝某种新的食物,或者聆听某个传奇故事。在旅行的过程中,他丰富的经验逐渐成为给当地统治者的一张名片,他对所有事物——从堕落的苏丹到当地的产品——给予明智审慎的评估:"无论西方还是东方,除了产自布哈拉的西瓜之外,产自花剌子模的西瓜是世上任何其他国家都无法比拟的,仅次于这两者的乃是产自伊斯法罕的西瓜。它们的外皮为绿色,瓜瓤则为红色,拥有无与伦比的甘甜,以及细密脆爽的质地。"(140)

随着伊本·白图泰旅程的继续,旅行不断孕育着更多的旅行。德里的苏丹委托他率领一队外交使团远赴中国,"因为我知道你热爱旅行与观光"(199)。伊本·白图泰自己并不知晓是什么驱使他花费数年旅行漫游。在印度的某处敌对区域,他的财物被洗劫一空,然后他步行数日,饥渴难耐地走到一口只有绳索没有水桶的井边。他设法将一只鞋子拴在绳索上掬点水出来;结果绳索断裂而他丢失了自己的鞋子。正当他撕开仅剩的另一只鞋试图改造成一双拖鞋时，一位深色肌肤的男子出现，并给他穆斯林式的问候，紧接着用波斯语对他说："'你是谁？'我回答，'一个迷路的人'，而他说，'我也是'。"（206）

马尔代夫的当地人拒绝接受他的域外改革思想，愤怒地将他从田园牧歌式的生活中赶走；伊本·白图泰启航离开，再次迷了路：

> 我们抵达群岛中的一座小岛，岛上只有一户人家，男子以织布为生。他有妻子儿女、椰枣和椰子以及一艘捕鱼的小船，划船可去群岛各处。岛上还有香蕉树，能见到的飞禽只有两只乌鸦，那正是我们抵达时在我们船上盘旋飞翔的乌鸦。真的，对这个人我十分羡慕，这样一个岛屿若归我所有，我便摒弃一切终生在此居住。①
>
> （240）

伊本·白图泰长达七万五千英里的史诗级旅程以这一点为圆心；在这里，整个世界被浓缩成它的原本样貌，即印度洋上的这个环状珊瑚岛。对我们而言，幸运的是他并未被这个愿望征服，最终回到家乡。在那里，苏丹命令伊本·朱赞打磨《赠予那些向往异域奇游胜览的人的一件礼物》里的一颗颗珍珠，伊本·朱赞以感恩的话语结束自己的工作："荣耀归于真神，众多世界之主。"（295）这一布道词的复数结尾是完全恰当的：在伊本·白图泰之前，没有任何一位作家像他那样为读者揭示了如此众多的世界。

* * *

---

① 本段中文译文参考《伊本·白图泰游记》，[摩]译本·白图泰著，马金鹏译，北京：华文出版社，2015年版，第373页。

随后几年，源源不断的各国探险者开始追随马可·波罗和伊本·白图泰的脚步；1942年，哥伦布在地图的边缘地带完成划时代的航行以后，人们大规模地加速前往更遥远的地方。恰恰是《马可·波罗游记》激励了哥伦布启航寻找"Zipangu"王国——日本——马可·波罗将它描述为一座充溢着巨额财富的岛屿，那里的宫殿地面都由黄金铺成（244）。塞维利亚的一座图书馆保存着哥伦布的一本《马可·波罗游记》（为其拉丁文译本），空白处有哥伦布的笔记。哥伦布关于加勒比群岛的描述热情洋溢，他坚称此处为亚洲的东部边缘。此后，诸多探险队都重新出发去探索并且征服"新世界"。

几乎在同时，新世界也开始在文学中被发现。1516年，托马斯·莫尔爵士宣称，一位名叫亚美利哥·韦斯普奇的水手在最近去巴西的航行中找到了乌托邦的理想岛屿（莫尔，《乌托邦》，11）。弥尔顿笔下的撒旦从地狱游历至尘世间"无边无涯的大陆"，"荣誉与帝权随着愤怒俱增／征服这个新世界"（弥尔顿，《失乐园》，103）。迅速扩展的欧洲探险与殖民扩张包含着双向的发现。在1550年前后被记录的一首阿兹台克语诗歌里，诗人描述了二十五年前一次抵达罗马的航行。当时埃尔南·科尔特斯派遣一群本土贵族拜谒教皇克莱门特七世。就像在他之前的马可·波罗与伊本·白图泰一样，阿兹台克语诗歌把他的奇异记忆塑造为与熟悉的意象及思维方法相兼容的形式。马可·波罗笔下的忽必烈汗言行举止像威尼斯总督一样；同样地，阿兹台克语诗歌对教皇的回忆与墨西加人之神相似：

朋友们，柳树人，注视着教皇，　　　　　　　　　　　　　<118>
他代表了上帝，为上帝言说；
教皇在上帝的席位为上帝言说。

是谁斜靠在黄金之椅上？看啊！是教皇。

他携带着绿松石吹箭筒，他在世界各地射击。

似乎一切皆真，他佩戴着十字架和金杖，

这些事物在世间熠熠生辉。

我在罗马悲恸，并亲眼见到其本尊，他是圣佩德罗，他是圣巴勃罗！

金色蝴蝶似乎从四面八方被抓来：

你让它们进入闪闪发光的金色庇护所。

教皇之家仿佛由金色蝴蝶漆成。它闪亮耀眼。

（比尔霍斯特，《墨西哥童谣》，335—337）

欧洲作家和其他地方的本土作家一样，很快就开始在他们的作品中体现出双重视角。在莎士比亚的《暴风雨》中，米兰达呼喊着："啊，新奇的世界，有这么多奇异的人物！"以此表达对一座孤岛上居民的惊讶之情："对于你来说，这是新奇的。"[①]她被迫流亡的父亲普洛斯帕罗冷冷地回答道（《暴风雨》第五幕第一场，第183—184行）。某一个人的"新"世界可能是另一个人的"旧"世界，而它们相对的优点则可能只存在于观看者的眼中。

西游记

"东方"和"西方"的真正定位取决于观察者。亚洲对欧洲探险家而言是"远东"，然而中国则位于加利福尼亚的西方以及澳大利亚的北方。对以前的中国人自身而言，"西方"通常意指前现代时期的印度。随着唐代对佛教的兴趣日益增长，拥有冒险精神的朝圣者开始动身向西旅

[①] 本段中文译文参考《莎士比亚全集（增订本）》第7卷，朱生豪等译，南京：译林出版社，2016年版，第368页。

行,前往印度各处与佛陀的生平及传道相关的地点。这些朝圣者中最为闻名遐迩的则是俗姓陈的僧人玄奘①,他在中亚与印度游历并学习达十七年之久;他最终携带着六百五十七卷佛教典籍这个巨大的宝藏,回到了唐都长安。对他心存感激的皇帝下令修建一座宝塔寺院,用来储藏那些文献。而玄奘大师则与其他同僚一起翻译梵文原典,并撰写相关注疏评论,以此度过了自己的余生。

如同七百年之后的伊本·白图泰一般,玄奘大师被其统治者要求将自己划时代的旅行故事书写下来,而他的游记见闻成为经典的旅行叙事。他所作之书将宗教学、民族学和纯粹的历险融为一体。玄奘前往撒马尔罕途中穿越一片沙漠,发现"途路弥漫,疆境难测,望大山,寻遗骨,以知所指,以记经途"(李荣熙译,《大唐西域记》英译本,29)。有时,他就像灰袍巫师甘道夫和弗罗多·巴金斯,试图挑战迷雾山脉中卡兰拉斯山危机四伏的隘口:

> 山峦险峻,峡谷幽深,山峰与悬崖危险密布。狂风与降雪彼此交织,即使在盛夏时节,这里也寒冷至冰点……当山神与恶鬼被激怒时,就放出可怕的精灵制造浩劫。

这远非山路上唯一的危险:"山神鬼魅,暴纵妖祟,群盗横行,杀害为务。"②(37)

---

① 玄奘(602—664),本名陈祎,洛州缑氏(今河南洛阳偃师市)人。唐代著名高僧,法相宗创始人,被尊称为"三藏法师",后世俗称"唐僧"。
② 本段中文译文参考《大唐西域记全译》,玄奘撰,辩机编次,芮传明译注,贵阳:贵州人民出版社,1995年版,第28、53页。

与后来的伊本·白图泰和马可·波罗相似,玄奘大师为其读者展现了未知的世界。除取经之外,他在叙述的尾声谈及自己的目的,乃是"推表山川,考采境壤,详国俗之刚柔,系水土之风气"(388)。尽管"混同天下,一之宇内",他却对多样性具有敏锐的眼光,觉察到"动静无常,取舍不同"。虽然他根本就没有时间充分探索任何一个所到之处以及当地的历史,但他确保其观察准确无误:"事难穷验,非可臆说。"(388)然而玄奘是虔诚的佛教徒,他毫不怀疑神会经常在世间显现,神魔志怪故事经常使其清醒审慎的民族志变得活泼生动起来。一位邪恶的国王试图蓄意破坏一座寺庙,而"神王冠中鹦鹉鸟像,乃奋羽惊鸣,地为之震动"(41),这位国王就被震慑住了。一队大象拦截一位僧侣,并把他带去医治它们之间受伤的一员;僧侣照做之后,它们立即送给他一只金匣,里面装有珍贵的圣物——一颗佛祖的牙齿(107)。一个邪恶的婆罗门诽谤真正的大乘佛教教义,但是,"言声未静,地便坼裂,生身坠陷,遗迹斯在"[①](341)。

玄奘把朝圣之旅与冒险故事进行引人入胜的混合,启迪了众多文学上与宗教上的后继者,而且将近一千年之后,他的故事成为中国古典小说"四大名著"之一《西游记》的蓝本。这部鸿篇巨著于1592年匿名出版,通常被归于一位明朝的小官吏吴承恩名下。在吴承恩的叙述中,玄奘法师(一般被尊称为"唐三藏",该名字所指涉的乃是其带回故土的佛教圣典之经、律、论三藏)在四个被天马行空想象出来的徒弟陪伴下踏上征程。四人皆由观音菩萨派遣:一个变身的河怪,一只人形的猪,

---

[①] 中文译文参考《大唐西域记全译》,玄奘撰,辩机编次,芮传明译注,贵阳:贵州人民出版社,1990年版,第63(卷第一)、704(卷第十二)、617(卷第十一)页。

一匹由龙幻化而成的马,以及最重要的,一只喋喋不休、无法无天、名叫孙悟空的猴子。孙悟空是神猴哈努曼的佛教化身,在梵文史诗《罗摩衍那》里占据显要地位。[①]他们一起组成了"西天取经团",在最终抵达印度,从如来佛祖处取得无上真经以前,在一百个章回的叙述过程中,克服了从野兽猛禽、嗜血强盗到妖魔鬼怪的九九八十一难的严酷考验。

吴承恩用彻底的艺术自由拓展他的故事。除了采用会讲话的动物,以及大幅扩充该故事的奇幻元素之外,他还改编调整了故事的宗教和政治的维度。历史上的玄奘是一位鲜为人知、自行其是的朝圣僧人,他违反朝廷出国禁令,擅自只身远赴印度,吴承恩却在他身上加入了儒家思想。他把唐三藏塑造为对皇帝忠心耿耿的仆从,皇帝委托他西行并求取真经,并且运用开篇与结尾的呼应,将故事框定在对16世纪帝国统治与官僚制度发展时期的政治关注范畴之内。再者,如今占据大部分叙事篇幅的八十一难,充满了炼丹术与通俗化道教中常见的变身法术等元素。诚如余国藩在其译本序言中所论证,佛教、儒教、道教之融合,正反映了吴承恩时代的"三教合一"。(吴承恩,《西游记》英译本,余国藩译,1:52)

在小说里,佛教的形象变得与原初文献大相径庭。玄奘本人致力于佛典文本的分析,以及古奥高深的哲学辩论;而吴承恩的叙事则反映出一种受道教影响的禅宗世界观,它把世界的本质看成是意识的建构,其意义应该通过冥想和超语言的沉思来把握。小说中的某一处,唐三藏和孙悟空因一个关键性的梵文文本《心经》而发生争执:"'猴头!'唐三藏

[①] 此处为作者观点;四人在《西游记》中名为沙悟净(沙和尚)、猪悟能(猪八戒)、白龙马(玉龙)、孙悟空(孙行者)。

厉声说,'怎又说我不曾解得!你解得么?'"孙悟空本来坚持己见,此刻却陷入沉默。猪八戒与沙和尚见状都嘲笑他太愚蠢无知因而不会作答,但是唐三藏责备了他们:"'悟能、悟净,'唐三藏道,'休要乱说,悟空解得是无言语文字,乃是真解。'"① (吴承恩,《西游记》英译本,余国藩译,4:265)

吴承恩既关注帝国的政治,也把现实看作一种心理建构;鉴于此,这部小说削减掉玄奘对文化多样性的重视也就不足为奇了。据说玄奘曾经到访并且描绘过一百一十个国家;但是在小说中,它们被泛化为从上帝视角之中看到的、宇宙的四大区域。正如如来佛祖对天庭中的各路神仙所言:

> 我观四大部洲,众生善恶,各方不一:东胜神洲者,敬天礼地,心爽气平;北俱芦洲者,虽好杀生,只因糊口,性拙情疏,无多作践;我西牛贺洲者,不贪不杀,养气潜灵,虽无上真,人人固寿;但那南赡部洲者,贪淫乐祸,多杀多争,诚所谓口舌凶场,是非恶海。我今有三藏真经,可以劝人为善。②
>
> (吴承恩,《美猴王》,阿瑟·韦利译,78)

随后,如来佛祖决定要启示中国的皇帝,派遣一位善信者到佛祖处求取"三藏"真经。这些典籍用宇宙之垂直纬度,即天堂、人间、地狱,对水

---

① 本段内容可参照中文版《西游记》第九十三回。
② 吴承恩的《西游记》被英国汉学家阿瑟·韦利节译为《美猴王》,该英译本于1942年由纽约艾伦与昂温出版公司出版,内容涵盖了原书的三十回(第一至第十五回、第十八至十九回、第二十二回、第三十七至三十九回、第四十四至第四十九回、第九十八至一百回),序言还译有胡适关于《西游记》的考证文章。

平纬度的四大部洲进行了补充,垂直维度的三者均有其所对应的一藏经文:"《法》一藏,谈天;《论》一藏,说地;《经》一藏,度鬼。三藏共计三十五部,该一万五千一百四十四卷,乃是修真之经,正善之门。"(吴承恩,《美猴王》,阿瑟·韦利译,78)

对于任何一位《西游记》的读者而言,最基本的一个问题是如何理解这一宗教宇宙观与人类世界的社会、政治、地理之间的关系。该小说英译版本的两位重要译者——阿瑟·韦利与余国藩,就采取了截然不同的路径方法。于是,英语世界的读者就能够在差异显著的两个版本之间做选择,每种译本都有其各自的世界观。余国藩的当代四卷本英译版[①]完成了《西游记》的全译,涵盖七百四十五首诗词;在其长达百页的序言里,余国藩详尽介绍了与小说相关的宗教与哲学背景,让读者在此基础上,把这本书理解为宗教修行成道之全方位寓言:唐三藏的徒弟们代表着我们人格的不同面向,因此孙悟空象征了佛教观念之"心猿",其焦躁不安的斗争反抗需要回归平静并受到点化。

与之相反,阿瑟·韦利1943年的英译本则创造出一种原典的小说化改编,正如其之前处理《源氏物语》那样,对此本书第一章中已经谈及。他几乎剔除了中文原著里地位显著的所有诗词,并且彻底地删减节略了文本;由此生成的译本虽然极具可读性,但是篇幅却不及原著的三分之一。韦利在选择保留哪些文本内容时遵循了知名学者胡适的观点,后者在该译本序言中将《西游记》描述为一部乡土民间文学的杰作,而非宗教性的作品;根据这种观点,相较于超越尘世的主题,《西游记》与世俗

[①] 余国藩先生的《西游记》英译全译本,为四卷本修订版,由芝加哥大学出版社2012年出版。

的政治和社会之关系更为密切。显而易见,韦利将其译本命名为《美猴王》,是彰显其译本强调世俗性的一种选择。

这部小说的前七个章回详细描述了孙悟空神奇的起源(他从石头中诞生),刻画了他受助于仙丹的威力并凭借本身的能耐,用猴毛变出一大队小猴子,大闹天宫并且差点成功占领天庭。玉皇大帝试图用一个小官职就招安孙悟空,美猴王却并不满足。当天庭众神想让他守规矩之时,他就像凡间强大的军阀一样,不断试探帝王的极限和底线。"有哪条罪行是你没干过的?"玉皇大帝的仆从九曜星义愤填膺地与孙悟空对峙,"你罪上加罪,岂不知之?"大圣笑道:"这几桩事,实有,实有!但如今你怎么?"(吴承恩,《美猴王》,阿瑟·韦利译,60)

甚至连阴曹地府都充斥着人间式的官僚制度。当孙悟空于睡梦中在幽冥界被追杀之际,他质疑阎王的鬼卒差吏,并令其在生死簿上找出符合他的描述,结果他不与任何类别相拟合:

> 那判官不敢怠慢,便到司房里,捧出五六簿文书并十类簿子,逐一查看。蠃虫、毛虫、羽虫、昆虫、鳞介之属,俱无他名。又看到猴属之类,原来这猴似人相,不入人名……
>
> (吴承恩,《美猴王》,阿瑟·韦利译,39—40)

最后,孙悟空在杂类簿子里找到自己的名字:"乃天产石猴……"(《美猴王》,40)他的条目显示其寿命为三百四十二岁,然而孙悟空断言自己修仙得道,早已不朽。他大胆地划掉自己的名字,还把猴属之类,但有名者,一概勾之;幽冥界的官僚们吓得惊恐万状,不敢违逆。

神秘主义与现实政治在叙事过程中紧密交织。这些线索于故事的高潮部分,即唐三藏和他的徒弟们终于抵达寻觅已久的天竺灵山时融为一体。他们在那里将通关文牒奉给如来佛祖本尊,佛祖大发慈悲,让二尊者将唐三藏师徒四人领至宝阁,并且精心挑选了一批经卷,"教这些僧人传流东土,永驻洪恩"(《美猴王》,284)。一切本该很顺遂,然而唐三藏拒绝贿赂二尊者,他们就互相嘟囔道:"'好,好!'二尊者窃笑着。'白手传经继世,后人当饿死矣!'"(《西游记》英译本,4:351,《美猴王》,249)。他们用庞大沉重却骗人的经文卷轴进行报复。归家途中,唐僧一行人有了惊天大发现:经文卷卷俱是白纸。唐僧满眼垂泪长吁短叹道:"我东土人果是没福!似这般无字的空本,取去何用?怎么敢见唐王?"(《西游记》英译本,4:353)他们急匆匆地返回灵山,然后孙悟空谴责声讨二尊者,而佛祖只是笑着回应自己早已知悉所发生的一切。他透露说,尽管二尊者本身不好,但是他们却做了正确之事,因为"白本者,乃无字真经,倒也是好的"(《西游记》英译本,4:354)。他还承认,无论如何,"你那东土众生,愚迷不悟,只可以此传之耳"(《西游记》英译本,4:354)。玄奘的原型所终身参与的佛典文本研究,在此处已被道家和禅宗对言外之意的强调所覆盖。在政治层面,皇帝的神性超越了他诡计多端的助手们的腐败,最终唐三藏也给予了他一份薄礼——天廷与人间都恢复了和谐。

  无论是在阿瑟·韦利以美猴王为中心的节略版,还是在余国藩一百个章回的浩瀚译本中,《西游记》都是一部精心杰作,一部既是世界文学又是神魔志怪文学的伟大作品。假如我们将但丁的《神曲》与另一部伟大的叙事作品《堂吉诃德》相结合,或许能够在欧洲文学里获得类似的效果——但丁详尽描绘了地狱、炼狱、天堂三界之旅程,而《堂吉诃德》则是一部精彩的叙事作品,描写了各种滑稽的倒霉遭遇和超凡的追求,并涉及一个理想主义的主人和务实质朴的仆从之间无休止的戏谑。塞万提斯在1605年出版了《堂吉诃德》第一卷,略晚于1592年吴承恩杰作的登场。尽管这两位伟大的作家不可能彼此相识,但他们笔下的英雄——吉诃德和唐三藏,以及英雄们各自的得力助手——孙悟空和桑丘·潘沙,能够携手同行很长一段路,正如但丁在《神曲》开篇第一行所言:在我们人生旅程的半途(nel mezzo del cammin de nostra vita)。

虚构的世界

《西游记》就像《神曲》一样,最奇幻虚构的世界却恰恰在更深层面上贴近现实。即使纯粹真实的游记,也是旅行家对所见所闻做出极具选择性的诠释;反之,关于旅行的虚构小说则通常包括了大量现实的细节。当我们与旅行叙事邂逅,第一个问题就是厘清其与真实的基本关系。有些作品设定在明显虚构的场所,如亚特兰蒂斯、地心、乌托邦,或者火星上的一处殖民地,这些地点显然不可能是真实的场景。例如,刘易斯·卡罗尔的超现实主义诗歌《猎鲨记》描述了如何以五个荒诞的特征来辨别并捕猎一头想象中的野兽:它"瘦削而空洞,但是卷曲",它喜欢赖床晚起,它理解笑话的时候慢半拍,它喜爱更衣车,它野心勃勃(卡罗尔,《猎鲨记注释本》,51—52)。卡罗尔为此次追捕提供了一幅地图,但如同他对蛇鲨的描述一样,令人迷失方向。地图如实描绘着一片公海,由"北极"(靠近南方)、"赤道"(在顶端)以及"昼夜平分日"——这甚至不是一个地点,而是一年中的某个时间点——诸如此类随意的记号所构成(见图4)。然而,全体船员完全没有因离奇怪异的海洋图而苦恼忧愁,反倒为之欢欣雀跃:

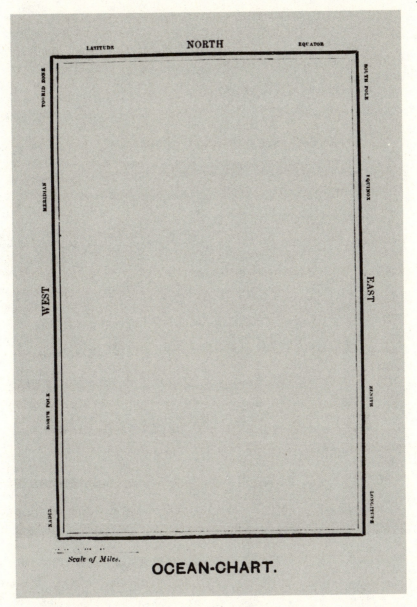

图 4 敲钟人的地图
（引自刘易斯·卡罗尔，《猎鲨记》，第 17 页，伦敦：麦克米伦出版公司，1876 年版）

"墨卡托的北极和赤道,

回归线,地带,还有子午线,有什么用呢?"

因此敲钟人会哭,而全体船员会回答,

"它们仅仅只是沿用图例!"

"其他地图是这样的形状,带有它们的岛屿和海峡!

但是我们拥有勇敢的船长值得感谢呀!"

(因此全体船员断言)"他给我们带来了最好的地图——一个完美而绝对的空白!"

(卡罗尔,《猎鲨记注释本》,47—48)

《猎鲨记》公开戏仿探险家叙事的"惯用符号",但是存在着许多不太明显的可能性,使得小说与旅行指南之间在类型上的区别变得复杂化。文学旅行叙事可以是一次真实旅程的诗意记录;是一份半虚构的报道,大致基于作者的直接经验;是一种对他人游记的虚构;或是一部乔装为现实旅行见闻录的纯虚构小说。

《格列佛游记》则为上文最后一种情况的典型例证。乔纳森·斯威夫特把格列佛派到各种不可思议的地方,那里居住着大人国的巨人、小人国的矮人、会说话的马,但是其讽刺文学的特性植根于充满精确细节的写实散文中:"1699 年 5 月 4 日,我们从英国南部的布里斯托尔启航……据观测,我们发现所在的位置是南纬三十度零二分。"(乔纳森·斯威夫特,《格列佛游记》,4)一幅看似简单明晰的地图,定位了苏门答腊岛海岸以外的小人国利立浦特岛和不来夫斯库岛。让斯威夫特感到好玩的是,某些读者被他不动声色的风格以及旅行传记的结构所蒙蔽了。但是没过多久,绝大多数读者就推断出《格列佛游记》是对欧洲风俗的苦涩讽刺，而非对充满异域情调的其他大陆的如实描述。

然而，比斯威夫特年长的同时代作家阿芙拉·贝恩在《奥鲁诺克》（1688）里所记述的新世界冒险，其引发的论争则一直持续至今。她的中篇小说主要设定在南美洲国家苏里南，这里曾经是英属殖民地，直到1667年英国为了换取纽约而将其割让给荷兰。身为一位年轻女子，贝恩于1667年跟随她的父亲远航至苏里南，后者时任该殖民地的副总督。然而，她的父亲在途中逝世，贝恩历经几个月的逗留之后返回英国。在以诗歌与戏剧写作为主业之前，她曾做过间谍。贝恩是第一位以职业作家身份谋生的英国女性，但是随着1680年代戏剧写作的收入开始下降，她转向虚构小说的创作。

争论的焦点在于《奥鲁诺克》是否为她的其中一部虚构小说。贝恩将她的故事描述为有"足够的现实支撑它，并在没有添加虚构的情况下使之变得有趣"，她还坚称："你在这里看到的记载，我自己就是其中很大一部分的目击证人。"（贝恩，《奥鲁诺克》，37）这些说法可能是虚构本身的一部分，不过《奥鲁诺克》或许真是贝恩所熟悉的那位故事主人公的回忆录：非洲王子奥鲁诺克与他的妻子伊梦茵达在非洲遭到欺骗，沦为奴隶，并被贩运到苏里南；在那里，奥鲁诺克领导了一场失败的奴隶起义，以他自己和伊梦茵达之死而告终。贝恩坚称，她仅仅是讲述了自己亲眼所见，或从可靠证人那里亲耳所闻之事，她所写的故事，因其对当地动植物群的描写而获得可信度，比如犰狳，"一种我认为最适合被比作犀牛的动物；它周身包覆着连成一体的白色甲胄，依然可以行动自如，好像什么都没有穿；这种野兽的体积约有六个星期的猪那么大"（77）。

当贝恩说自己戏剧中的一个角色是以苏里南的某位友人为原型时，其小说中的现实或曰写实效果愈加增强："我们在河边与马丁上校相遇，他具备勇敢、智慧和善良的伟大品格，为了纪念如此勇敢的一个男子，我在新的喜剧中塑造了一个以他命名的角色来歌颂他。"（92）贝恩在舞台上如同在书页上一样，自由地混合着写实和虚构技巧；她返回英国之后不久，就捐赠出当地的羽毛饰品，用作其好友约翰·德莱顿和罗伯特·霍华德在1664年创作的戏剧的演出服装。正如她在《奥鲁诺克》的开头回忆道：

<127>

> 我们从事羽毛的贸易，他们将羽毛排列成各种形状，制作成短小的袍子以及绚丽的花环，佩戴在他们的脑袋、脖子、手臂和腿上，那肤色真是不可思议。我拥有一整套被赠予的羽饰，后来将其送给国王剧院，它曾被用作《印度女王》的戏服，受到上流人士无限的赞美；而这套羽饰是无法效仿的。
>
> （39）

贝恩与不断扩张的大英帝国殖民计划完全同步，调动她的第一手观察资料描绘出苏里南的图景，那里拥有巨大经济潜能，宛若人间天堂：

> 它提供的一切事物都是美丽而实用的；那里是永恒的春天，总是像四月、五月和六月；荫凉永久存在，树木同时承载着枝叶枯荣与果实生长的各种阶段，从含苞待放的花朵到硕果累累的秋天，果园里满树的橙子、柠檬、香橼、无花果、肉豆蔻，还有顶级的香料，源源不断地散发着香味。
>
> （76）

她觉察到从这片土地上撷取价值的无尽机遇，以满足由镶嵌家具到香薰

蜡烛的一切贵族品位。土著居民与当地景观一样,都是伊甸园式的:

> 尽管他们都这样赤裸着,但假如一个人永远生活在其中,绝对不会看到任何不雅的行为举止或目光;他们一直习惯于如此朴实地看待彼此,就像我们的始祖在人类堕落之前那样……对我而言,这些人完美地表现了天真无邪的原初状态,在这个状态里,人类还不曾知道什么是原罪。
>
> (39—40)

今天的我们,也许会觉得查理二世以苏里南换得曼哈顿,是一场精明的交易,但是从 1688 年贝恩的角度看来却并非如此:"假如可敬的先王曾经亲眼见过、知道他拥有的那片大陆,是一个多么辽阔又迷人的世界,他永远不可能将它让给荷兰。"(76)

《奥鲁诺克》是一部令人过目不忘的、对奴隶制之恶进行控诉的作品。它通过以下事实而影响力倍增:贝恩说出了奴隶主们的真实姓名,也详细描述了奥鲁诺克如何惨遭他们残忍肢解并杀害;先是他的生殖器,然后是他的耳朵和鼻子,接着是他的手臂全部被砍掉,而他的躯干被切成四等分,送往附近的种植园用作对未来奴隶起义的警告。但是这个故事里的一些重要元素也不太可信,尤其是当奥鲁诺克和伊梦茵达各自被运到苏里南又奇迹般地团聚之前,在非洲的那些有关强奸与乱伦的一系列过分夸张的场景。学者们就如何看待贝恩的叙事这一问题进行过广泛争论(参见海蒂·亨特,《重读阿芙拉·贝恩》);或许将《奥鲁诺克》视为一种混合的形式—一种将传奇文体嫁接到虚构回忆录的形式最为恰切。

<128>

贝恩在其第一人称叙事中的立场是复杂的。她在前往苏里南的旅途中变成了孤儿，她既是统治阶层的一员，又是一个边缘化的人物；她是一位在男性世界里几乎毫无权力，在当地也没有重要身份的女性；在那些殖民者即将采取新的残酷行动之时，她好几次被弃置在一旁。然而，贝恩的边缘化位置自有其优势：她能够充当一位客观的叙述者，同时担任不同世界之间的中介——她既属于统治种族的一员，又隐晦地认同自己笔下被奴役的英雄："他的不幸，在于坠入了阴暗的世界，只有一位女性作家赞美他的传说。"（贝恩，《奥鲁诺克》，69）正如批评家们所示，贝恩把奥鲁诺克表现为非洲版的自己：他不懂得撒谎，而且总是心直口快，包括时常质疑所谓虔诚的基督徒奴隶主的德性。随着故事的展开，奥鲁诺克日益强烈地领悟到"白人男性根本就没有信仰，他们敬拜的上帝也不存在"（90）。读者可以想一想，奥鲁诺克到底在多大程度上表达了贝恩自己的观点：她的文本是一则既反对奴隶制也反对基督教的声明，又或者，它是一个恳求，希望基督徒践行其真正的价值观，并善待他们的奴隶。

虽然她强烈反对最恶劣的奴隶主的冷酷无情，但是贝恩也极力赋予男女主人公显著的欧洲特性，并且把奥鲁诺克描写为一位天生的绅士，他的态度举止以及英雄性的坚忍克己，与其说是非洲式的，毋宁说更像是罗马式的。他的言辞风格拥有西塞罗式的沉郁雄辩，甚至以"恺撒"之称闻名苏里南。当他的起义同胞们迅速向追赶而来的奴隶主投降时，贝恩借奥鲁诺克之口，怀着厌恶宣称，绝大多数黑人"都是天生的奴隶，是可怜卑鄙的无赖，适合被当作基督徒们的工具来使用；是奸诈而懦弱的狗群，配得上这样的主人；他们只想被鞭笞着灌输基督教众神的知识，成为所有爬行动物里最卑鄙邪恶的东西"（90）。此处，奥鲁诺克先于尼采,批评基督教为经过掩饰的奴隶道德,然而当一位非洲王子瞄准自己的奴隶同胞时,此类批评就会产生模棱两可的效果,尤其是他的言论所用的意象,让人联想到《圣经》里对伊甸园邪恶之蛇的描述。我们需要自行判断,《奥鲁诺克》究竟在多大程度上真正谴责奴隶制,以及贝恩在多大程度上无视整体的制度问题,而只对非凡的奥鲁诺克倾注她大部分的同情——只有在他身上,贝恩能找到共鸣,并把经典的文学形象套用在他身上。

<129>

与此相关的问题也出现在我们对《老实人》的阐释之中,虽然伏尔泰根本没有尝试采用目击证人般的现实主义风格。这个戏谑的故事将堂而皇之的幻想场景与现实生活中的事件(如1755年摧毁里斯本的那场地震)随意地混合,包括造访神秘的亚马逊王国黄金国,那里的钻石太过普遍,以至于被孩子们在尘土中随意玩耍。伏尔泰叙事的讽刺动机是对基督教和莱布尼茨虔信派哲学理论的正面抨击;后者认为上帝赋予人类的这个世界是所有可能世界中最好的一个。在描述了大自然肆意的残暴,以及从德国、葡萄牙到君士坦丁堡一路上宗教信徒利己主义的伪善之后,伏尔泰并不满足,他把甘迪德和莒妮宫德送到了南美洲。这个全新的地方为伏尔泰提供了机会,展示出欧洲人对待非白人的恶毒,也刻画了善良的食人族——他们虽然是异国人,却具备更高的道德境界。

随着向南美洲航行,甘迪德备受挫败的乐观主义正在逐渐复苏。"一切都会好起来的,"他断言,"新世界的这片海洋已经比欧洲的更好,更宁静,风速更稳定。那肯定是崭新的世界,是所有世界中最好的一个。"(伏尔泰,《老实人》,亚当斯译,21)不,事实并非如此:在南美洲,甘迪德和莒妮宫德就像在国内一样,轻易地就遭受了掠夺和欺凌。除了在黄金国的理性主义者那里得到优待以外,他们在那片大陆经历了种种不

第五章 美丽新世界 183

幸。伏尔泰为了向《奥鲁诺克》致敬——这本书被广泛翻译，并在1745年出版了第一版法语译本——专门让甘迪德中途停留在苏里南。有个土生土长的当地人提供了关于奴隶劳工现实状况的贝恩式教训："假如我们在我们所工作的制糖作坊占便宜，他们会砍掉我们的双手；倘若我们试图逃走，他们会砍掉我们的双腿：这两种经历我都曾遭遇过。这就是你们在欧洲吃到的糖的代价。"(44)

伏尔泰借助当地居民的行为暴露了基督教虚伪的虔诚。甘迪德和他的混血男仆加刚菩凭借身穿神甫法衣的伪装，从一众凶神恶煞的耶稣会士手中逃脱，他们藏匿于荒野，但不久之后被一群食人族抓获，后者准备吃掉他们。甘迪德抗议说食人族违反了基督教伦理，可是他的这种争辩根本就行不通。加刚菩为了让对方平静下来，就声称他们都是耶稣会士共同的敌人：

> "诸位"，加刚菩开言道，"你们今天打算吃一个耶稣会士，是不是？好极了，对付敌人理当如此。天赋的权利就是教我们杀害邻居，全世界的人都是这么办的。我们欧洲人没有行使吃自己邻居的权利，只因为我们有旁的好菜可吃。"①
>
> （35）

食人族因发现反耶稣会的同道中人而喜悦，立即将他们释放了。

伏尔泰笔下常见的荒诞故事，依托的是滑稽夸张的人物漫画，而非立体真实的肖像描绘，他的某些人物漫画因太过接近现实世界而给人以刻板印象。甘迪德和加刚菩初次偶遇巴拉圭的食人族部落时，见到两个

---

① 参见中译本《老实人》，伏尔泰著，傅雷译，上海：上海译文出版社，2017年版，第41页。

赤身裸体的女子被猴群追逐并撕扯她们的屁股。甘迪德开枪把猴子们打死，可印第安女子非但不感谢他反而为她们的猿猴情人之死放声恸哭。加刚菩并不感到惊讶："有些地方，猴子会博得女人欢心，您不必觉得稀奇！它们也是四分之一的人，正如我是四分之一的西班牙人。"（34）如果伏尔泰笔下的土著人是贤者和猿猴令人不安的混合体，犹太人则是卑鄙吝啬的恶棍，从葡萄牙好色的放高利贷者以萨迦到伊斯坦布尔肆无忌惮地欺骗甘迪德的典当商人。在那一处，罗伯特·亚当斯的译本中插入了编辑脚注："伏尔泰的反犹太主义，源于跟犹太金融家之间各种不愉快的经历，这并不是他人格中最可爱的那一面。"（78）

　　这一高尚的评论看起来抗议得太多又太少。太少，是因为它将伏尔泰有关全体犹太人那令人反感的刻板印象，简化为针对几个真实的犹太人的个人反应，并且暗示后者或许确实是贪婪又卑鄙的恶棍。更为恰当的批评应该指出，即使是极其理性的伏尔泰，都并未能完全摆脱自己带有偏见的思维方式。然而亚当斯单挑出伏尔泰的反犹太主义来批评，又可以说是抗议过度了，我们其实应该把他的反犹太主义理解为其反宗教斗争的组成部分。易怒又好色的放高利贷者以萨迦，与同样卑劣的天主教宗教法庭大法官共享莒妮宫德的身体，而当甘迪德用他的剑刺穿他们后，伏尔泰的世界变得更加美好了。伏尔泰狂热理性主义的阴暗面，是它的不宽容性，和对敌人赶尽杀绝的态度。我们对他的反天主教主义和反犹太教主义应该放置在这样的语境中去理解。

　　伏尔泰从未到过欧洲以外的地方旅行，其笔下的南美场景全是纯粹想象出来的。阿芙拉·贝恩对犰狳的直接观察，被替换为伏尔泰从探险文学的阅读中所获取的局部细节信息，例如，关于巴拉圭一座鸟舍的描写，"甘迪德立即被领到树荫底下一处角落，周围环绕着绿色与金色大

<131> 理石柱廊,笼子里养着鹦鹉、天堂鸟、蜂鸟、珍珠鸡和各种珍稀品种的禽类"①(30—31)。甚至连吸收利用旅行游记所提供的当地色彩时,伏尔泰也不忘对旅行题材的陈词滥调进行讽刺取乐,包括罗列充满异国情调的外国风俗——这对阿芙拉·贝恩以及众多欧洲旅行者而言,通常包括了凝视裸露的女性身体的偷窥快感。在《老实人》第十一至十二章里,苣妮宫德年迈的女佣(教皇与帕莱斯特里纳公主的女儿)讲述了自己的种种不幸遭遇,包括她对欧洲以外的世界的第一次体验。她与母亲以及众多侍卫前往她们位于意大利南部庄园的途中,所乘坐的船只被摩洛哥海盗俘获,他们被抓去北非当奴隶。海盗们做的第一件事就是把俘虏们剥光,并且检查他们身上是否藏着财宝:"那些先生剥衣服手法的神速,真可佩服。但我还有更诧异的事呢:他们把手指放在我们身上的某个部分,那是女人平日只让医生安放套管的地方"(23)。然而,老妪非但完全未被遭受这种待遇所激怒,反而将之视为一次学习经历,"这个仪式,我觉得很奇怪。一个人不出门就难免少见多怪。不久我就知道,那是要瞧瞧我们有没有隐藏什么钻石。在往来海上的文明人中间,这风俗由来已久,从什么时代开始已经不可考了"②(23)。

从16世纪开始,旅行游记有一个共同主题,即欧洲的探险家在一片遥远的土地上,惊讶地发现某人会说他或她的语言;语言的相通意味着可以与当地人进行沟通并寻求帮助。在老妪被带到摩洛哥这一幕中,伏尔泰创作出了对此类场景的戏仿版本。她身处语言不通的人们中间,一旦海盗的对手试图偷走他们的战利品和俘虏时,情况就会变得更加糟糕。老妪目睹自己的母亲和宫女们被奸淫并被肢解后就昏厥不醒,待

---

① 参见中译本《老实人》,伏尔泰著,傅雷译,上海:上海译文出版社,2017年版,第35页。
② 同上书,第27页。

她恢复意识后，发现一个意大利囚徒同胞，一个阉人歌手，正准备强奸她，他"叹着气，含含糊糊说出几个意大利字：'O che sciagura d'essere senza coglion'"（"多倒霉啊，一个人都没有了"）。老妪居然毫不愤怒，反而说自己"听到本国的语言惊喜交加"（24）。这个"诚实的阉人"不但照顾她，还承诺带她一起安全返回意大利——由此，我们可能认为自己正在见证一个欧洲团结一致、对抗伊斯兰野蛮行径的感人案例——但是阉人歌手却带她到阿尔及尔，然后把她卖给了当地的总督（25）。

伏尔泰用其笔下的世俗场景动摇了读者的自我满足感，让他们不敢再相信，自己的社会制度乃是"所有可能的社会中最佳"的代表。但是他并非激进的相对主义者，亦并非单纯对其他文化本身感兴趣。甘迪德、莒妮宫德，以及他们的同伴们发现，人性在任何地方都是相同的，尽管这并不是一个令人鼓舞的发现。从南美洲回到法国的途中，甘迪德询问年迈的哲学家马丁："人一向都互相残杀，像现在这样吗？是一向都扯谎、欺诈、反复无常、忘恩负义、强取豪夺、懦弱、轻薄、卑鄙、妒羡、馋痨、酗酒、吝啬、贪婪、残忍、毁谤、淫欲无度、执迷不悟、虚伪、愚妄的吗？"（50）马丁做出清醒的回答：

——"你是否相信"，马丁说，"老鹰总是会吃鸽子的？"

——"那还用说吗"，甘迪德回答。

——"那么"，马丁道，"既然老鹰总是性情如一，为什么希望人性会改呢？"①

（50）

---

① 参见中译本《老实人》，伏尔泰著，傅雷译，上海：上海译文出版社，2017年版，第57页。

第五章 美丽新世界

如果说，大千世界并未揭示人性的任何本质差异，那它至少为崭新的冒险，以及人类重塑自我的全新方法提供了无限可能。特别是伏尔泰故事中的主要女性角色，拥有着让她们在所有灾祸降临时幸免于难的适应能力。甘迪德杀死放高利贷者与宗教大法官以后逃亡至葡萄牙，他担忧莒妮宫德独自一人的处境。"由她去吧，"加刚菩回答道，"女人家自有本领。"(29)加刚菩提议去巴拉圭，在那里（这又是一个伏尔泰式的嘲讽），甘迪德能够通过训练当地部队接受最新的欧洲军事技术训练而飞黄腾达。加刚菩补充道："你这边不得意，就上那边去。何况开开眼界，干点儿新鲜事也怪有趣的。"① (29—30)

回望故乡

自伏尔泰的时代起，作家们不断追溯贸易与征服的各种路径。一个对《马可·波罗游记》引人注目的重写，来自伊塔洛·卡尔维诺 1972 年完成的《看不见的城市》。在这本书中，马可·波罗与忽必烈汗在后者暮光微朦的宫苑里进行过一系列发人深思的对话。这位威尼斯人讲述了他在帝国各地所遍访的城市，按照"城市与符号""城市与眼睛""轻盈的城市""城市与死者"等诸如此类的标题进行描绘。其中许多城市都是不加掩饰地臆想出来的地方。有一座城市完全由管道和管道附件构成，仙女们在清晨沐浴；另一座城市栖息于自己阴间复制品的上方，冰冻的死人模仿着他们头顶的活人；第三座城市由位于两处悬崖之间的一张大网支撑着，"奥克塔薇亚的居民们悬在深渊之上，却并不如别的城市那样

<133>

---

① 参见中译本《老实人》，伏尔泰著，傅雷译，上海：上海译文出版社，2017 年版，第 34—35 页。

觉得不安定。他们知道那张网的寿命有多长"（卡尔维诺，《看不见的城市》，75）。

每一章都是一首宝石般的散文诗，描述着某座象征性的城市，充斥着从《马可·波罗游记》到《一千零一夜》里的各种意象。女子们骑着用项圈拴住的美洲狮走在街上，工匠们精于制作星盘和雕刻紫水晶，幸运的旅行者会获邀与女奴们一起纵情沐浴。我们似乎沉浸于伯尔顿①般的东方主义幻想中，但奇怪的是，各种现代元素会在这个前现代景观中突然冒出来：飞艇、雷达天线、摩天大楼等。随着该书的展开，越来越多的现代性入侵进来，而好几个后来的城市都体现出诸多当代的问题。一座城市人口过剩，以至于任何人都寸步难行；另一座城市即将被它周围高耸入云的垃圾山压碎；在全书的结尾，纽约与华盛顿已融合为一座单一的"连续性的城市"，东京、京都与大阪也是如此。卡尔维诺的文本跨越了过去与现在、东方与西方、乌托邦与反乌托邦的边界，透过其他世界的多重透镜来观察现代世界。诚如卡尔维诺后来的评论所言："看不见的城市（città invisibili）是那些不宜居住的城市（città invivibili）心中生长出来的一个梦"——"连续的、同质化的城市不断覆盖整个地球"（卡尔维诺，序言，ix）。

作为一位真正的比较家，卡尔维诺笔下的马可·波罗从不孤立地看待一座城市；所有的城市都在抽象表义与社会性的链条上互相关联。不过，当忽必烈汗问他是否见过哪个城市，与古代中国的都城杭州相似时，他陷入了沉默；杭州因以下事物而著名：

---

① 罗伯特·伯尔顿（1577—1640），牛津大学牧师、学者，撰写过《忧郁的剖析》，于1621年初次出版。

第五章 美丽新世界

桥梁跨过运河，华丽宫殿的大理石台阶浸没在水中，打着长桨曲折前进的小舟、在市场卸落一篮一篮蔬菜的船，还有露台、平台、圆顶殿宇、钟楼、灰色湖中青翠的小岛花园。

(卡尔维诺，《看不见的城市》，85)

任何意大利读者（以及众多外国读者）都会意识到，杭州是威尼斯的镜像。

马可·波罗坚称，他从未见过任何类似的地方，但是忽必烈汗坚持追问，为何他从不谈论自己的故乡。"马可·波罗笑了一笑：'难道你以为我一直在讲别的城？'"（86）在欧洲帝国探险活动的遥远异乡，元上都和杭州不再是那个充满异国情调的幻境，在那里，阿比西尼亚少女会用她的德西马琴摄取旅行者的魂魄，正如阿比西尼亚（埃塞俄比亚）不再是意大利法西斯的殖民地一样。忽必烈汗的帝国反而成了一种后帝国时代欧洲的形象——"一个无止境的、不成形状的废墟"（5），以威尼斯的烫金钟楼和缓缓下沉的宫殿为象征。

在记忆中，马可·波罗心爱的城市坍塌得更为迅猛。"记忆的形象一旦被词语固定下来，就会消失，"他告诉大汗，"也许我不愿意讲述威尼斯，是因为我害怕失去它。也许，讲述别的城市的时候，我已经正在一点一滴地失去它。"（87）然而，他的损失是其听众的收获："只有马可·波罗的报告，能够让忽必烈汗从注定要崩塌的围墙和塔楼中，看出一个细致得足以逃过白蚁蛀食的窗棂图案。"（5—6）就像一个世纪以前康拉德笔下的马洛，以及在他之前四千年的吉尔伽美什一样，文学旅行家们沿着由先辈移民和早期作家制定的路线继续航行，然后又以全新的眼光回望故乡。

<134>

第六章

文学与帝国

对于那些有意识地创作世界文学的作家而言，不论他们是亲自游历世界，还是把他们的作品传播到国外，他们总是在本土与异国文化之间周旋和对话。如果这些作品的内容涉及帝国与它们现在或曾经的殖民地的关系时，这种对话尤其容易引起激烈的争议，因为文学的表现可以强有力地塑造公众的观感，不论是好的方向还是坏的方向上。这种效果有可能是出于作者的本意，也有可能产生自后世读者的反应。马可·波罗的思想是倾向于自由贸易和无压迫情况下的宗教皈依；两个世纪之后，他的崇拜者克里斯托弗·哥伦布则梦想着在宗教和政治领域进行征服。在20世纪初的世纪之交，康拉德的《黑暗之心》促使英国国会成立调查委员会，进而导致英国政府迫使比利时国王列奥波德修正其在刚果帝国的所作所为，而这又反过来影响了英国读者对自己帝国的目标和行为的态度。但是，充斥在康拉德故事中的那些暴虐而令人无法理解的非洲人，在当时看来很正常，在今天看来就显得很有问题了；他们在种族上的不可通约性，与阿芙拉·贝恩把奥鲁诺克融进罗马的理想世界一样，都无助于真正的跨文化对话。

如果一个作家来自现在或者曾经的殖民地，那么他/她的创作会具有更深一层的复杂性。对作家的挑战从语言本身就开始了：罗伯特·扬在《世界文学与语言焦虑》一文中指出，殖民地和后殖民地作家常常需要做出一个进退维谷的选择：他们是应该采用本土的语言，还是殖民帝国的语言？扬论述到，无论作家做出哪种选择，一旦他们坦诚并创造性地面对它，这种焦虑就有可能产生积极意义。这种选择会涉及社会和政治利害关系，也会导致艺术上的后果。殖民地和后殖民地作家可能会熟练掌握一种甚至多种本土语言和文化传统，也可以借此努力对一个社区乃至一个国家做出直接的社会影响，但是用这种语言写成的作品，其读者群体会相对较小。一种帝国的全球性的语言能影响更广泛的读者群体，能够更国际化，同时也能被本土读者接受；但与此同时，要兼顾本地传统的经验和世界政治文化中心的表达模式和文化传统，又是一件困难的事情。即使以一种全球性的语言来写作，一个摩洛哥诗人或者印度尼西亚小说家的作品，也可能很难在国外出版，除非它们符合外国读者对作者祖国的兴趣和印象——或者幻想。读者和作者都需要考虑，延续几百年的帝国统治及其思维定式造成的后果；这些东西可能会在帝国终结之后仍然得到长时间的延续。

<136>

"语言自始至终是帝国的伴侣"——西班牙学者安东尼奥·德·内夫里哈在他的《卡斯蒂利亚语语法》序言中说（内夫里哈，《卡斯蒂利亚语语法》，3）；这本书是献给他的庇护人伊莎贝拉女王的，在充满宿命意味的1492年出版。文学也同样经常被帝国利用，作为学校教科书，让帝国的臣民接受宗主国的文化与价值。这些进口的文学经典往往把重点放在本国的主要作家上，再配上其他的欧洲经典；它们可能对本土的艺术创作造成消极的影响；即便本土语言不是被殖民地学校完全禁止，受到尊崇的外国作家，如莎士比亚、狄更斯、塞万提斯和福楼拜，也有可能让年轻而富于创造性的一代人把注意力从本土传统中完全移开。如果他们尝试以自己正在阅读的外国作品的模式来创作，那么对语言选择的焦虑会被一种对经典的焦虑取代：他们的作品，会不会只是对伦敦、巴黎、马德里的苍白的模仿？德里克·沃尔科特写于1976年的诗歌《火山》，是对自己作为一个年轻的加勒比作家阅读康拉德和

乔伊斯的体验的沉思;在这首诗中,他说:

> 我们可以抛弃
> 成为那些伟大作家的应声虫,
> 而反过来做他们理想的读者,沉浸其中,
> 如饥似渴,让自己对那些杰作的爱
> 取代模仿甚至超越它们的野心,
> 从而成为世界上最伟大的读者。
>
> (沃尔科特,《诗集》,324)

<137> 不过,沃尔科特远远没有被这些伟大的作家吓倒;相反,他把这种相遇的经历转化成一首动人的诗;而且在他的所有作品中,他都拥抱世界文学,将之作为自己对圣卢西亚的历史、地理和人们的诗化表现的基础。

沃尔科特要成为一个世界性作家的雄心,在那首带有预言性的诗歌中已经显露出来。《前奏曲》发表于1948年,诗人当时十八岁。在诗的开端,一个年轻诗人仰望着"色彩斑斓的、拳头一般的云团在聚集 / 在我这倒悬的岛屿奇怪的背部之上";此时此刻,岛屿被一艘艘游轮侵袭,它们运载着游客,他们手持"热切的望远镜"(3)。诗人警告自己,"直到我学会在准确的抑扬格中遭罪之前"(3),不应该发表自己的作品——这是一个巧妙的文思,因为它恰恰不是按照准确的抑扬格写出来的。但是他觉得自己"正在人生旅程的中点"(4),已然大胆地把自己与但丁相提并论;后者的抑扬格隔句押韵三行体,在多年后被沃尔科特精彩地运用到《奥麦罗斯》中。而且,虽然他告诫自己不要在成熟之前过早地公开发表作品,但他还是出版了这首诗,作为一本小集子的序言;他说服了自己的母亲刊印该作品,然后将其寄给《加勒比季刊》的编辑,这是

一份设在特尼达德的刊物。他们发表了其中一首诗——《黄色公墓》，它讲述了作者凭吊自己的父亲——由此，沃尔科特的国际性文学生涯拉开了帷幕。

德里克·沃尔科特在离开加勒比地区之前，就已经成为国际级的作家了。他最早以诗人和剧作家的身份在特尼达德成名，而他在1992年诺贝尔文学奖获奖答谢辞中，把特尼达德描述成一个小宇宙，其中糅合了非洲、亚洲和欧洲的文化传统，"它的人文多样性，比乔伊斯的都柏林更加令人兴奋"（沃尔科特，《安的列斯群岛》）。他说："当一位作家发现自己正在见证一个文化的朝霞，见证它一片一片叶子、一根一根树枝地定义自己时，会感受到一种振奋的力量、一种对好运的感恩。"他对自己评价道："假使我能够把握特尼达德所有碎片化的语言的话，我会成为一个很不一样的作家，而实际上我只实现了八分之一。"

从1981年至2007年，沃尔科特每年都会在波士顿大学任教几个月；虽然他始终深深植根于加勒比地区，我们仍然可以把他看作一个流散型的作家。在《奥麦罗斯》那些设置在麻省和圣卢西亚的关键场景中，诗人无论是在出生地还是在新的国度，都感到自己似乎既身处故乡，又无所皈依——这是"双国籍"世界文学作家之间的一个共同母题，他们同时活跃于两种文化中。当他回到圣卢西亚时，往往觉得自己像一个游客，而自己故乡的这个岛屿看起来"像一帧明信片"（沃尔科特，《奥麦罗斯》，69）。正当父亲的鬼魂给予他毕生的使命，去写作自己岛屿的人民与历史时，一艘海洋游轮恰好停泊在他们眼前的港口里。这艘游轮不但带来富裕的外国人——在他们眼中，本地居民不过是侍应，或者作为本地风格的组成部分。在这艘游轮如纸一般靓丽的皮囊和光鲜的特权之下，也展现了一个令人不适的形象：诗人逃离故乡，走进国际化的声誉和财富之中，

"名誉就是那艘白色游轮,在你街道的尽头"(72)。诗人一年中长时间住在波士顿,模棱两可地融入当地的生活:傍晚离开美术博物馆时,他打不到出租车,因为司机们都以为他是城里的黑人,拒绝搭载他(184)。

这种双重国家的生活成了沃尔科特(或者是《奥麦罗斯》中的同名主人公)挥之不去的不确定感和不适感的来源,但它终究成了一种诗意力量的源泉,因为这使他获得了自己父亲不曾拥有的广阔经验和眼界。虽然华威·沃尔科特是个有天赋的业余画家和诗人,但他在作为殖民地的、偏远的圣卢西亚生活,毕竟令他与广大世界隔离,只能在本地理发店的书架上一窥那套陈旧的《世界伟大经典》(71)。他的儿子在特尼达德,然后在波士顿和圣卢西亚生活,并且频繁地远游各地,因此得以远较父亲更充分地发挥自己的诗歌直觉;在《奥麦罗斯》中,当沃尔科特访问爱尔兰时,他甚至有詹姆斯·乔伊斯的鬼魂作为向导(201)。华威·沃尔科特自己就提到这一点:他的鬼魂在麻省的海滩上出其不意地显现,拒绝了儿子的建议——"一起到一个更温暖的地方"(187)。他的回应是,德里克可以在合适的时候回家,"但是在你回去之前,必须走进不同的城市中 / 它们像《世界伟大经典》一般展开在眼前,而我只能在梦中游历 / 我在它们的石板上看到自己的影子,看到历史 / 带我越过自我厌恶之桥"(187)。他指示自己的儿子:

一旦你看过所有事物,去过所有地方之后,
珍惜我们的岛屿那绿色单纯,

把理发椅当作你的王座,
一艘帆船离港,一艘帆船回归,
阳光下门廊上葡萄叶的影子

令我满足。海上的轮船在雨中湮没，

然而，在轮船的航行中，无论轮船做什么
它都在循环往复。记住这一点，儿子。

(187—188)

绘制世界的地图

从欧洲的视角来观察文化的相遇，帝国结构下的世界文学，在葡萄牙的民族史诗、路易斯·瓦兹·德·卡蒙斯的《卢济塔尼亚人之歌》（中译本又称《葡国魂》）中获得鲜明的呈现。《卢济塔尼亚人之歌》最早出版于1572年，被广泛看作葡萄牙文学的奠基之作。但它也非常具有全球性的视野，描述了各种大相径庭的社会；它讲述了瓦斯科·达伽玛具有划时代意义的旅行，达伽玛是第一个绕过非洲南端、跨越印度洋抵达印度西岸的欧洲人，其旅行时间在1497年至1499年间。在另一场帝国征服战之后，找寻通向印度的海上路线变得重要起来：在1453年，穆斯林攻陷君士坦丁堡，随后奥斯曼帝国诞生，由此阻断了自马可·波罗开始历代欧洲商人通向东方的陆路。达伽玛的航海探索帮助葡萄牙迅速扩张，成为全球性的海上霸权。《卢济塔尼亚人之歌》颂扬了葡萄牙在国际舞台上的霸主地位，同时也把葡萄牙语塑造成一种全新的语言，使其具有足够恢弘的表现力，去描述一个古典史诗传统无法想象的、更加广阔的世界。虽然葡萄牙加入了帝国的争夺战，但它仍然只是一个小国，地处欧洲的边缘，葡萄牙语文学处在初级阶段，并笼罩在希腊和罗马经典的阴影之下，甚至不如其他发展得更为完善的本土文学，如意大利、法国和西班牙。为了让葡萄牙语和它的文学能够配得上帝国的地位，卡

<139>

蒙斯专门为此奋斗，而他游历家乡以外广阔天地的经历，则给予他写作这部史诗巨著的条件。

阿芙拉·贝恩和伏尔泰把他们的故事设置在自己仅仅能够回忆起或阅读过的遥远异乡；卡蒙斯则不一样，他是在亚洲创作这部史诗的，所以《卢济塔尼亚人之歌》是第一部连创作过程都具有全球性的文学巨著。因为寻衅滋事，卡蒙斯在1552年被驱逐出里斯本，随后有十七年的时间，他在葡萄牙的各个殖民地工作，并到印度、中国和东南亚旅行。卡蒙斯本人和他的诗歌得以顺利回归葡萄牙本土纯属幸运；卡蒙斯曾在湄公河三角洲遭遇沉船，失去了他的所有随身物品——除了他那珍贵的诗歌，据说他曾高举着它，在波浪中游向岸边。这部史诗巨著发表于卡蒙斯1570年回到葡萄牙之后两年，他很快就获得了盛誉，但却只拿到微薄的报酬。他把自己亲身经历的旅行和诗中主人公的游历互相叠加；在史诗将近结尾处，他插入了一段忧伤的旁白，描述道：

> 这些诗节，
> 从悲伤、颓丧的沉船灾难中拯救出来，
> 经历了各种凶险的湖泊，还有饥饿，
> 还有无数其他的危险，当
> 不公平的意志被强加在他身上，
> 他手上的七弦琴，演奏得如此精巧，
> 能为他带来盛誉，却没有财富。
>
> （卡蒙斯，《卢济塔尼亚人之歌》，222）

《卢济塔尼亚人之歌》是一则引人入胜的故事，讲述了一段与死亡抗争的历险，同时也是关于新开发的环球图景的一幅虚拟地图。卡蒙斯为我们描绘了一幅幅非洲人和印度人的逼真图景,达伽玛在旅途中与他们相遇;但是他的关注点始终是在旅程本身。诗歌的主体详细叙述了达伽玛绕过非洲、横渡印度洋的惊险不断的航行;在旅程完结之后,史诗的最后一章对世界做了整体的回顾:从"基督教的欧洲"到非洲、印度、中国,以及葡萄牙幅员辽阔的殖民地巴西。一个仙女告诉达伽玛:单单是在亚洲,"就有上千个国度,/ 其中很多甚至都不知名:/ 老挝领土辽阔,人口众多;/ 阿瓦人和缅甸人在他们的高山上。/ 而克伦族人传说是野人,/ 在比山区更偏远的地方"(222)。

卡蒙斯带领我们穿越时间和空间。他根据自己的现代目的改写古代史诗传统,这一点,他在诗篇的起始就已经宣布:

> As armas e os barões assinalados,
> Que da ocidental praia Lusitana,
> Por mares nunca de antes navegados,
> Passaram ainda além da Taprobana.
>
> [武器是我的主题,而那些无与伦比的英雄们
> 来自葡萄牙遥远的西海岸
> 在那没人去过的大海
> 航行到塔普罗班纳(锡兰),甚至更远。]
>
> (3)

在这里,维吉尔的"关于武器和那个男人"(他的主角埃涅阿斯),被延伸到这部关于无与伦比的英雄们的史诗中——变成了复数——这些英雄足迹所及,远远超越他们已知的世界。卡蒙斯的诗中充满对古典传统的引用,还让女神维纳斯帮助达伽玛,对抗酒神巴库斯邪恶的机关;后者

不想失去对印度的控制，于是煽动穆斯林对抗葡萄牙人。除了古典文学的资源，卡蒙斯甚至凭空创造出一个巨大的怪物，名叫阿达马斯特，相当于希腊神话中的巨人；它试图在非洲海岸击沉达伽玛的舰队。随着达伽玛驶入一个新的世界，他也邂逅了一个全新的古代。

《卢济塔尼亚人之歌》的作者，可以被比喻为地图制作者，他们看到一个突然变得广阔的世界，激动地为它绘制新图。图5就是其中一个例子——这是一幅在1513年出版的非洲南部地图，由地图制作者马丁·瓦尔德斯穆勒绘制；就在六年前，瓦尔德斯穆勒为了向探险家亚美利哥·韦斯普奇（Amerigo Vespucci）致敬，把"阿美利加"（America）这个名字赋予了新世界。瓦尔德斯穆勒对欧洲以外的东方和南方的探索发现同样感兴趣。在他的非洲地图的中央，瓦尔德斯穆勒放置了一个显眼的标签，用拉丁文宣布："非洲的这部分为古人所不知。"在让现代欧洲发现世界的这一部分的过程中，葡萄牙扮演了主要角色；为了证明这一点，这一版地图描绘了葡萄牙国王曼努尔骑着一只海中的怪兽，在非洲南端附近游弋。

通过达伽玛之口，卡蒙斯说道："如果古人能看到我所亲见的奇迹，他们会为我们留下多么伟大的文学啊！"（102）达伽玛所经历的新鲜体验延续到了卡蒙斯的语言中。他并没有感受到殖民者对语言的焦虑，在把葡萄牙语重新塑造成高级文学语言的过程中，他反而有一种语言上的优越感，因为葡萄牙语得以媲美拉丁文——还有意大利文和西班牙文——成为表达诗意和营造帝国世界观的媒介。在史诗的开端，他召唤出塔霍河的仙女，这条河穿越里斯本，流向广阔的大海。卡蒙斯请她们"赐予我一首诗，能够配得上 / 那些受战神感召的英雄进行的探险 / 以此让他们的功绩穿越时空、广泛传播 / 如果诗歌能够达到如此崇高境界的

图 5 马丁·瓦尔德斯穆勒 /《非洲局部新地图》

这份出版于 1535 年的地图,其实来自瓦尔德斯穆勒 1513 年绘制的版本,只是在非洲内陆添加了各个国王的形象、一头大象和一条龙,以及拿着权杖和葡萄牙国旗、骑着海怪环游非洲的国王曼努尔。(图片来自奥斯卡·I. 诺尔维奇的非洲及其岛屿地图集,斯坦福大学图书馆)

话"（4）。虽然广泛运用古典文学中的众神，卡蒙斯也在叙述中糅合了现实的描写，而这些都来自他对大洋航行和遥远国度的亲身经历。通过达伽玛的声音，他详细描写了一次水上龙卷风的奇观："我清楚地看到它（我假设自己的眼睛没有骗人）在空中升起，／一点点水蒸气和细微的烟雾／在风的搅动下稍稍旋转。"（101）几页之后，水手们在甲板上来回奔跑，清理北极鹅、贝壳和淤泥，它们把船身弄得"肮脏而污秽"（113）。这绝对是第一首描述北极鹅和淤泥的严肃诗歌。

卡蒙斯令人目眩的诗歌技巧让他得以随意转换风格，在平凡到崇高超绝之间几乎不需要过渡：就在达伽玛清理好船只重新起航之后，仅仅过了几个诗节，他的水手们就集体遭受了败血病，卡蒙斯以医学般的精准语言进行描绘："牙龈恐怖地肿胀起来，周边的肌肉／也跟着发胀，然后很快起了脓包／……散发着恶臭／污染着周围的空气。"（114）随着尸体被海葬，卡蒙斯沉思道："埋葬一具尸体，是多么容易啊！"他接着说："海上的任何波浪，任何陌生的丘陵……都将会安顿／肉体，无论贵贱。"（114）

在卡蒙斯对这些无与伦比的英雄以及对自己诗人才华的赞美之下，有一股忧伤的暗流在涌动。在1570年代，葡萄牙进入了一段经济衰退期，缺乏资源和人力来维持一个全球性的帝国；英国和法国正在印度和东南亚占据上风，而西班牙则正在蚕食南美洲。虽然卡蒙斯对达伽玛的成就非常骄傲，但是他也担心葡萄牙在遥远异国的殖民事业正在耗尽国家的人力，并且弱化了它与其他欧洲竞争者以及和穆斯林苏丹们的实力对比；后者统治着北非和地中海东部的大片地区。当达伽玛准备从里斯本海港的贝伦区开启他伟大的航行时，一个老人向水手们喊话，"其中透露出的智慧，只有经验能赋予"；他质问整个行动的意义：

"噢，因强力而产生的傲慢！噢，徒劳的欲望／追求名誉的虚荣！……你计划把这个王国和它的子民／牵扯进怎样的新灾难里啊？"(95) 在一段长达整整十个诗节的责骂中，这位贝仑区的老人认为，达伽玛应该留在祖国，对抗近在眼前的穆斯林敌人。达伽玛听完他的所有话，一言不发地起航了。

卡蒙斯在史诗的结尾回到这个主题上，以最后总结发言的形式对待葡萄牙十八岁的被称为"娃娃国王"的塞巴斯蒂安。他恳请国王任命有经验的大臣——比如他自己——来建功立业。他在史诗的开端称赞国王是"葡萄牙古老自由的守护者，／以及基督教细小帝国开拓事业的保证者"(4)。现在，卡蒙斯在诗歌的结尾指出，帝国扩张的方向不是在遥远的亚洲，而是在直布罗陀海峡。如果国王大胆地"驶过斯帕特尔角／摧毁摩洛哥或者塔鲁丹特的堡垒"，卡蒙斯保证，"我那胜利的、喜悦的缪斯会赞美／您在全世界的功业"，远超过亚历山大大帝的荣光（228）。国王并没有聘用卡蒙斯为大臣，不过在六年后，他召集了一支一万八千人的军队，入侵摩洛哥。不过，塞巴斯蒂安精神状态很不稳定，他并不是亚历山大大帝二世，而这次远征则是一场灾难。摩洛哥人在自己的土地上作战，击溃了葡萄牙军队，杀死或者俘虏了绝大部分侵略者。这位葡萄牙古老自由的年轻守护者丧失了他的国家的独立，还有他自己的性命：随着几乎所有王室成员的死亡，葡萄牙王座被传到西班牙王室手里，后者将统治葡萄牙六十年。心碎的卡蒙斯在这场惨痛战役之后两年逝世；临死之前，他写信给一个朋友说："我的祖国对我来说如此珍贵，以至于我不但愿意死在她怀里，还愿意与她一同死去。"(x) 世界文学与世界的周旋，并非总是有一个大团圆结局。

最黑暗的非洲，正在陷入黑暗的伦敦

三个世纪之后，另一个水手的航行催生出整个欧洲帝国时代的所有虚构叙事中最深刻的作品之一——约瑟夫·康拉德的《黑暗之心》（1899）。与《卢济塔尼亚人之歌》和《奥鲁诺克》一样，康拉德的中篇小说取材自一段旅程，其目的地刚果成为故事的主要场景；这个地区当时是比利时国王列奥波德管辖下的商业机构。康拉德1857年生于乌克兰，他的父母是波兰人。他先后在法国人和英国人的远洋商船上工作，最终在1890年代中期决心成为一名用英语写作的作家，而英语是他的第二门外语。跟之前的卡蒙斯和同时代的鲁德亚德·吉卜林一样，康拉德的作品大多取材自他的远游经历；他把故事设定在印度尼西亚、印度洋、南美洲、非洲和欧洲。在结束航海事业之后，他定居于英国；但对于康拉德来说，这个第二祖国在很多方面都是一个异国。虽然他最终成为一个英国公民，却一直都是一个主要以世界性视野写作的作家。

<144> 康拉德与英语、英格兰的关系，类似于一个亲密的异乡人。他的英国友人对他能够如此深刻而又微妙地使用自己的语言感到困惑（也有一丝嫉妒）。吉卜林评论道："当他手握着笔时，他是我们之中最棒的。"但他也补充道："阅读他的作品时，我总感到自己是在读一部外国作品的优秀翻译版本。"（博雅斯基，《吉卜林对话录》，328）H. G. 韦尔斯评论康拉德说的英语"很奇怪"，但是也承认"他编织出一种异常丰富的描述性英语散文，一种新的只属于他自己的英语，很明显地完全没有陈词滥调"（韦尔斯，《自传实验》，616）。如弗吉尼亚·伍尔夫在1923年的一篇随笔中所说：

> 显然他是一个奇怪的幽灵,在19世纪末年空降到这个岛上——一个艺术家、一个贵族、一个波兰人……因为过了这么多年了,我还是不能把他看作一个英国作家。他太正式了,太客气了,对这门并不属于他的语言,使用得太谨小慎微了。
>
> （伍尔夫,《康拉德先生:一段对话》,77—80）

而到这时候,康拉德早已把英语变成属于他自己的语言空间了。

在《黑暗之心》中,康拉德编织出一张细密而空灵虚幻的语言之网,来传达他那粗粝的经历。那是一段沿着河流行进的旅程,一段令人深感不安的心灵旅行。在其中,帝国主义的理想逐渐沦入疯狂的境地。在1890年,他得到一份工作,为一家比利时公司在刚果河上驾驶一艘蒸汽船。这家公司借助奴隶的劳动剥削刚果的自然资源。这段航程为他的中篇小说提供了最初的灵感,结果,康拉德那正在拓展的作家理想也由此被赋予了崭新的、强烈的社会和政治意义。在回程的旅途中,他带上了一个垂死的公司职员——乔治·克莱恩;此人后来成为小说中那个令人恐惧的自大狂库尔兹先生的原型,他是公司里一流的象牙收集者。在小说中,作为叙事者的水手马洛被公司派遣,逆流而上去与库尔兹先生会面;后者作为科学与进步的使者进入刚果。然而,马洛惊讶地发现,垂死的库尔兹正处于恐怖而野蛮的场景中,欧洲的理想在此已经崩溃。

小说对帝国主义毫不留情的解构,正是建基于康拉德亲身的经历,而我们对它的体验,又受到现实中列奥波德国王野蛮的殖民行为的影响。但是,读者对马洛旅程的理解呈现出激烈的两极分化。我们果真能在其中读到非洲吗?还是只不过瞥见马洛想象出来的、自我灵魂在暗夜中的存在主义幻象?我们目睹的是欧洲帝国主义的本质性腐朽,还是更

<145> 加模棱两可的帝国主义的失败？又或者，我们是不是看到了一种荒蛮的原始状态，它是如此没有节制、不可救药，以至于康拉德在批评帝国主义种族偏见的同时也在强化它？这最后一种看法，被尼日利亚小说家奇努阿·阿切贝有力地提出来；他写于1958年的小说《瓦解》可以被看作从另一个角度讲述的帝国殖民故事。他在题为《非洲之像：康拉德〈黑暗之心〉中的种族偏见》的散文中展开对康拉德的批判。他尖锐地批评康拉德，让其笔下的非洲人物完全不具备流畅通顺的语言能力，又或者任何独立自主的行为。他指控康拉德所表现的不过是——

> 纯粹作为背景板的非洲，在其中，非洲人作为人的元素被完全取消了。非洲成了一个形而上的战场，其中毫无任何可辨认的人性可言；欧洲人在其中游荡，后果自负。把非洲降格为一个布景，用来衬托一个卑微的欧洲大脑的堕落，这当然表现了一种荒谬和变态的傲慢。但这还不是关键。真正的问题在于，这种古老的态度曾经并且现在还在鼓励全世界对非洲和非洲人的非人化。真正的问题在于，一部颂扬这种对一部分人类进行非人化描述的小说，居然可以被称作伟大的艺术品。我的回答是：不，它不可以。
>
> （阿切贝，《非洲之像》，794）

当阿切贝在1977年发表这篇文章的时候，《黑暗之心》正被广泛地理解为关于库尔兹和马洛心理斗争的故事。虽然在一定程度上，评论家注意到它的政治性，但仅限于对欧洲殖民行径的批判；没有几个英国或美国读者会留意康拉德对活生生的非洲人的表现。这本小说把非洲人表现为一块对欧洲人的活动构成威胁的布景板。阿切贝论点的重要贡献之一，是纠正读者对这一层面的模棱两可的态度。

同时，阿切贝的批判也反映了一个写实主义小说家对康拉德现代主义模糊手法的不耐烦。康拉德通过某种类似于文学印象派的风格，迫使我们通过马洛的眼睛来体验非洲；但是马洛远非一个像卡蒙斯的达伽玛或者吉卜林的金那样的客观观察者。康拉德多次打破马洛作为叙事者的权威，有力地减弱了所有简单化的种族主义描写，而这正是马洛和库尔兹经常做的事情。故事并不是开始于非洲，而是在一艘名为奈利的游艇上，它停泊在泰晤士河边，在伦敦城外。一个形象模糊的叙述者转述了马洛的故事，但是语调中明显带有讽刺和不信任的意味。随着夜幕降临，马洛的形象变得越来越不清晰，但是他却错误地告诉听众："当然了，你们现在肯定比我当时看得更清楚。"（康拉德，《黑暗之心》，43）他嘲笑库尔兹和其他公司职员，把象牙变成一种被崇拜的偶像。满腹狐疑的叙事者说，在这个过程中，马洛把自己塑造成"一个穿着欧式服装、没有莲座的佛陀，在给我们布道"（21）。康拉德对他的故事主角做了吊诡的处理：马洛觉得自己已经厌倦了尘世，但似乎又有种幻觉，以为自己失去了所有的幻觉。

<146>

阿芙拉·贝恩强调自己是一个不受男权主导的殖民体制误导的女性；通过这种方式，她加强了自己叙事的权威性。相反，康拉德从内部削弱了殖民体制的男权特质。在小说中，从始至终康拉德都在隐晦地讽刺马洛身上残留的那点帝国主义男子气概。一开始，马洛就不得不依靠一个有广泛社会关系的舅妈来获得这份刚果的工作；他为此感到尴尬："我，查理·马洛，要女人来帮忙找工作。天啊！"（23）最终，马洛在库尔兹死后回到英国，并对库尔兹的未婚妻表示哀悼。当她恳求马洛告诉她自己爱人的临终遗言时，马洛不再像一个自以为无所不知的自大狂："我感到一股寒气直冲胸膛。'别'，我低声说。"（94）现在他不再

有权威了，而是听起来像一个强奸的受害者。在压力下，他不再像平时那样坚持说真话；他没有透露库尔兹真正的临终遗言——"可怕啊！可怕啊！"而是谎称他说出了她的名字。听到自己想听的话之后，库尔兹的未婚妻（作者始终没有告诉我们她的名字）发出了胜利的呼喊，然后让马洛离开。

马洛尝试把帝国主义看作被它背后的"理想"拯救了，又或者比较朴素地、被具体的人的工作拯救了。但是小说的叙事逐渐把这两种逻辑都消解了。马洛不断遇到越来越癫狂的人推销探险和掠夺活动，比如一群自称"黄金国探险组"的人——他们在找寻伏尔泰所说的钻石遍地的乌托邦，却居然不知道自己登陆了错误的大陆。无论马洛到哪里，他都遇到各种冰冷的反讽，从拖拉的铁路工程，到在没有铆钉的情况下试图修理损坏的蒸汽船，再到库尔兹营地周围的桩柱上那些精心安置的骷髅头。康拉德把当时欧洲对非洲的各种种族偏见发挥得淋漓尽致，但跟后来的阿切贝不同，他的目的不是要批驳它们，而是要借此暴露出所谓的文明欧洲与作为他者的非洲之间极为模糊的分界线。

如果说贝恩把奥鲁诺克拔高为恺撒再世，那么康拉德则通过把罗马时期的英国置换为早期的非洲，以此消解帝国殖民的合理性——在故事的一开始，面对着落日中的伦敦，马洛说："这也曾经是地球上一个阴暗的地方。"（19）他描述了一个想象中的罗马兵团从泰晤士河逆流而上的阴森经历：

<147>　　载着军需品，或者货物，或者任何东西，逆流而上。沙滩、沼泽地、森林、野蛮人——没有什么适合文明人吃的东西，除了泰晤士河的河水外，没有别的可喝……寒冷、浓雾、暴风雨、疾病、流

放,还有死亡——死亡弥漫在空气中、在水里、在丛林之间。在这里,他们肯定就像苍蝇一样死去。

(20)

早期的英格兰,幻化为"至暗非洲"的镜像。而当马洛叙述他的故事时,夜幕正在降临。马洛从陌生的大陆归来,发现大英帝国的正中央,文明和野蛮正互相纠缠、难分难解。

艾勒辛,奥根,俄狄浦斯

在 20 世纪,各种不同面貌的殖民和后殖民作家直面挑战,从他们各自的角度,重新书写帝国主义的故事;他们经常借鉴世界文学的资源,以扩大参照系,并为他们的本土故事增添跨文化的泛音与回响。其中一个引人注目的例子,就是尼日利亚的诺贝尔文学奖得主沃莱·索因卡的《死亡与国王的侍从》(最初出版于 1975 年)。索因卡的剧本融合了很多文学元素,戏剧化地表现了多重冲突:文化之间、代际之间、两性之间,乃至主人公内心中互相对立的冲动。剧本取材于 1946 年尼日利亚一个真实的历史事件。当时约鲁巴国王去世了,国王的侍从和顾问艾勒辛,传统上"国王的骑士"称呼的持有者,遵循传统准备自杀,以便在国王的下一个轮回继续陪伴他。当时尼日利亚是英国殖民地,而殖民当局的地方长官将艾勒辛逮捕,以此阻止这种仪式性传统。这当然是出于仁慈,却换来了艾勒辛的长子主动替父亲自杀。

索因卡的朋友杜罗·拉蒂普已经根据这个主题以约鲁巴语写过一个剧本,标题为《国王已死》。这出短小而言辞激烈的戏剧,把悲剧完全归咎于英帝国主义者,因为他们阻止了艾勒辛遵从他的既定角色,追随国王死去，以便与源远流长的社会惯例乃至宇宙秩序保持一致。正如艾勒辛以带有性意味的语言发出的悲叹："欧洲人／把我的魔力变得无能了；／我的药物在他们的葫芦中都变质了"（拉蒂普，《国王已死》，81）。索因卡则创作出一部更为复杂的戏剧，既广泛采用了世界文学的资源，也同样汲取了约鲁巴传统戏剧的养分；在后者之中，伴奏、歌唱和舞蹈传达了作品的很多信息。在出版于1978年的《神话、文学与非洲世界》中，索因卡强调了仪式在约鲁巴和希腊传统中共同具有的重要性。而他笔下的艾勒辛，则体现了约鲁巴的神祇奥根的某些方面；奥根是工艺技术的庇护神，同时也是人间与宇宙之间的灵媒。

<148>

《死亡与国王的侍从》是一出融合了约鲁巴传统与世界各地、古代与现代的戏剧。索因卡尤其着重借鉴希腊悲剧，而一群市集上的女人，在急躁的伊雅洛亚带领下，扮演了索因卡版本的希腊歌队。事实上，在完成这部戏之前两年，索因卡刚刚发表了一部对欧里庇得斯戏剧的改编作品，标题为《欧里庇得斯的酒神狂女：一个灵交仪式》。正如其标题所暗示的那样，它大胆地与希腊悲剧传统，以及基督教的祭献仪式相联系：酒神的那些癫狂的女性追随者把彭透斯王撕碎；而在索因卡笔下，这又变成了基督教圣餐礼中对基督的肉身和血的象征性食用。索因卡的艾勒辛与索福克勒斯的俄狄浦斯王也有很多共同之处。两位主角都需要继承一个祖先留下来的传统，而其他角色——索福克勒斯笔下的约卡斯塔和索因卡笔下的地方长官皮尔金斯——则希望它留在古代历史中。但是，在两部戏剧中，整个社群的生存都依靠主角的自我牺牲。《死亡与国王的侍从》也拥有一个索福克勒斯式的结尾：它结合了剧情的反转与真相的最终呈现，以及关于视觉与盲目的对话；当艾勒辛的儿子奥伦德发现父亲还没有成功自杀时，表现出明显的厌恶；而艾勒辛则对儿子呼喊：

"噢，孩子，不要因你父亲的影像使你盲目！"（索因卡，《死亡与国王的侍从》，49）儿子见证父亲的失败，这使他变得盲目，导致戏剧的最终一幕里，父亲如报应般看到儿子的成功——儿子的尸体被展示在父亲面前。

我们也可以把索因卡的戏剧与莎士比亚的作品进行比较。《死亡与国王的侍从》采用了莎士比亚式的五幕结构，逐渐构筑起剧中的高潮：当艾勒辛目睹儿子的尸首后，用绑自己的铁链勒死自己，震惊了拘押他的捕手——这种暴力场景，迦梨陀娑和索福克勒斯会放置在幕后，但是莎士比亚却反复不断地在舞台上表现。索因卡也在另一层面与莎士比亚相似——他强调主角的内心冲突：艾勒辛推迟了他的自杀，以便在死前完成婚礼，因为他无法按要求把自己完全从尘世的羁縻中挣脱出来，就像李尔王即使把王国让给了三个女儿，却依然试图保留一队人数众多、花费巨大的随从一样。我们也能感受到《哈姆雷特》的影响：索因卡笔下的奥伦德从英格兰的医学院归来——这是现代版的哈姆雷特，他在德国攻读哲学——希望疗愈家乡杀戮性的混乱。与年轻的哈姆雷特一样，奥伦德同样在这个过程中失去了自己的生命。

艾勒辛可以被视为体现了一个悲剧英雄的致命缺陷——骄傲。但是他的故事，同时也是关于一个社群如何在殖民者控制下，挣扎着坚持它自己的传统。其坚持的方式，可以与阿切贝的《瓦解》，还有很多其他的殖民和后殖民作品相比较。艾勒辛的悲剧不仅来自他自己的骄傲，也来自地区长官西蒙·皮尔金斯的干涉；后者自以为知道什么是对艾勒辛最好的，并尝试从艾勒辛手中把他自己拯救出来。正如市集上女人们的首领伊雅洛亚在剧终与皮尔金斯共同面对两人尸体时所说的那样："众神只是要求那已经枯萎的香蕉，但是你却砍下那结满硕果的整根树枝，来满足你自己的荣誉。"（62）伊雅洛亚的声音代表了她所属社群的集体经验；而在塑造她性格的过程中，索因卡不仅汲取了传统约鲁巴和古典希腊戏剧的养分，也借鉴了贝托尔特·布莱希特和尤金·奥尼尔等现代悲剧作家的创作：伊雅洛亚继承了布莱希特的勇敢母亲、奥尼尔的伊莱克特拉的特质。

索因卡也发挥了康拉德叠置非洲与英格兰的手法。在《黑暗之心》中，马洛把刚果河与泰晤士河相联系；现在，其中一个市集上的女人问道："难道冲刷这片土地的大海，也在冲刷这个白人的土地吗？"（28）在杜罗·拉蒂普的戏剧中，艾勒辛的儿子奥伦德身在伽纳，在酒吧中消磨时光；但是索因卡笔下的奥伦德则对自己的非洲身份具有成熟的认知，这得益于他在外国漫游的经历。再者，他对英式生活的了解，也让他深深体会到父亲"野蛮"的自我牺牲和一个英国海军上校"高贵"的牺牲之间的相似性：后者为了拯救自己的同伴而献出了性命。"我深信，"奥伦德说，"我在英国遇到过这样的人。"（42）从更广泛的意义上说，索因卡把故事的真实年代（1946年），推回到第二次世界大战期间；通过这种方式，他更加强调了文明与野蛮之间难分难解的纠缠。当简表达出对艾勒辛的祭献式自杀的恐惧时，奥伦德反诘道："这难道比集体自杀更坏吗？比尔金斯夫人，那些年轻人被他们的将军派去打仗，你怎么称呼这种行为？"（44）

在《死亡与国王的侍从》中，语言既是资源，也是武器。比尔金斯和他的官员对他们统治下的非洲人采用了蛮横直白的语言，而后者则说着带有口音的英语，表明了他们在英属殖民地中低下的地位。但是索因卡在他的非洲角色们之间，同样运用了语言的政治性。当尼日利亚裔中士阿穆萨根据皮尔金斯的命令去逮捕艾勒辛，以阻止他自杀时，市集上的女人们挡住了他的路。她们开性玩笑来嘲弄他——"你来向女人展示你的力量,但是你连武器都没有"(28);这是对杜罗·拉蒂普关于非洲性无能的台词的戏谑改编,前者的版本相比之下显得感情泛滥。她们开始用英式口音大喊:"多么厚脸皮啊!多么粗鲁啊!"然后她们上演了一幕剧中剧,扮演着自鸣得意的殖民者:"我有一头颇为忠诚的牲口,名叫阿穆萨";"从没遇到一个说实话的土著"(30)。阿穆萨则早已语无伦次了:"我们,我们得走了,但是你们别说,别说我们没有警告过你们。"(31)

在这场关于种族、性别和语言的战争中,分外有趣的一点是简·皮尔金斯的立场。她全心全意参与殖民事业,也对她鲁钝的丈夫极为忠诚;在剧中从头至尾,她都努力认真地尝试了解,这一切究竟是怎么回事。她对本土风俗有颇为深刻的理解,这是她丈夫所缺乏的;这一部分是因为她听到仆人在厨房说的话;而且,随着戏剧的展开,她开始意识到当地人的处境,与她自己作为女性在一个父权殖民地社会的处境颇有一些相似之处。在第二幕的结尾,当他们正准备离开去跳舞之际,她对丈夫暗示,他这次处理艾勒辛的问题时可能"不像你平时那么棒——从一开始,就是说"(27)。皮尔金斯回答道:"闭嘴吧女人,拿好你的东西。"而她则以当地人的语言回答道:"是的主人,这就来。"(27)奥伦德抵达后,他立刻与简进行了一次深入的对话;在这个过程中,他尝试帮助简理解自己父亲自我牺牲的逻辑,但是我们在此也看到了她理解力的局限。"无论你用多么聪明的方式来描述这件事,"她说,"这始终是一个野蛮的习俗。不,它甚至更恶劣——这是封建!"(43)她的指控从"野蛮"变成"封建",这很能说明问题:跟马洛把现代刚果与罗马时期的英国相比一样,简把20世纪的尼日利亚与中世纪欧洲相联系。不过其中的区别在于,康拉德从来没有暗示,这种对非洲的不符合历史事实的观点有什么问题,但是那位彻底现代化的医学学生奥伦德则向我们表明，非洲的习俗不能被简单化地看作古代的野蛮行为。在索因卡的作品中，我们看到的不是文化间的冲突，而是古代与现代、非洲与西方文化之间深刻的关联，它们体现在一个深深植根本土的世界文学作品之中。

乐观主义者甘迪德，悲情乐观主义者萨依德

世界各地的经典作品进入欧洲的殖民地，不仅为本土作家提供了新的资源，也可以鼓动本土作家，反抗那些输入它们的帝国本身。展示这个过程的一个绝佳例子，就是恩古吉·瓦·提昂戈的回忆录《在阐释者家里》(2012)。在这本书里，这位小说家描述了他在一座英国人管理的学校学习的经历，时间是1950年代中期，当时肯尼亚还处在殖民统治之下。这座学校叫"联合高中"，建立它的目的是训练出一批忠诚的、西化的肯尼亚精英，"但是与它的创办者的意愿相反"，恩古吉说，"联合高中同时也培育出了一种激进的反殖民的、民族主义的狂热。"(12—13) 莎士比亚在这个发展过程中扮演了一个意料之外的角色。虽然老师布置学生们阅读他的杰作，无疑是为了让英国文化的权威性震慑他们，但是恩古吉写道，莎士比亚的历史剧是一堂教会他和朋友们叛逆的课：一个王朝是可以被推翻的。

在对欧洲经典进行反帝国主义式改写的作品中，有一个引人注目的例子，就是巴勒斯坦—以色列作家埃米尔·哈比比的《悲情乐观主义者萨依德的秘密生活》(1974)。1921年，哈比比诞生于海法的一个阿拉伯裔基督教家庭；海法当时处在英国管治之下。他后来成为一名记者；从1940年代中期直至1989年，他编辑了当时一份主要的左翼报纸《统一》。1947年以色列立国之后，哈比比与人一起创建了以色列共产党。不过他

在 1991 年就退党了，因为党员们反对米哈伊尔·戈尔巴乔夫当时在苏联推行的改革。哈比比激烈批判以色列政府对待巴勒斯坦人的政策，但是支持两国和平共存的目标。他在以色列议会任职长达二十年，直到 1972 年辞职，自此全力投入写作。在 1990 年代初，他分别获得了来自巴勒斯坦解放组织和以色列国的文学奖项。有人批评他接受以色列的奖项，对此他的回应是："通过奖项对话，总比通过石头和子弹对话要好吧。"（格林伯格，《埃米尔·哈比比》）

与很多殖民和后殖民作家一样，哈比比糅合了本土和外来的传统。他的反英雄是一个经典的、阿拉伯式的、诡计多端的形象，其故事的框架借鉴自伏尔泰的《老实人》。哈比比通过结合"悲观"和"乐观"这两个词，创造了一个新词——"al-mutasha'il"，在英语中翻译成"the pessoptimist"，即"悲情乐观主义者"：现代的境况，甚至不允许他那愚蠢的乐观的主角单纯地只有乐观的一面。在 1948 年的阿拉伯—以色列战争之后，萨依德变成了告密者，向以色列警察提供巴勒斯坦共产党人的秘密。他希望以这种方式得以安居于自己的家乡海法，和他的爱人玉雅德重逢；后者被赶出了以色列，但是她名字的意思却是"将会回归"。结果，萨依德最终与另一个女人结婚，还生了一个儿子。一系列带有灰色幽默的、结果不甚美好的历险，最终导向了高潮——他的儿子在成为抵抗战士之后被杀死了。萨依德开始坚信，外星人来接触他了；他被关在一个精神病院，那里曾是英国殖民时代的监狱；在那里，他写出了自己的故事。在小说的结尾，萨依德自己也消失了；他可能死了，又或者躲到了阿卡城的古代地下墓穴之中，也有可能他的魂魄被外星朋友吸到外太空去了。

萨依德的整个家族都用"悲情乐观主义者"作为他们的姓氏，这是他们长时间以来获得的名声。这个家族有着悠久的婚姻不忠、政治妥协的传统；妻子们总是不忠的，男人们又总是同时为中东各地的独裁者和以色列政府服务。萨依德骄傲地宣称："历史上第一个被以色列政府委任为上加利利地区蒲公英和水芥菜分配委员会主席的阿拉伯人，就是来自我们家族的。"但他没有提到，自己的这位亲戚得到的报酬少得荒谬。这个亲戚还在继续斗争，但并非为了公义或者其他什么有意义的目的，他想争取到"下加利利地区的分配权，但是暂时还不成功"（哈比比，《悲情乐观主义者萨依德的秘密生活》，9）。

在一个充斥着模棱两可的折中和自我否定的胜利的世界里，萨依德评论说：

> 我并不区分乐观主义和悲观主义，也感到困惑，不知道哪一个才能描述我自己。每天早上当我醒来，我都会感谢主，没有在我的睡梦中把我的灵魂带走。如果白天我受到伤害，我感谢他没有让这伤害更严重。所以我是哪一种人？悲观主义者还是乐观主义者？
>
> （12）

下面是这个家族的悲情乐观主义的一个例子：当他的一个兄弟在一次工业意外中身亡，他妈妈的反应无意中呼应了伏尔泰笔下潘格罗斯所说的话："她声音嘶哑地说：'事情以这种方式发生，而不是其他方式，这是最好的！'"（13）她那刚成为寡妇的儿媳对这种反应感到暴怒，反问还有什么情况能比这更差。母亲平静地回答："总比你在他活着的时候跟别的男人跑掉要好啊，孩子。"萨依德冷冷地补充道："当然，我们应该记得，我母亲对我们家族的历史实在是太了解了。"（13）不久之后，年轻的寡妇果然跟另一个男人私奔了，结果这个男人不能生育。"当我母亲听到这件事时，她重复了自己最爱说的话：'难道我们不应该感谢主吗？'"萨依德总结说："所以我们究竟是什么？悲观主义者还是乐观主义者？"（13）

作品第二十二章专门写了关于"甘迪德与萨依德之间惊人的相似性"。萨依德的外星朋友批评他模仿甘迪德，他反驳道："不要责备我，这不是我的错。要怪就怪我们的生活方式吧，它从伏尔泰的时代到现在都没变过。唯一的例外是黄金国，终于在这个星球上存在了。"（72）这种乐观的描述，可算是天真地呼应了具有乌托邦性质的犹太复国主义。萨依德通过政治上的案例与伏尔泰做比较：潘格罗斯安慰那些被强奸的女人说，她们的男人也强奸了敌人的女人为她们报仇；与之如出一辙，萨依德说道：

> 毕竟，在两百年后，我们自己也以同样的方式安慰自己。那是1972年9月，我们的运动员在慕尼黑被杀害了。我们的轰炸机没有为我们"报仇"吗？它们杀死了叙利亚和黎巴嫩难民营里的女人，还有那些刚刚开始享受生活的"运动"的儿童。难道这没有"安慰"到我们吗？
>
> （73）

<153>

在这里，萨依德用了代词"我们"来指称被杀害的犹太奥运选手，以及报复巴勒斯坦人的政府；与作者一样，萨依德是一个以色列公民，同时也是巴勒斯坦人。哈比比的讽刺没有绕过任何人。伏尔泰把自己看作理想的代言人和裁判者；而且不管甘迪德的乐观主义有多愚蠢，他都是个值得尊重的无辜者。萨依德却既天真又败坏。在1948年，他担任绥靖的巴勒斯坦工人联合会主席，借机窃取了逃离海法的阿拉伯人遗留下来的房产；这些房子已经被弃产监管委员会和新建立的阿拉伯政权劫掠过

第六章 文学与帝国 217

了,而萨依德则偷走了余下的东西(45)。在1956年的六日战争之后,陷于绝境的人们在大街上以一磅的价钱整套地贱卖自己结婚时用的餐具;萨依德看在眼里,"悲情乐观"地总结道:"我们已经从免费进步到一磅了。社会真的在进步啊!"(45)

从始至终,我们在小说里看到抵抗的冲动和基本生存所必须的妥协如何纠缠在一起,无法分离。那些为以色列政权工作的巴勒斯坦人,不自觉地成了以色列政策的共谋者,"让整个国家完全、彻底地被遗忘"(16),而这也是哈比比通过各种雄辩的细节凸显的主题。于是,在1948年的战争之后,一个名叫阿卜·艾萨克的当地官员在一间被占领的学校里面试了萨依德;黑板已被用作乒乓球桌(12)。但是以色列政权和绥靖的巴勒斯坦人并不是哈比比唯一的讽刺对象。贯穿整部小说的是对中东地区阿拉伯精英的深刻批判:那些利用对以色列国的反抗来为自己利益服务的人,确保巴勒斯坦人待在难民营里,却又同时煽动民众对以色列的仇恨,以此来把他们的注意力从自己的独裁和贪婪上转移开去。萨依德回想起口述史诗《斯拉特·班尼·希拉尔》的主角——人们心目中阿拉伯民族主义的先驱;萨依德评论道:"现在我们伟大的英雄,阿卜·萨依德·艾希拉尔,躬身亲吻帝王之手,但是苏丹们没有什么可在乎的。"(4)当今人民的领袖迫不及待地亲吻权贵之手。难怪萨依德总是牺牲自己的家庭;这个家庭"散落在各个还未被占领的阿拉伯国家",包括一个在叙利亚的上尉,一个在伊拉克的少校,一个在黎巴嫩的中校,还有一个"专职为不同国王点烟"的亲戚(9)。

《悲情乐观主义者萨依德的秘密生活》既汲取了伏尔泰的文本作为灵感,又让它的社会批判变得更加尖锐。伏尔泰嘲讽宗教上的教条主义,却对自己的贵族阶级网开一面。而哈比比则揭露了阿拉伯和以色

<154>

列的权贵们如何共同努力维护现状;即使他让我们对倒霉的主角萨依德产生不无反讽的同情,他也清楚地表明,弱者可以和强者一样腐败。伏尔泰笔下的莒妮宫德,为了生存做了各种不得已而为之的事情,但是她在自己无法把握的人生中始终保持着基本的尊严和诚实。相反,萨依德的选择融合了太多令人厌恶的懦弱与奸狡。最终,他的儿子反抗了他的消极态度;虽然死于反抗的过程,但是他至少指明一条继续抵抗的出路,而这是终极胜利的唯一希望——这也是哈比比希望阿拉伯人和犹太人中间的有心人对现状发起的抵抗。萨依德希望,二十年后状况会改变,但前提是人们能在绥靖与子弹之间找到别的途径;在一个新的基础上合作重建社会,但这并不是他自己打算去做的事情。在故事的结尾,萨依德像一个苦行圣人一样,待在一根高柱之上——这似乎是一根电视天线——他眼中出现了幻象,看到自己的祖先和所爱的人齐聚于自己脚下。玉雅德抬头凝望着他,宣布说:"当这朵云散开后,太阳会再一次闪耀!"(160)

倾城之恋

张爱玲(1920—1995)与哈比比是同时代人。她的作品将殖民地语境下的浪漫故事与政治背叛的关系表现得入木三分。这些开创性的故事写于世界的另一端——上海;它们触及的帝国主义背景也很不一样:那是第二次世界大战期间被日本大面积占领的东亚地区。张爱玲既是最重要的现代中国作家之一,也是中国文学中最具世界性的人物。她的整个后半生都居住在美国,并于1960年入籍。她生于上海这个中国最国际化的都会;那里的英国、法国和美国租界的历史可以追溯到19世纪中期。她的母亲在英国受过教育，虽然小时候缠过足，却也在阿尔卑斯山滑过雪，后来与不忠的、抽鸦片的丈夫离婚。张爱玲就读于美国圣公会所办的圣玛利亚女中，那是上海国际化名流们心仪的学校。在那里，张爱玲学会讲流利的英语。她痴迷于英国爱德华时代的小说（H. G. 韦尔斯和威廉·萨默塞特·毛姆是她的最爱），但也同样喜爱《红楼梦》和其他中国古典小说。1939 年，她获得伦敦大学的全额奖学金，但是日本侵华战争阻断了她前往英伦求学之路。结果她转往香港学习文学，后来又回到上海。在这里，二十几岁的她迅速奠定了自己的职业作家地位。她嫁给了文人胡兰成，此人为日本建立的傀儡政权服务。几年后因为胡兰成的屡次外遇，他们的婚姻破裂。因此对于张爱玲来说，性与政治背叛的相互纠缠并不仅仅是一个文学上的主题。后来，她花费数年时间写作和修订出一部短篇小说《色·戒》。2007 年，这部小说被中国台湾导演李安改编成一部扣人心弦并包含直白情色镜头的电影。

张爱玲很早就练就一双慧眼，洞察到上海生活的复杂性；这个地方处在各种对立元素交汇和冲突的节点上：传统与现代、消退中的男权主义和发展中的女权主义、亚洲与欧洲文化等。她那些 1940 年代初的故事，战争始终是它们的背景。在其中一篇名为《封锁》的故事中，士兵们不知道为什么突然封锁了街道，电车停驶了，车上的一个男人和一个女人之间发生了短暂的爱情。男人买了菠菜包子，正准备带回家给妻子。包子被裹在西式报纸里：

> 一部分的报纸粘住了包子，他谨慎地把报纸撕了下来，包子上印了铅字，字都是反的，像镜子里映出来的，然而他有这耐心，低下头去逐个认了出来："讣告……申请……华股动态……隆重登

场候教……"都是得用的字眼儿，不知道为什么转载到包子上，就带点开玩笑性质。

（张爱玲，《封锁》见《倾城之恋》，239）

在旁边，"一位医科学生拿出一本图画簿，孜孜修改一张人体骨骼的简图"。一位乘客以为他在画素描，说是"现在兴的这些立体派，印象派"。他妻子附耳道："你的裤子！"而另一个路人看到那医学生"细细填写每一根骨头，神经，筋络的名字"，则评论道："中国画的影响。现在的西洋画也时兴题字了，倒真是'东风西渐'！"（242）

吴翠远则不会犯这样的错误。她念书时的专业是英语，现在正在母校教书——"一个二十来岁的女孩子在大学里教书！打破了女子职业的新纪录"（241）。不过，虽然吴翠远对自己的成绩感到自豪，但也感受到格格不入和孤单——她迷失在翻译里，甚至是多重的翻译里："生命像圣经，从希伯来文译成希腊文，从希腊文译成拉丁文，从拉丁文译成英文，从英文译成国语。翠远读它的时候，国语又在她脑子里译成了上海话。那未免有点隔膜。"（241）为了反抗她那规矩冗繁、压抑的家庭，吴翠远半推半就地答应了这个男人突如其来的提议，做他的情人。但是电车又开动了，男人退回到他的壳里，这段调情不会有任何结果。在故事的结尾，吴翠远沉思："封锁期间的一切，等于没有发生。整个的上海打了个盹，做了个不近情理的梦。"（251）

在张爱玲的好几则故事里，战时的政治被光明正大地转译成两性之间的政治。在1943年的短篇小说《倾城之恋》中，一个落魄的年轻女子白流苏，与富有的花花公子范柳原发生了漫长的纠葛。故事中随处可见战争式的语言，比如徐太太"双管齐下"，同时为白流苏和她的妹妹物色丈夫（124）。结果范柳原把白流苏带到了香港，还在豪华的浅水湾饭店订了两间相邻的房间；"浅水湾"这个地名贴切地描述了两人的关系。范柳原一直忍着不出手，显然是想在自己不迈出第一步的情况下，让白流苏主动投降。白流苏"总是提心吊胆，怕他突然摘下假面具，对她做冷不防的袭击，然而一天又一天地过去了，他维持着他的君子风度，她如临大敌，结果毫无动静"（144—145）。

最终他们成了情人，即使范柳原为白流苏在香港半山租了一座别墅，却仍然不愿意确定关系。结果就在第二天，日军开始轰炸香港，接着开始攻城，并造成了巨大的破坏："一到晚上，在那死的城市里……（剩下的）只是三条虚无的气，真空的桥梁，通入黑暗，通入虚空的虚空。"（164）故事的这个出人意料的转折，居然拉近了范柳原和白流苏的距离："他们把彼此看得透明透亮。仅仅是一刹那的彻底的谅解，然而这一刹那够让他们在一起……"在这里，张爱玲不忘加上她那招牌式的世故："和谐地活个十年八年。"（164）最终，当白流苏点燃了一盘蚊香，故事的叙述者总结道："香港的陷落成全了她。但是在这不可理喻的世界里，谁知道什么是因，什么是果？谁知道呢？"（167）——或者我们也可以借用萨依德的话来说，什么是乐观，什么是悲观？在这个帝国、家庭、两性都在争斗的世界中，白流苏是一个沉稳自持的幸存者；不得不说，她多少有点像伏尔泰笔下的莒妮宫德。"流苏并不觉得她在历史上的地位有什么微妙之点。她只是笑吟吟地站起身来，将蚊烟香盘踢到桌子底下去。"莒妮宫德会懂得欣赏这笑吟吟的表情，古代传奇故事里的那些女主角也同样能心领神会。正如故事的叙述者所言："传奇里的倾城倾国的人大抵如此。"（167）

第七章

全球化写作

几个世纪以来，即使作家们把笔下的人物角色安排到世界各地，他们仍然是为国内受众而写作。英国作家乔纳森·斯威夫特将小人国定位于苏门答腊岛的邻近海岸，但其实他讽刺的是不列颠群岛。甚至法国或德国的读者都在他重点关注的范畴之外，而他也不大会期待现实中的印度尼西亚人比小人国居民更有可能读到自己的作品。然而文学关系长期以来都包含了全球化的因素。早在古代，作家及其作品就已经在罗马帝国遥远的疆域内迅速传播了。马道罗斯的阿普列乌斯生于北非的迦太基附近，当地的语言为古迦太基语，但是他从小就被送到雅典学习。他用拉丁文撰写了《金驴记》，以便用其笔下愚蠢至极的主角在希腊的冒险来迎合罗马读者。阿普列乌斯在开篇就滑稽诙谐地为其非常规的风格而致歉，把自己比作马戏团的骑手，从一匹奔驰的骏马跳跃到另一匹马上。他声称自己语言上的变化折射出其笔下英雄的生理变化，并承诺读者，假如他们愿意听写在埃及莎草纸上的、"像尼罗河的芦苇一样锐利"的"一则有那么点希腊意味的故事"，那他们一定会得到快乐。（阿普列乌斯，《金驴记》，3—5）

从希腊化时期以来，广泛传播的文化形态比所有帝国更持久，并且远远超出任何一个地区的界限。从摩洛哥、埃及到波斯、莫卧儿王朝时期的印度，辽阔宽广的伊斯兰文化带都阅读阿拉伯古代诗人艾布·努瓦斯的作品；而韩国、日本、越南的文人则对中国古典诗歌有很深的了解。从16世纪以降，欧洲各大帝国的扩张意味着卡蒙斯的作品会被从安哥拉、巴西、印度到中国等地所有讲葡萄牙语的群体所阅读，而莎士比亚则深受从新英格兰到新南威尔士等地以英语为母语的读者的喜爱。以上两位作家的作品通过翻译被阅读的地理范围,甚至超越了葡萄牙语和英语世界。

从19世纪末开始,经济与文化的全球化发展为世界文学提供了崭新的维度。在较为古老的帝国网络中,文学通常从大都市中心往外流向殖民地边缘。莎士比亚在印度成为被指定的阅读对象,正如塞万提斯在阿根廷一样。然而殖民地作家却鲜少会见到他们自己的作品在伦敦或马德里被阅读,尽管更古老的文本如《摩诃婆罗多》以及《一千零一夜》作为"永恒的东方"一成不变的社会之象征,可能在欧洲被接受。如今,在强国与弱国之间的翻译中,仍然存在着夸张的失衡,但是文学现在正朝多个方向流通,即便是超级小国的作家也能够被全球的读者接触到。

<158>

巴黎、伦敦和纽约依旧是出版业的重要中心,正如帕斯卡尔·卡萨诺瓦在《文学世界共和国》一书中所言,倘若来自外围区域的作家想要吸引国际读者,他们通常需要被上述中心地带的出版商和舆论家欣然接受。然而,许多作品在法兰克福书展或者斋浦尔文学节上寻找到了多个出版商,此类一年一度的盛事与任何前帝国的首都无关,以上活动和其他书展已经成为来自世界各地的出版商与代理商寻找扣人心弦的新作的固定场所。在1980年代末,当米洛拉德·帕维奇的《哈扎尔辞典》还是手稿之时,不少外国出版商就争相竞购该书的翻译版权,哪怕这只是一位名不见经传的塞尔维亚诗人的第一部小说。帕维奇的小说于1988年出版,不仅发行了塞尔维亚—克罗地亚语的原版,同时也发行了英语、法语、德语、意大利语和瑞典语的译本。次年,该书发行了保加利亚语、加泰罗尼亚语、丹麦语、葡萄牙语和西班牙语的译本,并且几年之内就出现非欧洲语系的版本，包括中文、希伯来语、日语以及土耳其语的译本。至今，帕维奇所累积的国际销量很可能已经超越其祖国塞尔维亚的总人口数。

诸如此类的成功案例代表着一种根本性的全新形势，影响到文学生产的方方面面——从出版商与代理商所做的选择，到作家自身所持的观点。崭新的全球文学市场为作家提供巨大机遇的同时，也引来了风险。像萨尔曼·拉什迪这样迅速崛起的国际知名作家，足以能够掀起代理商与出版商用类似方式寻找更多作品的热潮。帕维奇的一夜成名引人注目，但这一切并非完全是偶然的。《哈扎尔辞典》得益于两种市场力量的融合：在1980年代苏联日趋衰落的岁月中，存在着一股持不同政见的东欧写作风尚，以及与加布列尔·加西亚·马尔克斯等拉丁美洲作家相关联的"魔幻现实主义"的广泛普及。拉什迪已然成为下一个加西亚·马尔克斯，而现在的出版商们则在寻觅下一个拉什迪。假如帕维奇的小说在十年或二十年前就投放市场，那么该书会被视为来自鲜为人知的国家的一部古怪作品，能发行印刷量很少的一两个译本就已是万幸了。

《哈扎尔辞典》是理所应当在国际市场上获得赞誉的一部重要作品，但是并非每本迎合潮流的书籍后来都获得人们持久的关注。二流的仿冒品会被吹捧为旷世杰作，与此同时，许多更为出色的书籍一旦听起来与往年的文坛宠儿不太相像，就会被忽视。作家自身可能发现难以抗拒的全球性潮流，创作出符合外国对所谓"本真的"孟加拉小说或捷克小说刻板印象的作品。或者，脱离了任何至关重要的文化基础、以肤浅的国际风格写就的时髦次品会激增扩散。诚如小说家兼文化批评家塔里克·阿里沮丧地发现："从纽约到北京，途经莫斯科和海参崴，你会吃到一模一样的垃圾食品,在电视上看到同样的垃圾节目,并且阅读到越来越多大同小异的垃圾小说。……我们用'市场现实主义'取代了'社会主义现实主义'。"(阿里,《文学与市场现实主义》,140—144)

这些风险是真实存在的,但它们在国际上的风险肯定不会比在国别文学中更大。出版商期待在最新的成功之作的基础上建立本国市场,无论去年的畅销书关注的是在劫难逃的北极探险家、勇敢的赛马,还是青春期的魔术师。J. R. R. 托尔金的《指环王》催生了设定在虚构世界中的整个奇幻小说行业,还附带创造了一整套周边产品,比如说明如何抵达巫师隐居所的配套地图等。如今英国的出版商在爱丁堡的咖啡馆闲逛,寻找下一个 J. K. 罗琳,她自己的阿不思·邓布利多在很大程度上归功于托尔金的甘道夫。无论他们是面向国内受众还是国际受众,这些创造性地协调其文化内部的种种张力与可能性的人,都被证明是真正重要的作家。本章将探索全球化的世界中,作家们为了吸引受众而制定的各种策略。

全球化与去本土化

身处国际大都市中心的作家并不需要为了让本国以外的读者易于阅读而调整其写作方法,因为鉴于外国读者对这些作家所处文化传统的早期经典的熟悉程度,他们的许多文献引用与文化典故在国外都能够被理解。对于大多数普鲁斯特的新读者而言,巴尔扎克和维克多·雨果早就介绍过巴黎;而普鲁斯特又为朱娜·巴恩斯与乔治·佩雷克的巴黎场景铺平了道路。通过遍布全球的美国电影和电视,全世界的观众都可以看到曼哈顿和洛杉矶清晰确切的影像,尽管那些图像可能极具选择性,也

<160>

过于风格化。而雅加达与圣保罗的作家们不会假设任何人都熟悉其所在的城市和文化传统，所以那些具备国际化倾向的作家，都必须制定策略来克服文化距离的问题。

第一种方法是在去本土化模式下写作，避免直接提及任何有关本国的传统、地点、人物或者事件。文艺复兴时期的作家通常这样做，并将之视为理所当然的事，采用国际通行的形式与内容作为规范。一位波兰诗人给他的挚爱阿格涅斯卡写十四行诗，一位荷兰诗人写诗歌颂他的安尼卡，两者可能都借鉴了一套通用的、彼得拉克式的主题与隐喻。假如阿格涅斯卡与安尼卡邂逅了她们情人的诗歌的法语译本，她们甚至都难以猜测哪首十四行诗是为自己而作，尤其当两首诗歌均把她们简称为"辛西娅"时。

18至19世纪现实主义小说的兴起，导致文学界更加普遍地强调局部细节与国别主题，也因此为阅读陌生地区的新作品制造了隐性的障碍。然而，到了20世纪，众多作家纷纷打破现实主义的常规，开始将他们的故事设定于神秘的、象征性的场域中。弗兰兹·卡夫卡笔下的城堡和流放地、路易斯·博尔赫斯笔下的环形废墟，以及塞缪尔·贝克特戏剧里的荒凉风景，可以被置于任何地方，抑或至少在任何一个有肆意行事的当局（卡夫卡）、有忧郁的藏书家（博尔赫斯）和有垃圾桶里的老年公民（贝克特）的国家。任何地方的作者都可以选择这种方式，但值得一提的是，上述三位作家均出生于所谓的"边缘城市"（布拉格、布宜诺斯艾利斯、都柏林）；这些地方的传统被笼罩在统治它们的帝国的阴影下。三位作家都选择了超越单调乏味的地方色彩。

以博尔赫斯为例，他刚开始从事现实主义写作时，将故事背景设置在布宜诺斯艾利斯，但是他发现这种地方色彩无疑是个死胡同。在1951

年的一篇关于其故乡传统的随笔里，博尔赫斯写道："多年来，在一些现在幸好已被遗忘的书里，我试图写出布宜诺斯艾利斯远郊的特色和实质；我自然使用了许多当地的词汇，少不了青皮光棍、米隆加、干打垒之类的词儿，就这样写了一些已被遗忘也应当被遗忘的书。"（博尔赫斯，《阿根廷作家与传统》，424）他作为一位作家崭露头角，正是当他意识到对阿根廷人来说"整个西方文化就是我们的传统"之时，他还宣告"我们应该把宇宙看作我们的遗产"（426—427）。①

博尔赫斯完全不因远离国际大都市而感到处于劣势；他断言，阿根廷的作家们从这种距离感中获益匪浅，在处理欧洲的题材与形式时能获得更多的自由度和原创性。耐人寻味的是，他支撑论点的依据乃是将阿根廷人与欧洲的犹太人做比较：犹太人"在西方文化中出类拔萃，是因为他们参与了这种文化的活动，但同时又不因特殊的偏爱而受到这种文化的束缚"。他认为："我们阿根廷人，南美洲人，所处的情况相似；我们能够处理一切欧洲题材，能够洒脱地、不带迷信地处理一切欧洲题材，从而能够达到，事实上也达到了很好的效果。"（426）基于这种对国族文化认同无所谓的态度，博尔赫斯将成熟的故事设定在适合的地点，于是它们也延伸至全球。

博尔赫斯常被视为谜一般的哲学寓言的编织大师，一位本质上去政治化并脱离地方性的作家；然而，这不过是表面的真实。在这篇随笔中，博尔赫斯断言，无论故事如何设定，每位作家的民族特性必定会在其作品中呈现出来。他宣称，其实只有当他转向镜子、老虎、梦魇等"宇宙"主题时，"朋友们对我说他们终于在我写的东西里找到了布宜诺

---

① 译文参见《讨论集》，博尔赫斯著，徐鹤林、王永年译，上海译文出版社，2015年版。

斯艾利斯的特色",所以"经过这么多年之后,我才找到了以前没有找到的东西"(424)。博尔赫斯的结论是"出色的阿根廷作家所做的一切都属于阿根廷传统",同时他说:

> 我们应该把宇宙看作我们的遗产;任何题材都可以尝试,不能因为自己是阿根廷人而囿于阿根廷特色:因为作为阿根廷人是预先注定的,在那种情况下,无论如何,我们总是阿根廷人;另一种可能是,作为阿根廷人只是做作,是一个假面具。
>
> (426—427)

博尔赫斯在非常具体的政治背景下——阿根廷左翼领导人胡安·贝隆首届任期的尾声——提出了这一普遍性的主张。贝隆于1946年当选,倡导民族主义政策,强调阿根廷应摆脱外部势力而取得独立,应促进当地生产以取代昂贵的进口商品。他坚决致力于加强工会并改善工人的生活,但他同时也是一位独裁统治者,扼杀反对派,并且镇压持不同政见的学者与作家。由于博尔赫斯对政权的批评嘲讽令其恼怒,贝隆命令博尔赫斯从原本市立图书馆馆长的职位,"晋升"为布宜诺斯艾利斯公共市场"家禽与兔子检察员"——一项被博尔赫斯拒绝的荣誉。在他的文章《论阿根廷作家》中,博尔赫斯指出:"阿根廷人对地方色彩的崇拜是一种来自欧洲的迷信,民族主义者应当把它作为外来物予以排斥。"(423)博尔赫斯就是以这种讽刺的方式,既表达了一种文学观,又表达了对贝隆党人民族主义的反对。

<162> 另一种非常不同的策略可以被称为"全球本土化"("glocal",英语"global"和"local"的结合体)。这个词最先在1990年代初流行起来,非

政府组织用它来描述"全球视野,本土行动"的主张。在文学中,全球本土化有两种主要的形式:作家可以以全球读者为对象,描写本土的题材,也可以从外而内地强调某个运动或浪潮,把本土表现为全球交流的缩影。一些作品展示出双向的运动,比如在《奥麦罗斯》中,德里克·沃尔科特的父亲给诗人儿子布置了毕生的任务,"浓缩在一幅寓言画中:一艘帆船离开海港,另一艘帆船归来"(沃尔科特,《奥麦罗斯》,72)。

要为全球的读者写作,就需要进行有意识的文化意义上的翻译,也往往产生直接的语言上的翻译。早期的博尔赫斯会期待他的阿根廷读者在踩着米隆加节拍跳探戈的时候留心"cuchilleros"(闹事的人);与此不同,沃尔科特心目中的阅读对象主要是外国读者,他们在读他的诗时,可能对其岛国的习俗和历史一无所知。沃尔科特拥抱圣卢西亚的历史和本土风俗;但他所采用的写作方式教会了读者必要的背景知识,让他们得以理解其诗作。《奥麦罗斯》中到处是斜体字,标记出当地的克里奥尔语词汇,同时被自然地加以解释说明,外国读者很容易就能理解。在这个过程中,他们也逐渐获得了很多关于这个岛屿的历史知识。

沃尔科特的这种对语言和文化的自我翻译,建基于持续了一个世纪的全球本土化写作实践;在这种实践过程中,最初由鲁德亚德·吉卜林开发的技巧不断得到改善。吉卜林得益于大英帝国在全球的扩张,以及日益庞大的美国市场;而且他可能在现代意义上是第一个全球性的作家,从写作生涯的一开始,他所针对的阅读对象就是全世界的读者。吉卜林在1865年生于印度,主要由说印地语的保姆养大,直至六岁被送往英国读书为止。他十六岁回到印度,在《民事与军事报》找到工作,赴拉合尔担任一名记者。在二十一岁时,他出版了自己的第一部诗集

《杂歌集》(1886)，两年后接着出版了《山中的平凡故事》，以及至少五部短篇故事集，它们都是廉价的铁路版本，在印度各地的火车站销售。他描写的对象正是他面向的读者群，他的早期作品充满本土俗语，以及读者会认得的背景，比如他们会知道，英国殖民时期夏都西姆拉最受欢迎的茶舍在哪里（吉卜林，《山中的平凡故事》，6）。

但是，吉卜林已经同时在以本地人和局外人的双重身份写作了。当他在1881年回到印度时，他很快就重拾儿时熟悉的印地语，但是此时他看待自己童年常去的地方又多了一重英国滤镜。随着他的作品很快在全世界获得受众，他开始把自己的本土知识转译给远方的读者。1889年，《山中的平凡故事》在纽约和爱丁堡再版，并首次译成德文。随后越来越多语种的译本出现了，由于英语借助大英帝国在全球扩张，即使不依靠翻译，吉卜林也已经是一个全球性的作家了。1890年，《山中的平凡故事》已经在印度、英国和美国出版多个版本，而且开始拓展到南非、澳大利亚和其他地方，而那时候吉卜林只有二十五岁。

吉卜林很快就熟习如何把解释和直截了当的翻译融汇进叙事中，尤其是在1889年之后，他永远离开印度，先是住在伦敦，然后搬到美国维蒙特，再重新回到英国。比如，他写于1901年的小说《吉姆》，以一段活泼的场景开头，从政治背景和语言上为外国读者做好铺垫：

> 他把市政府的禁令当作耳旁风，悠然地骑在赞赞玛大炮上，铸于砖台之上的这尊大炮正对着古老的阿杰布—格尔——拉合尔博物馆，当地人叫它奇异屋。谁拥有了赞赞玛这条"喷火龙"，谁便拥有了旁遮普，这个绿青铜色的物件总是征服者的第一个战利品。
>
> 吉姆这样做自有他的道理——他刚刚把拉拉·迪那斯的儿子从

炮耳上踢下去，因为是英国人控制着旁遮普，而吉姆正是英国人。①

(吉卜林，《吉姆》，9)

在随后的几页中，吉卜林继续用了好几个印地语词汇，有时候在括号中翻译它们，有时候在下文作解释，有时候通过塑造语境去暗示其意义。

《吉姆》到处都是色彩斑斓的本土细节，我们这位年轻的主角不断在询问和评价它们，这对我们读者也很有帮助。比如，吉姆遇到了一个老妇人，她骑在"一辆装饰华丽的大车，或者叫家用牛车"上，有八个随从的仆人。吉姆看她的眼光，几乎就像一个专业的民俗学家：

> 吉姆挑剔地瞅着这群随从：一半是那种双腿纤细、胡子花白的南方奥里亚人，而另一半身穿粗呢外衣、头戴毡帽，显然是来自北方的山里人。尽管没有听到双方的争吵，这种组合本身的由来已不言而喻。那位老太太要去南方探亲——估计是个阔亲戚，很可能是她的女婿——女婿为了表示敬意派了几个随从。那些山里人才是她自己的亲信——库鲁人或者坎格拉人。显然老太太探亲并没有带女儿，否则帘子肯定会拉得严严实实，护卫也不会允许任何人靠近。好一个性情快活、兴致勃勃的老妇人呀，吉姆暗想。他一手拿着牛粪块，一手拿着熟食，边用肩膀轻轻推着喇嘛往前走。②

(57—58)

吉卜林创造了多个机会，向读者解释本地习俗。吉姆是一个见多识广

---

① 译文参见《吉姆》，[英]鲁德亚德·吉卜林著，耿晓谕、张伟红译，浙江文艺出版社，2018年版。

② 同上。

的、在印度长大的局内人,我们借助他的眼光看印度;与此同时,他又是一个盎格鲁—爱尔兰混血的局外人,有些东西他也需要听别人解释——就像我们一样。在青春期的最后时光,他既是自己国家的儿子,又是成人世界的新人,需要接受各种政治阴谋和把戏的教育。在书中的大部分时间里,他陪伴一个年老的西藏喇嘛,后者善于解释古老的东方思想,但是自己也是个外国人,经常对印度习俗一头雾水,而吉姆则可以向他解释。比喇嘛更加一头雾水的是出现在故事中的很多欧洲人,不光是英国人,还有竞争对手法国人和俄罗斯人,他们都拼命争取在"大博弈"的权力斗争中控制印度次大陆和周边的地区。

  这部小说的博弈中最有趣的参与者是胡里·春德·莫克吉,一个"巴布",即英国殖民当局雇佣的英国雇员。吉卜林曾在诗歌《发生了什么》里用到这个名字;这是一首焦虑又幽默的早期作品,内容是关于允许被信任的当地人使用欧洲武器的危险:

> 胡里·春德·莫克吉,弓形巴扎的骄傲,
> 本地新闻出版商"Barrishter-at-Lar"的所有者
> 等待政府允许佩戴
> 沉重的军刀,成对的步枪。
> ……
> 但是印度政府,一直热衷于取悦他人,
> 还允许如此恐怖的男人——
> 亚尔·马霍默德·约苏伏札伊,去杀人或偷窃,
> 来自比坎尼尔的赤姆布·辛格,比尔人坦蒂亚;
>
> 玛里的酋长,基拉尔·汗,锡克教徒约瓦·辛格,

>   努比·巴克什·潘贾比·贾特，阿卜杜·胡奇·拉菲奇——
>   他是瓦哈比人；最后，小波·赫拉-奥
>   占了该法案的便宜———也拿了一把史奈德步枪

很快莫克吉就消失了，显然是因为他的武器而被杀的。这首诗如此作结：

>   莫克吉后来怎样了？ 去问马霍默德·亚尔
>   他推着湿婆的神圣公牛穿过弓形巴扎。
>   去跟平静的努比·巴克什交谈——质疑陆地和海洋——
>   问印度国会议员——总之别问我！
>
> （吉卜林，《诗全集》，14—16）

跟他的其他早期作品一样，吉卜林认为他的读者都会知道本土的地名（比如，弓形巴扎是加尔各答中心区的一条主干道）；他也跟身边英国社群的人一样，对1857年那场差点推翻英国殖民统治的印度民族起义感到紧张焦虑，担心会有新的动荡出现。他对印度民族和文化多样性的兴趣，仅限于说明这个国家实在太复杂，本地人实在太不可信赖，以至于由印度教徒操控的印度国民大会也无法管治；这个机构在1885年成立，让印度人能够参与讨论政事，并最终走向独立。

十五年后，小说《吉姆》中的胡里·巴布，则完全是一个复杂得多的人物。如果吉姆只是一个空头的印度社会民俗学家，胡里则把握住每个机会，进行真正的民俗学观察。他以一种科学的激情去追求自己的这份爱好；他最高的理想是要成为英国皇家学会的会员。鉴于他在殖民地的身份，这个梦想是不可能的，甚至是荒诞的。但是，吉卜林并没有像在早年的诗歌中那样，嘲讽胡里的虚荣，而是把这个不现实的梦想变

成一个纽带,联系胡里和英国的间谍头子克莱顿上校,因为"在他的内心深处,也有一个理想,就是能在自己名字后面加上 F. R. S.[①]……所以克莱顿笑了,因为这种共同的渴望,他对胡里看高一眼"(吉卜林,《吉姆》,147—148)。

胡里·巴布的民俗学才能为他的政府工作提供了帮助,让他得以洞察印度人和欧洲人的举止习惯和动机。他尤其擅长通过扮演倒霉又容易激动的东方人,在欧洲人面前掩盖自己的真实动机。在一个关键的场景中,他扮成一个喝得烂醉的、"极为叛逆的"、英国压迫的受害者,成功愚弄了两个外国间谍。这两个外国人完全被他的表演骗到了:

"这个人一定是来自本地的",两个外国人中高个子的那个说。"他就像一个维也纳信差的噩梦"。

"他是一个微缩版的、处于中间状态的印度——东方和西方相结合的、怪异的多元主义。是我们才能应付得了的东方人"。

(198—199)

吉卜林经常被简单地看作《白人的负担》这首充满殖民主义诗歌的作者,但是他也有另一面:在这里,他坚定地站在了文化多元主义的立场上;只有在那个自以为是、充满偏见的俄国间谍的眼中,这种立场才是怪异的。后世的很多英语世界作家往往鄙弃吉卜林的政治观,虽然这不无道理,但是他们也得益于吉卜林,因为他发明了各种策略,把驳杂的英语融为一种独一无二的语言,而这些作家只是在他的基础上做完善或颠覆。这种语言,可以恰当地被称为"吉卜林语"。

[①] F. R. S., 英语 Fellow of the Royal Society(英国皇家学会会员)的缩写。

全球化的伊斯坦布尔

<166>

吉卜林为一个全球性的读者群写作本地的题材，而其他作家则选择相反的"全球化本土性"——把全球性带进本土。作家奥尔罕·帕慕克成长于1970年代的土耳其；他在这种全球化本土性中找到了一个办法，去处理现代土耳其在世界中模棱两可的状态。长时间以来，土耳其都是奥斯曼帝国的核心，这个帝国掌控了中东和东欧的大部分地区。然而到了19世纪末，这个帝国正在萎缩，而且面临动荡；而土耳其的政治领袖和知识分子则开始重新思考土耳其的状况。1920年代，在穆斯塔法·科马尔·阿塔图克领导下，土耳其加快了西化进程，开始建立西式军事、管治和教育体系，甚至把它的写作系统从阿拉伯文字改换成拉丁字母。伴随这些文化上的改革而来的是文学领域的变迁：越来越多的土耳其作家开始写作小说，引入欧洲的写实主义和现代主义来探索土耳其社会，以及这个更新中的国家与广阔的外部世界的互动。

鲜有土耳其作家比奥尔罕·帕慕克更加专注于表现这种互动所具有的模棱两可的特质；作为一个小说家，帕慕克的观念和文学风格都是彻底国际化的，但是他选择的素材又是绝对本土的。帕慕克在他的故乡伊斯坦布尔找到了土耳其双重身份的绝佳写照——这个城市被博斯普鲁斯海峡从正中央分为欧洲大陆和亚洲大陆两半。在一系列的小说以及回忆录中，帕慕克思索了一个现象，即土耳其总是渴望成为别人；他的小说人物恰恰表现了这个主题：他们在不断转换、融合甚至丧失自己的身份。

在1990年的小说《黑色之书》中，一个叫耶拉的记者消失了。可能是有人被他的文章激怒了，然后把他杀害了——他的文章以嘲讽的语气探讨伊斯坦布尔的各种传统，以及它那令人困扰的现代性——又有可能他是与堂弟卡利普的妻子如梦私奔了。卡利普想找到耶拉失踪的线索，于是翻阅他写过的报纸专栏，其中一篇提到他去探访了一个地下室，那里堆满了诡异的时装模特人偶。它们的制造者叫班迪·乌斯达，他的儿子把人偶给耶拉看，并说道："让我们得以成为我们的那些特殊的东西，就埋藏在这些怪异而布满灰尘的造物里。"（帕慕克，《黑色之书》，61）班迪·乌斯达的作品不是一般的人偶，而是黑社会、裁缝、学者、乞丐、还有孕妇，但是真正让它们与众不同的，是它们的姿势。班迪花了无数个小时在咖啡店里观察伊斯坦布尔日常生活中人们的各种微小姿态，然后把这些举止都融进他的作品里：人偶们以精确的土耳其方式做出点头、咳嗽、穿大衣或者揉鼻子的动作。

<167> 　　班迪·乌斯达的这些足以欺骗眼睛的杰作，正在他的地下室里堆积着灰尘，因为没有任何一间百货商场想要它们："因为它们不像我们想要模仿的欧洲模特，它们像我们自己。"（61）一个负责给人偶模特打扮的职员赞叹于班迪·乌斯达的巧手，但仍是坚定地拒绝了他：

> 他说，理由是，土耳其人不想再做土耳其人了，他们想变成完全别样的东西。这就是为什么他们跟从所谓的"衣着革命"，剃掉他们的胡子，改革他们的语言和字母。另一个没那么喋喋不休的店员解释道，他的顾客不是在买衣服，而是在买梦想。把他们吸引到他店里来的，是变成会穿这种衣服的"他人"的梦想。
>
> （61）

当然了，即使在英国的哈洛德百货公司和美国的梅西百货，店员们也一样不会展示咳嗽的乞丐，或者被购物袋压着的、愁眉苦脸的主妇；西方的顾客也一样会为优雅的梦想而打开钱包。这些人偶真正让耶拉感到不安的地方，在于一些很具体的细节：他认识的人已经不再使用这些在几年前被班迪·乌斯达记录下来的举止了。几年间，外国电影如潮水般涌入，吸引了伊斯坦布尔居民的注意力，以致他们抛弃了以往的举止姿态，而接纳银幕上的动作。现在，"他们做的每一个动作都是在模仿"，整个国家的电影观众都在练习"银幕上的那些新式笑容，更不用说他们打开窗户、踢门、拿着茶杯和穿大衣的方式和姿势了"（63—64）。耶拉被这个发现震惊了，意识到这些蒙着灰尘的人偶其实是"正在哀悼其失去的纯真的神灵……受着折磨的苦修士，渴望但是无法成为他人，以及不幸的、不曾做爱的情人，永远不同床，最终互相残杀"（64）。

在一篇题为《什么是欧洲？》的文章中，帕慕克对土耳其身份这个问题进一步展开讨论。他说："对于像我这种居住在欧洲边缘、充满不确定性、只能靠书本陪伴的人来说，欧洲永远是以梦的形式存在的，是一个未来的幻象；一个有时候使人渴望、有时候使人惧怕的幽灵；一个有待实现的目标，或者一种危险。一个未来——但从来不是一种记忆"（帕慕克，《其他颜色》，190）。帕慕克的著作探讨了西化对身份与文化记忆带来的挑战，其中最有说服力的是《我的名字叫红》（1998）。这部小说的背景设置在1590年代，聚焦于两派艺术家的冲突：一派忠实于波斯艺术传统风格的细密画家，另一派则尝试采用西方的写实透视风格。就像卡尔维诺笔下悬于网上的城市一样，君士坦丁堡在撕扯中达至平衡，一边是亚洲，一边是欧洲。人们坐在来自印度的地毯上，用通过葡萄牙进口的中国茶杯喝茶，生活在中东的过去与西方的未来之间。

在这张不同文化互相碰撞、起伏不定的网络中，意大利风格的绘画开始取代伊斯兰艺术的伟大传统，而人们也开始被一种新观念吸引，即肖像可以传达人的个性（一种新的、西方的价值观），而不再仅仅是某种人物设定和地位的宽泛、模糊状态。坚守传统的人则对此表示反对。一个讲故事的人，让画中的一棵树宣布，对自己没有被采用新的写实风格画出来感到非常满意："我感谢阿拉，我这棵在您面前卑微的树，没有被以这种意图画出来。这不是因为我害怕全伊斯坦布尔的狗，都会以为我是一棵真的树，于是在我身上撒尿：我是不想成为一棵树，我想成为树的理念。"（帕慕克，《我的名字叫红》，51）

历史站在了西化的写实主义者这一边，而如果这些细密画家只是努力做到比他们崇拜的意大利画家更加意大利化，那么他们永远不会成功。《我的名字叫红》中包括了一段谋杀案情节，苏丹的细密画家中隐藏着一个杀人凶手，而且是一个主张西化的人，他杀掉反对新风格的对手。但是最终他意识到他秘密画出的杰作——一幅意大利风格的、打扮成苏丹形象的自画像——根本就是一个败笔，是对把握得很差劲的技巧的拙劣模仿。"我感觉像魔鬼，"他承认，"不是因为我杀了两个人，而是因为我的肖像居然以这种风格创造出来。我怀疑我是为了画出这幅画而除掉他们的，但是现在我所感到的孤立真的令我恐惧。模仿弗兰克大师，却没有达到他们的技艺水平，让一个细密画家更加彻底地沦为奴隶"。（399）

就像《黑色之书》中的人偶一样，这个杀人的细密画家最终变成了一个放逐者，被撕扯于两个世界之间，却不属于任何一个。《我的名字叫红》同时也是一部绚烂多姿的作品，充满了各种崇高和低俗的喜剧，而这一切又都被笼罩于无法实现的爱情与文化向往所带来的痛苦孤独感之下。帕慕克的小说本身，其实就是对它所提出的尖锐问题的最佳答案：它是一个繁杂而又有活力的综合体，重新创造了那个已经消逝的奥斯曼帝国的过往。帕慕克广泛运用西方小说的技巧，同时也把它们变幻成新的形式；他把这本书分为五十九个短章，每一章的标题都宣告了它的叙述者："我是黑色""我是谢库瑞""我是一棵树"。这些短小的自画像互相编织，构成一部磅礴的历史小说。

与博尔赫斯一样，帕慕克面对西方文化和面对自己的国家，都有一种完全的自由自主性。一篇题为《马里奥·瓦格斯·略萨与第三世界文学》的文章，读起来就像帕慕克的自画像："如果有什么东西能定义第三世界文学的话"，他说，那就是"作家意识到他的作品，是远离这门艺术——小说的艺术——的中心的，而作家又把这种距离感反映进他的作品中"。但是，这对于作家来说远不是一个弱点：

> 这种作为局外人的自觉，把他从对原创性的焦虑中解放出来。他不需要与前辈们进行各种激烈的竞争较量，以找到属于自己的声音。因为他在探索新的风景，接触那些从来未在自己文化中被讨论过的主题，并且往往会发展出来自远方的、正在形成的新读者群，这也是过去在他的国家从未出现过的。这一切，赋予了他的写作特有的原创性、真实性。
>
> （帕慕克，《其他颜色》，168－169）

帕慕克的重点，在于作家可以把外来的技巧运用于本土，由此开拓出过去的本土作家未曾踏足的路径。通过这种方式，一种本土化的全球性既塑造了作品，也塑造了它的各个主题。

在这个过程中，帕慕克超越了主张西化的杀人凶手和那棵坚守传统的树心目中非此即彼的选择。他同时生活在奥斯曼帝国的过去，也生活在后现代的当下，正如他既住在伊斯坦布尔，也住在国外；既在小说中，也在小说之外。作为对这种双重身份的直接表达，帕慕克在《我的名字叫红》中加入了一个名叫奥尔罕的男孩,他是书中女主角谢库瑞的儿子;而谢库瑞也是帕慕克母亲的名字。在小说的结尾,谢库瑞把她的故事遗赠给儿子,希望他能将它变成一个动人的故事;但她同时也提醒我们,不要把它太当真:"为了讲一个好听又令人信服的故事,奥尔罕从不会介意讲任何大话。"(帕慕克,《我的名字叫红》,413)

两个国家之间的全球化

"全球"总是被拿来与"本土"相对应,就像生活在家和生活在国外的对应关系。但是,当代全球化进程的一个主要效应,正是把"家"这个概念本身变得复杂了。个人的和群体性的移民逐渐通过手机、互联网和飞机旅行构筑起纽带,积极地维护两个距离遥远的社群。仍然有作家永久性地移民,就像以前的詹姆斯·乔伊斯、玛格丽特·尤瑟纳尔和弗拉基米尔·纳博科夫那样。但是,正如我们在德里克·沃尔科特身上看到的那样,越来越多的作家把时间分置在两个甚至更多的地方,积极地参与到相距甚远的不同社群中,而且他们的写作也往往既描写这些社群,也以其中的人作为目标读者群。

一种双国籍的视角体现在胡利奥·科塔萨尔写于 1963 年的具有开创性的小说《跳房子》的结构中。一开始的部分题为"来自另一边"(Del lado de allá),地点设置在巴黎,科塔萨尔在那里居住了很多年;随后的第二部分"来自这一边"(Del lado de acá),设置在布宜诺斯艾利斯,那是科塔萨尔成长的地方,也是小说最初出版的地方。最后的章节题为"来自其他各个地方"(De otros lados)——这是一组"可弃置的章节",在整个叙事中处于不确定的状态。这种一分为二的结构中又穿插了另一个"备选的"结构。小说的一百五十五个有编号的章节可以按顺序阅读，但是序文中的一段说明又邀请读者以非常不同的顺序，跳着读整个文本；这个顺序在书的开头被勾勒出来，以不同的方式展示了科塔萨尔那些漂泊的人物的发展。

三十年之后，萨尔曼·拉什迪也在他的故事集《东方，西方》（1994）中采用了这种双国家结构。像《跳房子》一样，这本集子也分成三个部分。"东方"标题下的三个故事设置在印度，"西方"标题下的三个故事设置在欧洲；而"东方，西方"标题下的三个故事，则涉及两个大陆之间来回往复的旅行。在整部故事集中，拉什迪狡黠地糅合写实与幻想，两者并不总是能被清楚地区分。"东方"部分的其中一篇题为《先知的头发》，讲述了一个似乎是纯属虚构的故事：一个装着先知穆罕默德一撮胡子的玻璃瓶，被人从印度斯利那加的哈扎拉巴尔神庙偷走了，由此引发了大规模的骚乱。放债者哈辛偶然见到了这个玻璃瓶，他平静的生活从此被彻底打破。"仿佛受了这件被挪置的先知遗物的影响"（45），他突然变得极其虔诚，而且开始不受控制地对家人说出难听的真话，甚至导致了致命的后果。这件圣物带来的唯一好处，是哈辛的盲人妻子神奇地恢复了视力。

这个故事的魔幻现实主义是建立在非常具体的现实中的。装着先知胡子的玻璃瓶，的确曾经在 1963 年 12 月 26 日从哈扎拉巴尔神庙里被偷走了。由此引发了当地大规模的抗议，几万人上街游行。当局组建了一个"大众行动委员会"，尝试找回这件圣物，总理尼赫鲁还为此事做了全国电台广播。几天之后，这件圣物被寻回了。拉什迪根据此事创作了这个故事，并不是选择了什么琐碎的事件：它彻底暴露了克什米尔穆斯林的忧虑；他们觉得自己的文化正在被当地占大多数的印度教徒围攻。仅仅在几周之后,大众行动委员会就促成了查谟和克什米尔国家解放阵线的建立,为建立独立和统一的克什米尔开展武装斗争。

这个故事除了具有公共性、政治性的潜台词,也有一个更加个人化的面向。拉什迪1988年的小说《撒旦诗篇》以非常不敬的方式描写了先知和他的妻子们;这深深地冒犯了穆斯林,引发了大规模的抗议。伊朗的大阿亚图拉阿里·哈梅内伊认为拉什迪必须要对他笔下人物的信念与梦想负责,于是下达了一道宗教命令,宣判拉什迪死刑,并承诺重赏行刑者。拉什迪写作《东方,西方》期间躲藏在英国,受到警方保护,而好几个故事也折射出他的处境。在《先知的头发》中,放债者哈辛是一个收藏家,热衷于收藏各种零碎庞杂的东西,就像小说家拉什迪自己一样:

<171>

> 书房里的一切都显示了他有收藏癖:装满了被刺穿做成标本的古尔玛格蝴蝶,用伟大的扎姆—扎玛枪熔化后的金属铸成的三打小型大炮,无数支宝剑,一支那加的矛,九十四个车站月台上经常有售的赤陶土做的骆驼,以及无数个檀香木刻的小玩具娃娃,这些玩偶本来是用来让小孩洗澡时玩的。
>
> (43—44)[①]

哈辛以为他可以把这个玻璃瓶当作一件漂亮的物品,就像他的其他藏品那样:"自然,我想要它不是因为它宗教上的价值:我是个世俗的人,属于这个世界;在我眼里,它纯粹是一件世俗物品,罕见珍奇,有着炫目的美——总之,我想要的是瓶子,而不是头发。"[②](44)但是他错了:

---

① 胡亚敏译:《世界文学》,2001年第5期,第174页。
② 同上书,第174—175页。

他很快就发现,他不能把形式看得高于内容、把美看得高于意义,这会为他和他的家庭带来代价。在个人和政治的双重语境中,《先知的头发》是一把双刃剑,探索作者以自我为中心的世俗主义,以及原教旨主义者自以为正确的愤怒。

《东方,西方》最后一部分的核心故事《契诃夫和祖鲁》,把二元对立性直接写进了它的标题里。但是这个故事完全不是关于俄罗斯人和非洲人的。相反,标题中提及的人物是两个为英国情报机构服务的印度雇员——也可以说是吉卜林笔下胡里·巴布的现代版。这两个雇员喜欢幻想自己在扮演《星球大战》中的角色,虽然他们修改了日本人苏鲁先生的名字。"祖鲁是个更好的名字,听起来更像一个野人,"契诃夫说,"这个名字适合一个野人嫌疑犯,适合一个被认为是叛徒的人。"(153)他和祖鲁常常把他们的经历放置在《星球大战》的框架里。祖鲁潜入一个锡克教的分离组织中;当他身处险境时,给契诃夫发了一个紧急信息:"把我传输出去。"(166)

在此之前,祖鲁曾经在伯明翰执行秘密任务的时候消失过,那是在时任印度总理英迪拉·甘地于1984年被刺杀后不久,行凶者是她身边的锡克教保镖。故事开始时,印度正派遣契诃夫到祖鲁在伦敦近郊的家中调查。契诃夫与"祖鲁夫人"之间的交谈,是一段印度式英文对话的幽默杰作,但是它也暴露出她的丈夫可能参与了锡克教徒的某些不可告人的活动:

> "这地方弄得不错啊,祖鲁夫人,哇哇。有品位的装饰,黑桃形状的。这么多花式玻璃!那个暴发户祖鲁一定是收入很高了,比我这只聪明的狗多得多。"

<172> "不，怎么可能呢？副总的收入绝对要比保安主任高得多。"

"嗯，我不是怀疑什么。只是说你一定很厉害，能找到最好的人。"

"但是这有问题，不是吗？"

（149）

在这里，英语和印地语的句式和语汇随意杂糅，而且不再像吉卜林那样用斜体标出，或者被翻译过来；这种写法把读者带进人物的双重文化生活中。随着交谈的展开，我们了解到，这两个朋友从上学的时候就开始用外号，把自己比作《星球大战》里来自五湖四海的星际探索者："无畏的太空外交家。我们历时多年的任务，是去探索新的世界，新的文明。"（151）契诃夫指出，他们在《星球大战》中的对应角色"不是那些领袖们——我相信这一点你一定能理解——而是终极的专业服务者"。然后他补充道："我们不领导，我们实现。"（151）如果说康拉德和乔伊斯式的现代主义高级形态，给予德里克·沃尔科特一种进入更广阔世界的可能性，那么在拉什迪这里，全球化的流行文化则对他的角色起了同样的作用。

但是，全球化的图景永远不是平面化的、同质的。契诃夫和祖鲁还在印度上学的时候就开始迷上《星球大战》了，但他们不是通过原版的电视连续剧接触到它的；契诃夫回忆道："你知道，根本连电视机都没有。那玩意儿只是个传说，从美国和英国流传到我们可爱的山城台拉登。"（165）对于拉什迪笔下的人物来说，这个新自由主义的宇宙飞船的探险故事只是一个传说，就像对于加勒比海岛上的德里克·沃尔科特而言，乔伊斯和康拉德的生平只是传说一样。既然无法看到电视剧，他们就看"几本便宜的改编故事书"（165）。值得注意的是，他们就读于杜恩公学，那是一所精英化的英式学院，在英国殖民地时代的末年创立，用以培养未来的印度政治家和公务员。拉什迪的印度读者当然知道，这个学校最有名的校友正是英迪拉·甘地的儿子桑贾伊和拉吉夫。

在他们的成年时期，契诃夫和祖鲁在英国和印度之间来回穿梭，从事政治工作和间谍活动。在故事的结尾，契诃夫深陷英国与印度政府共谋的镇压活动中；当塔米尔分离主义者刺杀了拉吉夫·甘地之后不久，契诃夫也死于一次爆炸。在他生命的最后时刻，契诃夫想到恐怖在全球蔓延，不无讽刺地用关于进口—出口的词汇对此进行描述：

> 因为时间已经停止，契诃夫得以私底下说出他的好些想法。他注意到："这些塔米尔革命者不是从英国回来的。所以，最终我们还是学会了本土制造，而不需要进口了。在晚宴上做旁观者的时代，从此一去不复返了。"然后他没那么干涩地接着说："悲剧不是在于一个人如何死去，而是在于一个人如何生活。"
> （170）

<173>

而祖鲁则被印度政府激怒，因为他们用恐怖主义的威胁作为镇压锡克教的借口。到这一刻，祖鲁已经辞去了政府的职位，定居在孟买，担任两个私营保安公司的主管。他把两个公司分别称为"祖鲁盾"和"祖鲁矛"；与过往不同，他现在是直接向南非的祖鲁人致敬了，他们先是抵抗荷兰殖民者，再与英国人作战。于是，未来主义的幻想和帝国的历史——《星球大战》和布尔人①大迁徙——在祖鲁先生的拥有双重文化的孟买融为了一体。

---

① 布尔人，南非境内的荷兰、法国与德国白人移民后裔。

孟买是萨尔曼·拉什迪的出生地；他从1947年出生后一直在此居住，直到印度独立，他的家庭不得不接受其带来的国家分裂的后果，移居到作为独立国家的巴基斯坦。从那里，拉什迪移居英国上学；在回到巴基斯坦待了一段时间后，他感觉格格不入，又回到了伦敦。他的第二部小说《午夜之子》使他在1981年变得驰名世界。拉什迪在英国住到2000年，然后再次迁移到了美国。跟吉卜林和科塔萨尔一样，拉什迪既为故乡的读者写作，也为国际读者写作。就像他之前的移民作家一样，对于他来说，即使"家"这个概念也变得含混。1982年，拉什迪写了一篇文章，反思《午夜之子》在全世界的突然成功；他描写了自己如何在多年之后回到孟买那个早已失去的家乡，然后又在小说中重构他的早年生活，虽然他知道自己的记忆早已经碎片化、飘忽、不确定。其中有一句意味深长的话："印度作家在回望印度的时候，是透过被负罪感过滤的有色眼镜的。"（拉什迪，《想象中的故土》，17）他接着说："我们的身份既是多元的，又是残缺的。有时候，我们觉得我们跨在两个文化之间；有时候，我们又好像两头不到岸。"但他还是认为，虽然这种双重身份带来了很多沉重的负担，但它对作家还是有益的："如果文学的其中一个任务是要找到新的角度去进入现实，那么我们的距离、我们宽广的地理视野，正好可以为我们提供这种角度。"（17）

第二代移民的小说

移民视角的又一个折射，发生在他们的后代身上：移民的子女回望父母的经历，并尝试理解父母的"故国"；这是一个与他们自己生长的国家非常不同，却又一直存在的意象。钟芭·拉希莉在她的故事集《医生的翻译员》(1999) 中对这些问题给出了动人的回应。这本故事集获得了普利策奖。拉希莉的父母从西孟加拉邦移居到英格兰之后，她在1967年生于伦敦；在她两岁时，一家人又移居美国罗德岛，父亲在那里的学院找到一份图书管理员的工作。前几代的移民往往与他们的故乡没有什么联系，但是拉希莉的母亲希望她能与在印度的大家庭建立联系。于是在她长大的过程中，他们频繁往返于孟加拉，所以她能体会到这种联系，但这也是有距离的。

像拉什迪的《东方，西方》一样，拉希莉的《医生的翻译员》由九篇故事组成，其中一些场景设置在印度，其他则在美国。但是这里的比例不一样了：只有三篇故事发生在印度。她的人物往往都是长居于美国；他们本身不是移民，而是移民的后代。但是他们的生活仍然处于试探性的、悬置的状态；这一点能在开篇的《一件临时的事》中看出来。故事讲述一对年轻的夫妇索芭与丈夫舒库马尔，他们分别在亚利桑那州和新罕布什尔州长大，然后在麻省的剑桥相遇。当时他们在参加一群孟加拉诗人举办的朗诵会，但是两人都觉得很无聊，因为他们不太能听得懂诗人们说的孟加拉语言。

拉希莉通过锐利的观察描写出各种细节，它们构成了索芭与舒库马尔的双文化生活，比如橱柜中的印度香料和意大利面条。拉希莉在波士顿大学获得文艺复兴戏剧领域的博士学位，而这个故事读起来正像一部独幕剧，舞台布景就是这对夫妇在公寓中的家庭生活；他们的第一个孩子胎死腹中，他们在悲伤中挣扎。他们无法表达的感情，在几个烛光夜晚中涌起，当时他们所处的居民区停电了——这就是标题中所谓的"临时的事"——看起来，他们的婚姻也是临时性的。

这本书的主要内容同样是关于第二代印度裔美国移民的，他们或者在美国，或者在访问印度；不过在最后一个故事《第三个和最后一个大陆》中，拉希莉以小说的形式描写了自己父母的移民经历。故事以一个年轻孟加拉男人的第一人称叙述，他从伦敦移居美国麻省的剑桥，在麻省理工学院担任图书管理员。他描述了自己如何适应不平常的经历，而它们又是与饮食和家庭生活相关的："那时候我还没有吃过牛肉。即使买牛奶这种简单的事情也是新鲜的——在伦敦，每天都有装在瓶子里的牛奶送到我们家门前。"（拉希莉，《医生的翻译员》，175）在到美国之前，他曾经去过加尔各答，他父母在那里为他安排了一门婚事；随着故事的展开，他开始有点紧张地等待妻子的到来，那时候他们还没开始婚姻关系。他租住在一位叫克罗夫特夫人的老太太家中，住在其中一个房间里，为妻子的到来做准备；然后他租下了一间小公寓，他的妻子来了之后，开始了尴尬的适应过程。他们在一起的头几个星期，关系很紧张，他发现自己无法对妻子有任何真的感情。看起来这个婚姻将要失败，直到他带妻子去拜访克罗夫特夫人，后者宣布，他的妻子是"一位完美的女士"。叙事者说："我愿意相信，从我们在克罗夫特夫人客厅的那一刻起，我和玛拉之间的距离开始缩短。"（196）

《医生的翻译员》可以被看作对拉什迪《东方，西方》的一个回应，甚至是一个批判。魔幻现实主义被居家的写实主义取代了，后者的表达方式是低调的雄辩，而非宝莱坞式的浮夸。与契诃夫和祖鲁这两个未来的"无畏的太空外交家"不同，我们在《第三个和最后一个大陆》中看到的是真实的太空人。叙事者和克罗夫特夫人之间的谈话，不断提到那时候刚刚完成的美国第一次登月之旅："我读到太空人刚刚在宁静之海的岸边登陆，他们的旅程比这个文明历史上的任何一次航行都要遥远。"（179）这次划时代的航行，与叙事者和他的妻子构成了对位关系："像我一样，玛拉远离家乡，不知道她将要去哪里，也不知道她将要发现什么，而这段航程没有别的理由，就只是为了成为我的妻子。"(195)在故事的结尾，这对夫妇有了一个儿子，他到哈佛读书，"当他感到泄气时，我就告诉他，如果我能够在三个大陆上活下来，那就没有任何障碍是他不能克服的。宇航员固然永远是英雄，但是他们只在月球上花了几个小时，而我在这个新世界中已经待了三十年了"(197—198)。在麻省剑桥的这个地球村中，人们既不需要魔幻的圣物，也不需要炫目的科技，就能揭示出各种张力与机会。正如拉希莉的叙事者在故事的结尾——也是整本书的结尾——所说的那样，"有时候，我被自己走过的每一公里、吃过的每一顿饭、遇见过的每一个人、睡过的每一个房间所迷惑。无论它们看起来有多平凡，有时候它们会完全超越我的想象"(198)。

多重国籍对文学的影响

双重国籍影响下的小说往往会向多国籍的规模延伸。这种延伸可以跨越很多边界，也可以在单个地点内探索多民族性；又或者一个社群中可以有多种阅读消费品，是由跨国公司在全球范围内发行的。过去的国家之间乃至帝国之间的竞争，又在这种新形式的全球关系中重现；理解他们的内在规律，可以帮助我们在眼花缭乱的全球化小说中找到方向。

日本和美国曾经在军事上竞争，后来则转到了经济领域；这个大背景笼罩在村上龙1997年的小说《在味噌汤里》之中；小说的主要人物是一个翻译员和导游，服务那些为了购买性服务来日本的国际游客，其中主要是美国人。与奥尔罕·帕慕克的伊斯坦布尔相反，村上龙的东京居民完全没有成为别人的欲望；的确，"日本根本对外国人不感兴趣"（村

‹176›

上龙，《在味噌汤里》，10）。故事的叙述者健二指出，这种与外界隔绝的态度可能有点可惜，但是它为自己的生计提供了基础：日本蓬勃的性服务行业主要针对国内消费者，于是不说日语的外国人就需要专门导游的帮助了。健二正是提供这种服务的，而且价格不菲。

虽然日本人可能不怎么关注外国人，但是日本却又到处充斥着全球化的消费主义，从生产到消费都是如此。美国是日本模仿和交流的焦点；当地媒体会报道日本棒球手野茂英雄参与的每一场洛杉矶道奇队的赛事，甚至实时更新迈克尔·杰克逊打高尔夫球的新闻（13）。在小说中，日本消费者把美国看作他们梦想中的巨型购物中心；当一个美国人夸奖一个日本妓女的英文时，她就说：

"不！我希望能说得更好，但很难。我想赚钱，然后去美国。"
"噢，真的吗？你想去那里上学？"
"不要上学！我很笨！不，我想去耐克城……一座大厦，很多耐克店！……我朋友跟我说的。她去耐克城购物，买了五双，不——十双鞋！那是我的梦想，去耐克城购物！"

（20）

美国文化无所不在。这在小说的标题中就已经被表明了：它用的是假名注音，虽然是指味噌汤，但读起来又像英文的成语"in the soup"（意指"有麻烦"）。东京到处都是使用美国和法国名字的商店，但又跟它们的原意和语境毫无关系。在小说中唯一意识到这一点的是健二的美国客户弗兰克，他对一家百货公司被称为"时代广场"感到奇怪。他抗议道："时代广场叫作时代广场，是因为那里有《纽约时报》的纽约时报大厦。但是《纽约时报》在新宿区没有分部啊，不是吗？"他还补充说："日本的确战败了,但那是很久以前了啊。为什么还老是模仿美国?"(28)健二对这样的问题感到困惑,就转移了话题。

帕慕克笔下的土耳其,面对强势的西方,在文化和政治上的态度都模棱两可。与此相反,村上龙把日本和美国看作两个平行对应的社会。日本消费者可能会徒劳地尝试模仿好莱坞明星,就像帕慕克笔下的土耳其人那样;但是美国人自己也一样。在与健二初次见面前,弗兰克说他自己长得很像演员艾德·哈里斯,但是当他们在酒吧见面时,健二发现根本不像艾德·哈里斯——"他长得更像一个股票交易员……我是想说,我觉得他邋里邋遢,让人毫无印象"(6)。

村上龙笔下的多元世界是一个在文化上和情感上都扁平化的空间,在其中,日本和美国这对曾经的帝国竞争对手,已经变得跟对方很像了。对政治冷感的健二在弗兰克身上学了一课;弗兰克告诉他,自己从一个秘鲁站街妓女那里听说,一个黎巴嫩记者曾经对她说过如下的话——这真是跨国的信息流通了——大概的意思是,"日本人从来没有经历过自己的土地被异族人侵占,被屠杀,被驱赶",但是"被侵略、被同化是欧洲和新大陆大部分国家都有过的共同体验,所以这是一种国际间互相理解的基础",而"日本大概是世界上唯一一个未被侵占过的国家了,除了美国以外"(171)。两国的历史曾经互不相干,现在则有了交集:日本和美国都成为跨国公司竞争的参与者,把人们变成了消费者,并造成了类似的结果——隔离、孤独感、蠢蠢欲动的癫狂。弗兰克本身就是这本书中的最佳例子:他假装自己从东南亚进口丰田汽车散热器到美国,但他其实是个没有固定工作的混混,还是个杀人犯,会模仿电影《沉默的羔羊》里的角色,专门针对妓女下手。

这部作品是黑色惊悚小说和社会讽刺的混合体;从头至尾,村上龙都在敦促日本读者，重新思考自己在全球化世界的位置。弗兰克一开始像是个特别丑陋的美国人，但随着故事的展开，他逐渐变成了一个非人化的、具有普遍性的现代性的象征，其背后的真相极其残酷。在小说的结尾处，弗兰克说道："随着社会对人的监视和操控越来越强化，你会看到越来越多像我这样的人。"（204）健二看着弗兰克，既着迷又恐惧——就像康拉德笔下的马洛看着他的客户库尔兹——现在健二的身份已经从导游变成了被引导的那个人。"我无法否认，我的身体和思想被拖进了陌生地带，"他在小说的后半部分承认，"我觉得我像在听一个导游讲述某个未知国度的故事。"（202）正是这个外国游客揭露了东京大都会灿烂的霓虹灯背后，隐藏的那颗黑暗的心。

<178>　　《在味噌汤里》的场景全部设置在东京的各个区域；它是一部采用"全球地方化"模式的跨国叙事作品。但是，一部跨国作品也完全可以采用一种去地方化的模式，不断重复对边界的跨越，直至视觉可抵达的极限。1969年的一部电影的标题喜剧性地采用了这种视域——《如果是星期二，这一定是比利时》。克里丝汀·布鲁克-罗斯的小说《在中间》对于国界线的模糊状态做了引人注目的虚构处理。它的无名女主人公是一名同声传译员，她长期处在飞行旅途中，从一个会议奔赴另一个会议。她总是身处不同国家之间、不同爱情关系之间、不同身份之间；小说也在语言的层面表现了这一点：动词"是"没有以任何形式出现在小说里，而且女主人公从来不使用代词"我"。

　　与卡夫卡、贝克特笔下完全"去本地化"的作品不同，《在中间》包括了英国、法国、西班牙、意大利、德国、波兰、斯洛文尼亚、希腊、土耳其和美国的场景。但是女主人公跨国生活的步伐极快，行为不断在重复，一个酒店房间融进另一个酒店房间：

> 在任何一刻，都可能会有一个伶俐的或者年老的或者脾气不好的或者不再年轻的或者活泼的收拾房间的阿姨，穿着黑色或者白色衣服拿着早餐托盘进来，放在黑暗中的桌子上，拉开窗帘或者打开窗扉，然后用西班牙文或者德文或者希腊文或者谁知道啥语言说早上好，这完全取决于睡在哪里，从什么梦里醒来然后用法文德文英文说谢谢，同时感受到那种消失已久的被提供了自己没有预订的东西的恐惧。
>
> （布鲁克－罗斯，《在中间》，396）

在对外语的使用方面，克里丝汀·布鲁克－罗斯远远超出吉卜林，甚至是拉什迪。她的文本并不是把一种语言（比如印地语）混杂到英语中，而是直接引用超过一打的外语词汇和短语。正如上面的例子显示的那样，一系列的语汇往往反映同一个基本状况，所以这些语汇也是一连串的翻译。不过，在其他时候，女主人公回忆起其他语言中的对话片段，最常见的是法语或者德语。第二次世界大战刚刚结束，她开始从事同声传译的时候，她的第一个老板（很快变成情人）是一个德国人，名字反讽地叫作齐格弗里德（意为胜利与和平），他与获胜的盟军合作，对德国进行去纳粹化，并重新安置难民；从那时起，她就置身于多国语言的圈子中。

这种语言的轰炸把女主人公的迷失状态传递给了读者，但是小说又以英语为坚实的基础，慢慢地，我们开始适应这种令人眩晕的世界。随着我们的女主人公从针灸师大会转到灵智派大会，我们开始享受那些语言混乱造成的引人发笑的瞬间：在西班牙，"la leche"（牛奶）变得色情（也指精液）；而在法国，一个不在身边的情人的欲念（loin）变得遥远（loin 在法语里是遥远之意）。当她在不断的飞行旅途中打盹时，驳杂的语言记忆在她的意识中涌动——比如，当斯洛文尼亚外交部长的法语发言融进了荷兰航空公司关于使用救生衣的说明中，然后又变成了某次在德国乘电梯找厕所的经历（还是法国？意大利？）：

[法语发言]女士们先生们！今天我们来讨论通信的问题，从这个视角来看，暴露出[荷兰语]失去知觉的人[英语]把热气吹进吹气孔全部包裹在玻璃罩中往下，在拔出红色把手之后……但是 R 原来是指餐厅（Restaurant）贴有黑色塑料软垫的墙壁，完全不是一楼的意思。

[德语]请勿进入。私人地方。[法语]您找什么呢，女士？啊，在左边楼下，[意大利语]左边楼下，[德语]一直走然后左边[英语]根据主题时间地点门上有一个裙子扬起的小塑像。穿的可能是高跟鞋而不是平底鞋。

（409—410）

在这个消费主义的世界中，克里丝汀·布鲁克－罗斯的女主人公挣扎着希望找到自己的位置。一则意大利文的洗衣液广告，引起她的质疑："[意大利语]洗得更白！[德语]好好好。比什么更白？我们生活在一个永远处于过渡状态的时代，不断在白与更白之间。好烦。"（419）随着她的旅行在继续，渐渐地，她开始清理自己的记忆，想起自己如何在战火蹂躏的欧洲、在交战中的国家之间长大；她也最终从一系列问题多多的男人那里脱身。她这种不断处在中间的状态往往令人困惑，但她也由此得以逃避固定的女性角色（办公室女孩、妻子、情妇），这些都是她生活中的男人不断期待她扮演的角色，即使她已经超越了任何单一国别身份的限制。

当代小说把全球化视为一股强大的力量，但是其后果也是双面的。全球化模糊了国家的边界，令各种道德观念遭到挑战；与此同时，被压抑的冲突继续以意想不到的方式爆发。但是，它也促进了自由和对自我的重新定义，解构了狭隘的地方主义，并打破了所有的惯性。克里丝汀·布鲁克－罗斯这位坚强的女主人公，可以成为我们的一个模范，告诉我们如何适应这个世界不断拓展的语言、文学和文化的图景。在《在中间》的最后部分，她作为一个自给自足、自立的女人（alleinstehende Frau，在德语里就是"自己站立的女人"的意思）（565）获得了满足；这与她之前的那种依赖他人、漂浮悬置的焦虑状态形成了鲜明的对比。最终，她抛弃了不断乘坐公共航空工具的旅行生活，买了一辆小巧结实的法国汽车，开始了她自己的旅程。她确定自己带上了英国护照，以及土耳其语词典，因为她旅程的第一站是伊斯坦布尔——这往往是中间状态生活的象征（564）。随着她离开小说中的最后一场会议，"传统与创新大会的成员在继续嘟囔着，或许除了'作家在现代世界的角色'的会议参加者"（574），但是她自己，却听到耳边的这些全球化的呓语在逐渐消逝。

<180>

结 语

迈向更远的地方

我们究竟该读什么?

前面的各章节为我们阅读世界文学时遇到的主要问题提供了指引；而其中讨论到的例子也为我们进入这些作品提供了路径，这些方法也可以运用到更多的作品中。但是还有一个更大的问题：在全世界四千多年的人类历史中，无数的文学作品被创作出来，我们如何选择，读哪些作品呢？当然，好的运气总是扮演有价值的角色：朋友的推荐、诱人的书评，或者在一个书店逛上一小时，都可能让我们有惊喜。但是纯粹随意的阅读——就像让-保罗·萨特的小说《恶心》中那个无师自通的人，按字母顺序横扫书架上的各种著作——很快就会让人迷失方向。相对有规划的阅读方法会有助于我们更深入地探索世界文学。

其中一个好办法是从自己最爱的作家那里找建议。我们喜欢的作家看重的作品，我们很可能也会喜欢。劳伦斯·斯特恩在《商第传》中说，"我亲爱的拉伯雷，还有更加亲爱的塞万提斯"（169）。任何读者如果被斯特恩的自我反省式的恶作剧吸引，或者被托比叔叔因战争而受创的生活中透出的忧伤所感动，那么他们也很可能会享受《巨人传》和《堂吉诃德》。追踪影响和改编的路线也能为我们提供前后协调的方法，以探索宏观的文学运动或传统。普里莫·莱维或者詹姆斯·乔伊斯会把我们引回到但丁身上，然后从但丁到维吉尔、从维吉尔到荷马。奇努阿·阿切贝的《瓦解》的标题本身，就已经宣告了这位尼日利亚小说家与反殖民的爱尔兰诗人叶芝之间共同的主题和情感。阿切贝把叶芝诗作《基督再临》的相关诗句作为小说的开篇引语，这种做法也强调了二人的联系。

除了直接的文学引用之外,如果你被某个时代、某个地方的某个作家所吸引,那你很有可能会想看看,在同一个时空中是否还有更多这样的作家令你喜欢。有时候,一部杰作在它的时代和创作地点中几乎是鹤立鸡群的;但更常见的情况是,一位伟大的作家是一整个富于生气的文学氛围的产物。任何被索福克勒斯吸引的人,都同时会被埃斯库罗斯和欧里庇得斯深深震撼;而迷恋杜甫抒情诗歌的人,会在探索其他唐代诗人如韩愈和李白的过程中获得各种乐趣。这种对某个传统的进一步阅读,也会反过来帮助你更好地把握最初所爱,澄清是什么东西令索福克勒斯或者杜甫与众不同,也能揭示出他们所处的文学传统的总体面貌。

<182>

要想获得更多的发现机会,其中一个方便的路径就是广泛阅读各种选集,它们能为一个大传统提供较易把握的宏观认知,也给予我们一块踏脚石,去做进一步的探索。现在可见的三部六卷本的世界文学选集,分别由诺顿(普赫纳等编)、贝福德(戴维斯等编)和朗文(达姆罗什等编)出版;它们包含了丰富而又经过慎重挑选的作品。也有选集聚焦于某个文类;尤其有用的是几部优秀的诗歌选集,比如瓦什伯恩、梅杰和法迪曼所编的《世界诗歌》,J. D. 麦克拉奇的《当代世界诗歌精品》,以及杰弗里·佩恩的《我们的世界之诗》。其他选集专注于某个地区,比如巴萨姆·弗朗吉的《从前伊斯兰时期到当代的阿拉伯文学、文化和思想选集》、罗伯特·埃文的《夜与马与沙漠:古典阿拉伯文学选集》、唐纳德·基尼的《从古代至19世纪中叶日本文学选》、哈若·施让尼的《早期现代日本文学选集,1600—1900》,以及宇文所安的《1911年以前中国文学选集》。古代近东地区的文学曾经散落在各种专门类型的出版物

中，现在也可以在多个优秀的译本中读到：W. K. 辛普森的《古埃及文学：故事、说明书、碑文、自传和诗歌集》、本杰明·福斯特的《缪斯之前：阿卡迪亚文学选》、斯蒂芬妮·达雷的《美索不达米亚神话》等。在选集之外，企鹅经典文库也为我们阅读世界各地的文学提供了无可比拟的丰富选择。而海尼曼非洲作家系列则包括了来自二十多个非洲国家、超过六十个作家的作品。

海尼曼的网站有各个作家的传记，而朗文、诺顿和贝福德的选集也有专门的网站，提供各种背景资讯。一个规模宏大的现代文学网站，名为"语言无国界：国际文学网上杂志"（wordswithoutborders.org）。纸媒出版物《当代世界文学》也是一个优秀的资源，让我们认识世界各地的新作家。

<183> 越来越多的大学和学院提供世界文学课程，既有传统模式的课堂教学，也有网络课程。通常，一个学期或一个学年的基础课为学生做初步介绍；在此基础上，学生可以选择各种比较文学和世界文学的课程。基础课可以有各种组织形式；有时候，同一所学校的不同教授会采用很不一样的教学方法。一门基础课可以按时间顺序组织，往往逐一聚焦于几个古代的"主流文化"，然后在全球性框架下介绍近代的文化；其他课程则按照文类或主题来组织。有些课程把古代与现代作品并置，比如奥维德的《变形记》与卡夫卡的同名作品。在任何一种方法中，都可以细读某些大部头著作，或者选取各种作品的片段。有时候你可以自行选择这些教学方法各异的课程，以切合自己的兴趣和需要。

如果各位想了解组织世界文学课程的不同方法，可以在笔者所编的《教授世界文学》中找到三十多位教师对这个问题富于启发性的讨论。在此之前也有好几本有价值的文集：芭芭拉·斯托勒·米勒的《比较视域

下的亚洲文学杰作：教学导论》、莎拉·拉瓦尔的《阅读世界文学：理论、历史、实践》，以及迈克尔·托马斯·卡罗尔的《大世界：世界文学的审视与修正》。现代语言学会（MLA）也出版了多卷本系列文集《教授世界文学之方法》，讨论如何教授某部作品，或者某组作品。这个机构还有其他好几套系列，比如《教学方法选项》《文本与翻译》《语言、文学与文化教学》《世界文学再想象》等。哈佛的暑期世界文学研究所（www.iwl.fas.harvard.edu），每年为研究生和教师开设为期一个月的课程，供他们拓展教授和研究世界文学的路径。

学生和教师也可以深入探索关于世界文学的学术讨论。提奥·达恩写了一本很有价值的《劳特利奇世界文学简史》；另外还有约翰·皮泽的《作为理念的世界文学》，回溯了歌德的世界文学（Weltliteratur）理念在德国思想史和美国大学中的影响。克里斯托弗·普伦德伽斯特所编的《世界文学论争》中，包括了热烈甚至尖锐的讨论，其中一些作者针对帕斯卡尔·卡萨诺瓦的《文学世界共和国》做了辩驳。另外两部影响深远的文集是弗兰克·莫莱蒂的《距离阅读》和2005年出版的《图表、地图、树：文学史的抽象模型》。而笔者的《什么是世界文学？》则探讨了世界文学的创作与流布。近年来有多本新书讨论了定义的问题。其中一些著作继续了关于世界文学阅读和研究的政治面向的争论，比如亚历山大·比克洛夫特的《世界文学的生态：从古至今》、谢永平（Pheng Cheah）的《什么是世界？论作为世界文学的后殖民文学》、阿米尔·穆夫蒂的《忘掉英语！东方主义与世界文学》、艾米莉·阿普特的《反对世界文学：论不可译的政治性》等。蕾贝卡·瓦尔科维茨的《在翻译中诞生：世界文学时代的当代小说》则对翻译采取了更加积极的态度。《世界文学期刊》创刊于2016年，由荷兰毕利尔出版集团出版，为讨论与辩

‹184›

论提供了平台，并且定期出版针对国别文学、地区性文学的专号。由托马斯·比比编辑的布鲁姆斯伯利学术系列也在做类似的工作；它的主题是作为世界文学的国别文学，已出版的书目包括德里雅·恩古里亚诺的《从巴黎到图伦：作为世界文学的超现实主义》，以及托马斯·比比自己的《作为世界文学的德语文学》。

如果读者想进一步探索翻译这个关键性问题，他们可以参阅一系列重要的翻译学著作。作为起点，最好的选择是劳伦斯·维努蒂极富想象力的经典文集《翻译学读本》。莫娜·贝克和加贝里耶拉·萨尔丹娜的《劳特利奇翻译学百科全书》是一部出色的参考文献；而苏珊·巴思奈特的《翻译研究》对这个研究领域的历史做了介绍。另外还有一些有价值的著作和文集针对各种具体的翻译问题，比如苏珊·巴思奈特和哈里什·特里维蒂的《后殖民翻译：理论与实践》、珊德拉·贝尔曼和迈克尔·伍德的《国家，语言，以及翻译的伦理学》、雪莉·西蒙的《翻译中的性别问题：文化身份与传播政治学》、玛利亚·提莫兹科和埃德温·根茨勒的《翻译与权力》，以及劳伦斯·维努蒂的《翻译的丑闻：论差异性的伦理》。

作为一门学科，比较文学处于世界文学研究的核心位置；有好几本重要的著作探讨了比较文学的历史与当下发展。值得一提的作品包括艾米莉·阿普特的《翻译地带：新比较文学》、佳亚特里·斯皮瓦克的《一门学科之死》和娜塔莉·梅拉斯的《世界的各种差异：后殖民性与比较的终结》。由达姆罗什、梅拉斯和布特勒兹编辑的文集《普林斯顿比较文学文库》，收入了这个学科的一系列经典文章。而贝达德和托马斯编写的《比较文学读本》，以及多明古兹、索斯和维兰努耶娃编著的《介绍世界文学：新潮流与新实践》，则提供了新的角度。

虽然我们有太多可读的东西，但还有其他的方式能深化我们对世界文学的认识。其中一个绝佳的方法就是去了解各个文化中的其他艺术形式。上文提到的三套六卷本世界文学选集，现在还附有丰富的插图和唱片录音；它们的网站则提供更多的图像与声音资源。当然，在任何可能的情况下，尽量阅读作品的原文也能带给我们很大的收获。翻译固然具有不可替代的价值，但是它们最理想的效果是启发读者去学习原文的语言。想要对一门外语获得接近母语的流畅把握需要很长时间；但即使是中等的语言水平也能让我们获得极大的独立性，并从对翻译的绝对依赖中解放出来，体验作家独特的风格带来的阅读享受；而在读译作时，我们对此只能惊鸿一瞥。最理想的状态是，每一位世界文学的严肃读者都能掌握至少两门外语，其中一门与自己的母语相邻近，另一门则来自遥远的异国，并与自己的母语分属不同的语系。我们由此能发现，不同的语言对最基本的概念，比如时间和性别，可以有多么不同而又令人着迷的组织方式；这类语言上的差异，可以在文学创作上产生深远的效果。如果能在这两门外语之外再继续拓展，那就更好了。

最后我想说，阅读世界文学的万卷书，应该激发我们行万里路的热情。虽然没有任何一部文学作品是对其社会现实的直接反映，但是所有作家都来自某个文化，也以某种方式对其做出回应——即使他们的回应方式是逃离故乡。我们越是了解源文化——包括它的人民、日常习俗、地理风貌、建筑风格、它的花朵与鸟语——我们就越能全面理解，一个作家如何对它们进行文学化的处理。如果我们在旅行时留心细节，可以对陀思妥耶夫斯基笔下的圣彼得堡，或者紫式部笔下的京都，有更多丰富的亲身体验，虽然这些城市早已今非昔比。而在外国学习，则能让我们学到更多。如果这种经历能让我们完全沉浸于当地的文化中,而不仅仅是活在同乡访客的小圈子里,那就更有价值了。这样一来,当我们回家时,就会有一层更深刻的批判性思维;当我们继续深入探索古代的文学遗产,以及眼前的多元文化时,就能开拓出更多的新鲜可能性。

参考文献

Achebe, Chinua. "An Image of Africa: Racism in Conrad's *Heart of Darkness.*" *The Massachusetts Review* 18: 4 (1977), 782—794.

Achebe, Chinua. *Things Fall Apart.* London: Penguin, 2001.

Ali, Tariq. "Literature and Market Realism." *New Left Review* 199 (1993), 140—145.

Apter, Emily. *Against World Literature: On the Politics of Untranslatability.* London: Verso, 2013.

Apter, Emily. *The Translation Zone: A New Comparative Literature.* Princeton: Princeton University Press, 2005.

Apuleius. *Metamorphoses,* ed. and trans. J. Arthur Hanson (Loeb Classical Library 44), 2 vols. Cambridge, MA: Harvard University Press, 1989.

Aristophanes. *Lysistrata,* trans. Dudley Fitts. In Aristophanes, *Four Comedies,* pp. 1—68. New York: Harcourt, Brace & World, 1959.

Aristophanes. *Lysistrata,* trans. Douglass Parker. New York: New American Library, 1964.

Aristophanes. *Lysistrata,* trans. Jeffrey Henderson. Newburyport: Focus Publishing, 1988.

Aristophanes. *Lysistrata,* trans. Paul Roche. In Aristophanes, *The Complete Plays,* pp. 415—478. New York: New American Library, 2005.

Aristotle. *The Poetics of Aristotle,* trans. Preston H. Epps. Chapel Hill: University of North Carolina Press, 1975.

Atwood, Margaret. *The Penelopiad: The Myth of Penelope and Odysseus.* Edinburgh:

Cannongate, 2005.

Baker, Mona, and Gabriela Saldanha, eds. *The Routledge Encyclopedia of Translation Studies,* 2nd edn. London: Routledge, 2009.

Baraka, Amiri. *The System of Dante's Hell.* In *Three Books by Imamu Amiri Baraka (LeRoi Jones),* pp. 5—154. New York: Grove Press, 1967.

Bassnett, Susan. "The Figure of the Translator." *Journal of World Literature* 1: 3 (2016), 299—315.

Bassnett, Susan. *Translation Studies,* 4th edn. Oxford: Routledge, 2014.

Bassnett, Susan, and Harish Trivedi, eds. *Post-Colonial Translation: Theory and Practice.* London: Routledge, 1999.

Beecroft, Alexander. *An Ecology of World Literature: From Antiquity to the Present Day.* London: Verso, 2015.

Behdad, Ali, and Dominic Thomas. *A Companion to Comparative Literature.* Oxford: Wiley Blackwell, 2014.

Behn, Aphra. *Oroonoko, or, The Royal Slave,* ed. by Catherine Gallagher and Simon Stern. Boston: Bedford/St. Martin's, 2000.

Benjamin, Walter. "The Task of the Translator," trans. Harry Zohn. In *Illuminations,* ed. by Hannah Arendt, 69—82. New York: Schocken, 1969. Reprinted in Venuti, *The Translation Studies Reader,* 2nd edn., pp. 75—85.

Bermann, Sandra, and Michael Wood, eds. *Nation, Language, and the Ethics of Translation.* Princeton: Princeton University Press, 2005.

Bierhorst, John, ed. and trans. *Cantares Mexicanos: Songs of the Aztecs.* Stanford: Stanford University Press, 1985.

Bloom, Harold. *The Western Canon: The Books and School of the Ages.* New York: Riverhead, 1994.

Bojarski, Edmund A. "A Conversation with Kipling on Conrad." In *Kipling Interviews and Recollections,* ed. by Harold Orel, vol. 2, pp. 326—330. London: Macmillan, 1983.

Borges, Jorge Luis. "The Argentine Writer and Tradition." In *Jorge Luis Borges, Selected Non-Fictions,* trans. Eliot Weinberger, Esther Allen, and Suzanne Jill Levine, pp. 420—426. New York: Viking, 1999.

Borges, Jorge Luis. "Tlön, Uqbar, Orbis Tertius," trans. Andrew Hurley. In *Jorge Luis Borges, Collected Fictions,* pp. 68—81. New York: Viking, 1998.

Borges, Jorge Luis. "The Translators of *The Thousand and One Nights*" In Jorge Luis Borges, *Selected Non-Fictions,* trans. Eliot Weinberger, Esther Allen, and Suzanne Jill Levine, pp. 92—109. New York: Viking, 1999.

Brooke-Rose, Christine. *Between.* In *The Christine Brooke-Rose Omnibus: Four Novels,* pp. 391—575. Manchester: Carcanet, 1986.

Burton, Richard F., ed. and trans. *A Plain and Literal Translation of the Arabian Nights Entertainment, Now Entitled the Book of the Thousand Nights and a Night,* 10 vols. Stoke Newington: Benares, 1885.

Burton, Richard F., ed. and trans. *Supplemental Nights to the Book of the Thousand Nights and a Night,* 6 vols., Stoke Newington: Benares, 1886—1888.

Calvino, Italo. *Invisible Cities,* trans. William Weaver. San Diego: Harcourt, Brace, 1972.

Calvino, Italo. "Presentazione." In Italo Calvino, *Le citta invisibili,* pp. v-xi. Milan: Mondadori, 1993.

Camões, Luís Vaz de. *The Lusíads,* trans. Landeg White. Oxford: Oxford World Classics, 2001 [1997].

Carroll, Lewis. *The Annotated Snark,* ed. by Martin Gardner. New York: Bramhall House, 1962.

Carroll, Michael Thomas, ed. *No Small World: Visions and Revisions of World Literature.* Urbana: National Council of Teachers of English, 1996.

Casanova, Pascale. *La République mondiale des lettres.* Paris: Éditions du Seuil, 1999.

Casanova, Pascale. *The World Republic of Letters,* trans. M. B. DeBevoise. Cambridge, MA: Harvard University Press, 2004.

Cassin, Barbara, ed. *Vocabulaire européen philosophique: Dictionaire des intraduisibles.* Paris: Seuil, 2004.

Cassin, Barbara, ed. *Dictionary of Untranslatables: A Philosophical Lexicon,* trans. Emily Apter, Jacques Lezra, and Michael Wood. Princeton: Princeton University Press, 2014.

Chang, Eileen. *Love in a Fallen City,* trans. Karen S. Kingsbury. New York/London: New York Review Books/Penguin, 2007.

Chang, Eileen. "Lust, Caution," trans. Julia Lovell. In Eileen Chang, Wang Hui Ling, and James Schamus, *Lust, Caution: The Story, the Screenplay, and the Making of the Film,* pp. 5—48. New York: Pantheon, 2007.

Cheah, Pheng. *What Is a World? On Postcolonial Literature as World Literature.* Durham, NC: Duke University Press, 2016.

Chikamatsu Mon'zaemon. *Love Suicides at Amijima.* In *Major Plays of Chikamatsu,* trans. Donald Keene, pp. 387–425. New York: Columbia University Press, 1990.

Coleridge, Samuel Taylor. "Kubla Khan." In *The Portable Coleridge,* ed. By I. A. Richards, pp. 156–158. New York: Viking, 1950.

Conrad, Joseph. *Heart of Darkness,* 2nd edn., ed. by Ross C. Murfin. Boston: Bedford St. Martins, 1996.

Cortázar, Julio. *Hopscotch,* trans. Gregory Rabassa. New York: Pantheon, 1966.

Cortázar, Julio. *Rayeula,* 3rd edn., ed. by Andrés Amorós. Buenos Aires: Catedra, 1986.

Dailey, Stephanie. *Myths from Mesopotamia.* Oxford: Oxford World's Classics, 1989.

Damrosch, David, ed. *Teaching World Literature.* New York: Modern Language Association, 2009.

Damrosch, David. *What Is World Literature?* Princeton: Princeton University Press, 2003.

Damrosch, David, ed. *World Literature in Theory.* Oxford: Wiley Blackwell, 2014.

Damrosch, David et al., eds. *The Longman Anthology of World Literature,* 6 vols. New York: Pearson Longman, 2009 [2004].

Damrosch, David, Natalie Melas, and Mbongiseni Buthelezi, eds. *The Princeton Sourcebook in Comparative Literature.* Princeton: Princeton University Press, 2009.

Davis, Paul et al., eds. *The Bedford Anthology of World Literature,* 6 vols. Boston, New York: Bedford/St. Martin's, 2003.

Dawood, N. J., trans. *Tales from The Thousand and One Nights,* rev. edn. Harmondsworth: Penguin, 1973.

D'haen, Theo. *The Routledge Concise History of World Literature.* Oxford: Routledge, 2011.

Domínguez, César, Haun Saussy, and Darío Villanueva, *Introducing Comparative Literature: New Trends and Applications.* Oxford: Routledge, 2015.

Dryden, John. Preface to Ovid's *Epistles.* In Venuti, *The Translation Studies Reader,* 2nd edn., pp. 38–42.

Eckermann, Johann Peter. *Conversations of Goethe with Johann Peter Eckermann,* trans. John Oxenford. New York: Da Capo Press, 1998.

Ellmann, Richard. *James Joyce,* rev edn. New York: Oxford, 1982.

Foster, Benjamin, ed. and trans. *Before the Muses: An Anthology of Akkadian Literature.* Bethesda: CDL Press, 2005.

Frangieh, Bassam K., ed. *Anthology of Arabic Literature, Culture, and Thought from Pre-Islamic Times to the Present.* New Haven: Yale University Press, 2005.

Gardner, Helen, ed. *The New Oxford Book of English Verse 1250—1950.* New York: Oxford University Press, 1972.

Genesis. In *The New Oxford Annotated Bible, with the Apocrypha* (Revised Standard Version), pp. 1—66. New York: Oxford University Press, 1977.

George, Andrew, ed. and trans. *The Epic of Gilgamesh: A New Translation.* London: Penguin, 1999.

Gogol, Nikolai. "The Diary of a Madman." In *The Collected Tales of Nikolai Gogol,* trans. Richard Pevear and Larissa Volokhonsky, pp. 279—300. New York: Vintage, 1999.

Graham, A. C., ed. and trans. *Poems of the Late T'ang.* Harmondsworth: Penguin, 1965.

Greenberg, Joel. "Emile Habibi, 73, Chronicler of Conflicts of Israeli Arabs." *The New York Times,* May 2, 1996. Online at http://www.nytimes.com/1996/05/03/arts/emile-habibi-73-chronicler-of-conflicts-of-israeli-arabs.html (accessed August 10, 2016).

Habiby, Emile. *The Secret Life of Saeed the Pessoptimist,* trans. Salma Khadra Jayyusi and Trevor LeGassick. New York: Interlink Books, 2002.

Haddawy, Husain, ed. and trans. *The Arabian Nights.* New York: Norton, 1990.

Haddawy, Husain, ed. and trans. *The Arabian Nights II: Sindbad and Other Popular Stories.* New York: Norton, 1995.

Hartley, L. P. *The Go-Between.* London: Hamilton, 1953.

Homer. *The Iliad,* trans. Richmond Lattimore. Chicago: University of Chicago Press, 1951.

Homer. *The Odyssey,* trans. Robert Fagles. New York: Viking, 1996.

Horace. *The Art of Poetry/Ars Poetica.* In *Classical Literary Criticism,* ed. and trans. T. S. Dorsch and Penelope Murray, pp. 98—112. London: Penguin, 2000.

Hutner, Heidi, ed. *Rereading Aphra Behn: History, Theory, and Criticism.* Charlottesville: University Press of Virginia, 1993.

Ibn Battutah. *The Travels of Ibn Battutah,* ed. by Tim Mackintosh-Smith, trans. H. A. R. Gibb and C. F. Beckingham. London: Picador, 2003.

Ingalls, Daniel H. H. et al, eds. and trans. *The Dhvanyāloka of Anandavardhana with the Locana of Abhinavagupta.* Cambridge, MA: Harvard University Press, 1990.

Irwin, Robert, ed. *Night and Horses and the Desert: An Anthology of Classical Arabic Literature.* New York: Anchor, 2002.

Johnson, John William, ed. and trans. *The Epic of Son-Jara: A West African Tradition,* text by Fa-Digi Sisòkò. Bloomington: Indiana University Press, 1992.

Joyce, James. *Finnegans Wake.* New York: Viking, 1966.

Joyce, James. *Ulysses,* ed. by Hans Walter Gabler. New York: Random House, 1986.

Kālidāsa. *Śakuntalā and the Ring of Recollection,* trans. Barbara Stoler Miller. In *Theater of Memory: The Plays of Kālidāsa,* ed. by Barbara Stoler Miller, pp. 85—176. New York: Columbia University Press, 1984.

Kant, Immanuel. *Critique of Judgment,* trans. Werner S. Pluhar. Indianapolis: Hackett Publishing, 1987.

Kant, Immanuel. *Critique of Judgment,* rev. edn., trans. James Creed Meredith and Nicholas Walker. Oxford: Oxford University Press, 2009.

Keats, John. *Keats,* ed. by Howard Moss. New York: Dell, 1959.

Keene, Donald, ed. *Anthology of Japanese Literature from the Earliest Era to the Mid-Nineteenth Century.* New York: Grove Press, 1955.

Kipling, Rudyard. *Complete Verse: Definitive Edition.* New York: Anchor Books, 1989.

Kipling, Rudyard. *Kim: Authoritative Text, Backgrounds, Criticism,* ed. by Zohreh T. Sullivan. New York: Norton, 2002.

Kipling, Rudyard. *Plain Tales from the Hills,* ed. by Kaori Nogai. London: Penguin, 2011.

Ladipo, Duro. *Oba Waja/The King Is Dead.* In Wole Soyinka, *Death and the King's Horseman,* ed. by Simon Gikandi, pp. 74—89. New York: Norton, 2003.

Lahiri, Jhumpa. *Interpreter of Maladies.* Boston: Houghton Mifflin, 1999.

Lahiri, Jhumpa. *The Namesake.* Boston: Houghton Mifflin, 2003.

Lane, Edward William, trans. *Stories from The Thousand and One Nights,* rev. by Stanley Lane-Poole (Harvard Classics). New York: Collier, 1937.

Lawall, Sarah, ed. *Reading World Literature: Theory, History, Practice.* Austin: University of Texas Press, 1994.

Li Rongxi, ed. and trans. *The Great Tang Dynasty Record of the Western Regions.* Berkeley: Numata Center for Buddhist Translation and Research, 1996.

Lichtheim, Miriam, ed. and trans. *Ancient Egyptian Literature: A Book of Readings,* 3 vols. Berkeley: University of California Press, 1973—1980.

Lispector, Clarice. "Happy Birthday." In Clarice Lispector, *The Complete Stories,* trans. Katrina Dodson, pp. 151—164. New York: New Directions, 2015.

Lispector, Clarice. *Laços de Familia,* 2nd edn. São Paulo: Editóra Paulo de Azevedo, 1961.

Logue, Christopher. *War Music: An Account of Homer's Iliad.* London/New York: Faber & Faber/Farrar, Straus and Giroux, 2015.

Logue, Christopher, and Shusha Guppy. "Christopher Logue, The Art of Poetry No. 66." *The Paris Review* 127 (1993). Online at http://www.theparisreview.org/interviews/1929/the-art-of-poetry-no-66-christopher-logue (accessed May 5, 2016).

London, Joan. *Gilgamesh: A Novel.* Sydney: Picador, 2001. (Reprinted New York: Grove, 2004.)

Lu Xun. "Preface" and "Diary of a Madman." In *The Real Story of Ah-Q and Other Tales of China: The Complete Fiction of Lu Xun,* trans. Julia Lovell, pp. 15—31. London: Penguin, 2009.

Lukács, Georg. *Theory of the Novel: A Historico-Philosophical Essay on the Forms of Great Epic Literature,* trans. Anna Bostock. Cambridge, MA: MIT Press, 1971.

MacLeish, Archibald. "Ars Poetica." In *American Poetry: The Twentieth Century,* ed. by Robert Hass et al., vol. 1, pp. 846—847. New York: Library of America, 2000.

Marley, Bob. "400 Years." Online at http://www.azlyrics.com/lyrics/bobmarley/400years.html (accessed April 21, 2016).

McClatchy, J. D., ed. *The Vintage Book of Contemporary World Poetry.* New York: Vintage, 1996.

Melas, Natalie. *All the Difference in the World: Postcoloniality and the Ends of Comparison.* Stanford: Stanford University Press, 2007.

Miller, Barbara Stoler, ed. *Masterworks of Asian Literature in Comparative Perspective: A Guide for Teaching.* Armonk: M. E. Sharpe, 1994.

Milton, John. *Paradise Lost,* ed. by Barbara K. Lewalski. Oxford: Blackwell, 2007.

Molière, Jean-Baptiste Poquelin. *The Would-Be Gentleman/Le Bourgeois gentilhomme.* In Jean-Baptiste Poquelin Molière, *Five Plays,* trans. John Wood, pp. 1—62. Baltimore: Penguin, 1953.

More, Thomas. *Utopia: A Revised Translation, Backgrounds, Criticism,* 3rd edn., ed.

and trans. George M. Logan. New York: W. W. Norton, 2011.

Moretti, Franco. "Conjectures on World Literature" [2000] and "More Conjectures" [2003]. In Franco Moretti, *Distant Reading,* pp. 43–62, 107–120. London: Verso, 2013.

Moretti, Franco. *Distant Reading.* London: Verso, 2013.

Moretti, Franco. *Graphs, Maps, and Trees: Abstract Models for a Literary History.* London: Verso, 2005.

Mufti, Aamir. *Forget English! Orientalisms and World Literatures.* Cambridge, MA: Harvard University Press, 2016.

Murakami, Haruki. *Kafka on the Shore,* trans. Philip Gabriel. New York: Knopf, 2005.

Murakami, Ryu. *In the Miso Soup,* trans. Ralph McCarthy. New York: Penguin, 2003.

Murasaki Shikibu. *The Tale of Genji,* trans. Edward G. Seidensticker. New York: Random House, 2 vols., 1976.

Nebrija, Antonio de. *Gramatica sobre la lengua castellana,* ed. by Carmen Lozano. Barcelona: Galaxia Gutenberg, Circulo de Lectores, 2011.

Ngũgĩ wa Thiong'o. *In the House of the Interpreter: A Memoir.* New York: Pantheon, 2012.

Ortega y Gasset, José. "La Miseria y el esplendor de la traducción," trans. Elizabeth Gamble Miller as "The Misery and the Splendor of Translation." In Venuti, *The Translation Studies Reader,* 49–63.

Oswald, Alice. *Memorial: An Excavation of the Iliad.* London: Faber and Faber, 2011. Published in the USA as *Memorial: A Version of Homer's* Iliad. New York: Norton, 2012.

Owen, Stephen, ed. *An Anthology of Chinese Literature: Beginnings to 1911.* New York: Norton, 1997.

Owen, Stephen. *Traditional Chinese Poetry and Poetics: Omen of the World.* Madison: University of Wisconsin Press, 1985.

Paine, Jeffrey, ed. *The Poetry of Our World: An International Anthology of Contemporary Poetry.* New York: Harper Perennial, 2001.

Pamuk, Orhan. *The Black Book,* trans. Maureen Freely. New York: Vintage, 2006.

Pamuk, Orhan. *My Name Is Red,* trans. Erdağ M. Göknar. New York: Vintage, 2001.

Pamuk, Orhan. *Other Colors: Essays and a Story,* trans. Maureen Freely. New York: Knopf, 2007.

Pindar. *Pindar's Victory Songs,* trans. Frank J. Nisetsch. Baltimore: Johns Hopkins University Press, 1980.

Pizarnik, Alejandra. *Extracting the Stone of Madness: Poems 1962–1972,* trans. Yvette Siegert. New York: New Directions, 2016.

Pizarnik, Alejandra. *Obras Completas: Poesía y Prosa,* ed. by Cristina Piña. Buenos Aires: Corregidor, 1994.

Pizer, John. *The Idea of World Literature.* Baton Rouge: Louisiana State University Press, 2006.

Pollock, Sheldon. "Early South Asia." In *The Longman Anthology of World Literature,* ed. by David Damrosch et al., 2nd edn., vol. 1, pp. 798–809. New York: Pearson Longman, 2009.

Polo, Marco. *The Travels,* trans. Ronald Latham. Harmondsworth: Penguin, 1958.

Prendergast, Christopher, ed. *Debating World Literature.* London: Verso, 2004.

Pritchard, James B., ed. *Ancient Near Eastern Texts Relating to the Old Testament,* 3rd edn. Princeton: Princeton University Press, 1969.

Puchner, Martin et al., eds. *The Norton Anthology of World Literature,* 3rd edn. New York: Norton, 6 vols., 2012.

Quiller-Couch, Arthur. *The Oxford Book of English Verse, 1250–1900.* Oxford: Clarendon, 1919.

Ricci, Ronit. *Islam Translated: Literature, Conversion, and the Arabic Cosmopolis of South and Southeast Asia.* Chicago: University of Chicago Press, 2011.

Ronsard, Pierre de. *Oeuvres complètes,* 8 vols., ed. by M. Prosper Blanchemain. Paris: Jannet, 1857–1867.

Rushdie, Salman. *East, West.* London: Vintage, 1995.

Rushdie, Salman. "Imaginary Homelands." In Salman Rushdie, *Imaginary Homelands: Essays and Criticism 1981–1991,* rev. edn., pp. 9–27. London: Penguin, 1992.

Sappho. "To Me It Seems." In *The Harper Collins World Reader,* ed. by Mary Ann Caws and Christopher Prendergast, pp. 304–305. New York: Harper Collins, 1994.

Seferis, George. "Upon a Foreign Verse." In George Seferis, *Collected Poems, 1924–1955,* trans. Edmund Keeley and Philip Sherrard, pp. 46–48. Princeton: Princeton University Press, 1971.

Shakespeare, William. *Plays,* ed. by Barbara Mowat and Paul Werstine (Folger Shakespeare Library). Online at http://www.folgerdigitaltexts.org (accessed August

10, 2016).

Shirane, Haruo, ed. *Early Modern Japanese Literature: An Anthology, 1600–1900.* New York: Columbia University Press, 2004.

Sidney, Sir Phillip. *The Defense of Poesy.* In *Renaissance Literature: An Anthology,* ed. by Michael Payne and John Hunter, pp. 501–526. Oxford: Blackwell, 2003.

Simon, Sherry. *Gender in Translation: Cultural Identity and the Politics of Transmission.* London: Routledge, 1996.

Simpson, William Kelly, ed. *The Literature of Ancient Egypt: An Anthology of Stories, Instructions, Stelae, Autobiographies, and Poetry,* 3rd edn. New Haven: Yale University Press, 2003.

Song of Songs (The Song of Solomon). In *The New Oxford Annotated Bible, with the Apocrypha* (Revised Standard Version), pp. 815–821. New York: Oxford University Press, 1977.

Sophocles. *Oedipus the King,* trans. David Grene. Chicago: University of Chicago Press, 1942.

Soyinka, Wole. *Death and the King's Horseman,* ed. by Simon Gikandi. New York: Norton, 2003.

Soyinka, Wole. *Myth, Literature and the African World.* Cambridge: Cambridge University Press, 1978.

Spivak, Gayatri Chakravorty. *Death of a Discipline.* New York: Columbia University Press, 2003.

Sterne, Laurence. *The Life and Opinions of Tristram Shandy.* New York: Modern Library, n. d.

"Šulgi B" and "Šulgi N." Electronic Text Corpus of Sumerian Literature, texts 2.4.2.02 and 2.4.02.14. Online at etcsl.orinst.ox.ac.uk (accessed April 26, 2016).

Swift, Jonathan. *Gulliver's Travels,* ed. by Robert A. Greenberg. New York: Norton, 1970.

Tibullus, *Elegies.* In *Catullus, Tibullus, and Pervigilium Veneris,* ed. by G. P. Goolde (Loeb Classical Library), 2nd edn. Cambridge, MA: Harvard University Press, 1988.

Tyler, Royall. "Introduction." In Murasaki Shikibu, *The Tale of Genji,* 2 vols., trans. Royall Tyler, pp. xi-xxix. New York: Viking, 2001.

Tymoczko, Maria, and Edwin Gentzler, eds. *Translation and Power.* Amherst: University of Massachusetts Press, 2002.

Ungureanu, Delia. *From Paris to Tlön: Surrealism as World Literature.* New York: Bloomsbury Academic, 2017.

Venuti, Lawrence. *The Scandals of Translation: Towards an Ethics of Difference.* London: Routledge, 1998.

Venuti, Lawrence, ed. *The Translation Studies Reader.* New York: Routledge, 2000. (2nd edn., 2004; 3rd edn., 2012.)

Virgil. *The Aeneid,* trans. Robert Fitzgerald. New York: Random House, 1983.

Virgil. *Eclogues, Georgies, Aeneid, the Minor Poems,* ed. and trans. H. R. Fairclough (Loeb Classical Library), 2 vols. Cambridge, MA: Harvard University Press, 1978.

Voltaire, François-Marie Arouet de. *Candid: or, All for the Best,* trans. anon. London: printed for J. Nourse, 1759.

Voltaire, François-Marie Arouet de. *Candide,* trans. anon., Victorian. In *The Complete Romances of Voltaire,* ed. by G. W. B., pp. 121–185. New York: Walter J. Black, 1927.

Voltaire, François-Marie Arouet de. *Candide, or Optimism,* 3rd edn., ed. by Nicholas Cronk, trans. Robert M. Adams. New York: Norton, 2016.

Voltaire, François-Marie Arouet de. *Candide, or Optimism,* trans. Daniel Gordon. Boston: Bedford/St. Martin's, 1998. (Reprinted in *The Bedford Anthology of World Literature,* ed. by Paul Davis et al., vol. 4, pp. 275–338. Boston: Bedford/St. Martin's, 2003.)

Voltaire, François-Marie Arouet de. *Candide ou l'optimisme.* In *Romans et contes,* ed. by René Pomeau, pp. 179–259. Paris: Garnier, 1966.

Walcott, Derek. "The Antilles: Fragments of Epic Memory." Online at nobelprize.org/nobel_prizes/literature/laureates/1992/Walcott-lecture.html (accessed August 8, 2016).

Walcott, Derek. *Collected Poems, 1948–1984.* New York: Farrar, Straus and Giroux, 1986.

Walcott, Derek. *Omeros.* New York: Farrar, Straus and Giroux, 1990.

Walkowitz, Rebecca. *Born Translated: The Contemporary Novel in the Age of World Literature.* New York: Columbia University Press, 2015.

Walkowitz, Rebecca. "Translating the Untranslatable: An Interview with Barbara Cassin." *Public Books,* June 15, 2014. Online at http://www.publicbooks.org/interviews/translating-the-untranslatable-an-interview-with-barbara-cassin (accessed August 13, 2016).

Washburn, Katharine, John S. Major, and Clifton Fadiman, eds. *World Poetry: An Anthology of Verse from Antiquity to Our Time.* New York: Norton, 1998.

Wells, H. G. *Experiment in Autobiography: Discoveries and Conclusions of a Very Ordinary Brain (since 1866).* New York: Macmillan, 1934.

West, M. L. *The East Face of Helicon: West Asiatic Elements in Greek Poetry and Myth.* Oxford: Oxford University Press, 1997.

Wisdom of Solomon. In *The New Oxford Annotated Bible, with the Apocrypha* (Revised Standard Version), pp. 102—127. New York: Oxford University Press, 1977.

Woolf, Virginia. "Mr Conrad: A Conversation." In Virginia Woolf, *The Captain's Death Bed and Other Essays,* pp. 76—81. New York: Harcourt Brace Jovanovich, 1950.

Words without Borders: The Online Magazine for International Literature. Online at www.wordswithoutborders.org (accessed November 22, 2016).

Wordsworth, Dorothy. *Journals of Dorothy Wordsworth,* 2nd edn., ed. by Mary Moorman. Oxford: Oxford University Press, 1988.

Wordsworth, William. *Selected Poems and Prefaces,* ed. by Jack Stillinger. Boston: Houghton Mifflin, 1965.

Wu Cheng'en. *The Journey to the West,* rev. edn., ed. and trans. Anthony C. Yu. Chicago: University of Chicago Press, 4 vols., 2012.

Wu Cheng'en. *Monkey,* trans. Arthur Waley. New York: Grove Press, 1984.

Young, Robert J. C. "World Literature and Language Anxiety." In *Approaches to World Literature,* ed. by Joachim Küpper, pp. 27—38. Berlin: Akademie, 2013.

索 引

（索引页码为本书边码）

A

阿卜·努瓦斯 Nuwas, Abu　157
阿尔西比亚德斯 Alcibiades　104
阿根廷人 Argentines　161
阿拉伯语 Arabic language　83
阿里斯托芬 Aristophanes　102—105
阿里，塔里克 Ali, Tariq　159
阿毗那婆笈多 Abhinavagupta　16—18，29
阿普列乌斯 Apuleius　6
阿普特，艾米莉 Apter, Emily　2，184
阿切贝，奇努阿 Achebe, Chinua　145，149，181
阿塔图克，穆斯塔法·科马尔 Atatürk, Mustafa Kemal　166
阿特伍德，玛格丽特 Atwood, Margaret　48—51
埃尔曼，理查德 Ellmann, Richard　38
埃及 Egypt　108—109
《埃涅阿斯纪》 *Aeneid*　37—38，44—46，48
埃文，罗伯特 Irwin, Robert　182
艾克曼，约翰·彼得 Eckermann, Johann Peter　4—5
艾略特，乔治 Eliot, George　6
爱尔兰共和军 Irish Republican Army　88
爱情诗 love poetry　15—16

《奥德赛》*Odyssey* 32—37, 44—45, 48, 108

《奥鲁诺克》*Oroonoko* 126—129, 135, 143, 146

《奥麦罗斯》(沃尔科特) *Omeros*（Walcott） 7, 39, 47—48, 88, 137—138, 162

奥尼尔，尤金 O'Neill, Eugene 149

《奥赛罗》*Othello* 66

奥斯曼帝国 Ottoman Empire 166

奥斯汀，简 Austen, Jane 5

奥斯瓦尔德，爱丽丝 Oswald, Alice 39—41, 89

《奥斯维辛幸存记》*Survival in Auschwitz* 10

奥维德 Ovid 183

B

巴恩斯，朱娜 Barnes, Djuna 38, 160

巴尔扎克，奥诺雷·德 Balzac, Honoré de 1, 83, 159

巴拉卡，阿米里 Baraka, Amiri 46—47

巴思奈特，苏珊 Bassnett, Susan 88, 184

柏拉图 Plato 19

拜伦，乔治·戈登（拜伦勋爵）Byron, George Gordon（Lord Byron） 11, 22

拜雅特，A. S. Byatt, A. S. 6

《薄伽梵歌》*Bhavagad Gita* 74

薄伽丘，乔万尼 Boccaccio, Giovanni 10, 17

《暴风雨》*Tempest* 118

《悲情乐观主义者萨依德的秘密生活》*Secret Life of Saeed the Pessoptimist* 151—154

《贝奥武甫》*Beowulf* 31

贝恩，阿芙拉 Behn, Aphra 126—130, 135, 139, 143, 146

贝尔曼，珊德拉 Bermann, Sandra 184

贝克，莫娜 Baker, Mona 184

贝克特，塞缪尔 Beckett, Samuel 160, 177

贝隆，胡安 Perón, Juan 161

本雅明，瓦尔特 Benjamin, Walter 90

比尔霍斯特，约翰 Bierhorst, John 117—118

比克洛夫特，亚历山大 Beecroft, Alexander 184

比喻 metaphors 21
《变形记》(阿普列乌斯) *Metamorphoses* (Apuleius) 6
波罗,马可 Polo, Marco ix, 111—115, 117, 119, 133—135, 139
伯罗奔尼撒战争 Peloponnesian War 102—105
博尔赫斯,豪尔赫·路易斯 Borges, Jorge Luis 11, 52, 102, 160—161
博雅斯基,埃德蒙 Bojarski, Edmund A. 144
布尔顿,理查德·F. Burton, Richard F. 98—103, 133
布莱希特,贝托尔特 Brecht, Bertolt 11, 149
布鲁克-罗斯,克里丝汀 Brooke-Rose, Christine 178—179
布鲁姆,哈罗德 Bloom, Harold 13
布特勒兹,默本吉森尼 Buthelezi, Mbongiseni 184
部分与总体的两难 part-whole dilemma 5

C

阐释学循环 hermeneutic circle 5—6
出版业中心 publication centers 158
穿越时间的阅读 time, reading across 31—56
创世记 Genesis 108—109
村上春树 Murakami, Haruki 81
村上龙 Murakami, Ryu 176—178

D

达恩,提奥 D'haen, Theo 183
达尔文,查尔斯 Darwin, Charles 10
达雷,斯蒂芬妮 Dalley, Stephanie 182
达姆罗什,大卫 Damrosch, David 183—184
达伽玛,瓦斯科 Da Gama, Vasco 139, 141—143
达伍德,N. J. Dawood, N. J. 100—102
大洪水的故事 Flood story 36, 44, 81
大众行动委员会 Awami Action Committee 170
戴维斯,保罗 Davis, Paul 182
但丁,阿利基耶里 Dante Alighieri 46, 48, 54—56, 123—124
《当代世界文学》(期刊) *World Literature Today* (journal) 182

道教 Daoism 120, 123

德莱顿，约翰 Dryden, John 85—86, 89, 99, 105, 127

狄更斯，查尔斯 Dickens, Charles 5—6, 136

地方色彩 localism 160

《地狱篇》（但丁）*Inferno*（Dante） 46, 51—54, 56

帝国主义 参见殖民主义/帝国主义条目 imperialism *see* colonialism/imperialism

第二代移民 second-generation immigrants 173—175

第三世界文学 Third World Literature 168

《第十二夜》*Twelfth Night* 73

电视剧本写作 television writing 10, 32

电台 radio 33

电影 films 10

杜甫 Du Fu 5, 19—22, 25—26, 29—30, 182

对边缘的阅读 peripheral reading 73—78

对神性的描绘 divinity, portrayal of 41—43

多明古兹，恺撒 Domínguez, César 184

多神教 polytheism 41, 62, 67, 108

多重国籍状态 multinationalism 175—180

E

《俄狄浦斯王》*Oedipus the King* 59, 64—67, 73

与《沙恭达罗》比较 compared with *Śhakuntalā* 58, 60—66, 73

俄国作家 Russian writers 75—76

F

法迪曼，克利夫顿 Fadiman, Clifton 182

法格勒斯，罗伯特 Fagles, Robert 87

法国大革命 French Revolution 24

法兰克福书展 Frankfurt Book Fair 158

凡人的故事 moses, story of 110—111

梵文 Sanskrit language 4, 118, 120

    梵文诗歌 poetry 16—18, 20

    梵文戏剧 drama 58—66

梵文吠陀 Vedas, Sanskrit 10
菲尔丁，亨利 Fielding, Henry 5
菲利普斯，汤姆 Phillips, Tom 52—54, 56
菲兹，杜德利 Fitts, Dudley 103—104
《芬尼根的守灵夜》 Finnegans Wake 8
讽刺 satire 6, 89—90, 131, 153, 161
佛教 Buddhism 119—123
弗朗吉，巴萨姆·K Frangieh, Bassam K. 182
弗洛伊德，西格蒙德 Freud, Sigmund 10, 61
弗思杰拉德，罗伯特 Fitzgerald, Robert 38
伏尔泰，弗朗索瓦-马里·阿鲁埃 Voltaire, François-Marie Arouet 7, 84, 89—92, 129—132, 139, 151—153
《浮士德》 Faust 5, 74
福楼拜，古斯塔夫 Flaubert, Gustave 13, 73, 136
福斯特，本杰明 Foster, Benjamin 182

G

甘地，拉吉夫 Gandhi, Rajiv 172
甘地，桑贾伊 Gandhi, Sanjay 172
甘地，英迪拉 Gandhi, Indira 172
戈尔巴乔夫，米哈伊尔 Gorbachov, Mikhail 151
哥伦布，克里斯托弗 Columbus, Christopher 117, 135
歌 songs 13—15, 32—35, 60, 65—66, 79, 105
　　阿特伍德的谣曲 in Atwood 48—49
　　流行歌 popular 81
　　鸟语 birdsongs 185
歌德，约翰·沃尔夫冈·冯 Goethe, Johann Wolfgang von 4—6, 74
《歌舞线上》 Chorus Line, A 49
歌谣的格律 ballad meter 13—14
格雷厄姆，A.C. Graham, A.C. 26
《格列佛游记》 Gulliver's Travels 124, 126, 157
格林伯格，乔尔 Greenberg, Joel 151
格律 rhythm 14, 40

根茨勒，埃德温 Gentzler, Edwin 184
《公民凯恩》 Citizen Kane 56
古兰经 Qur'an 1, 115
古皮，舒沙 Guppy, Shusha 87
古希腊悲剧 Greek tragedies 62—64
谷崎润一郎 Tanizaki, Junichiro 94
《贵人迷》（莫里哀） Bourgeois Gentilhomme, The（Molière） 67—73
果戈理，尼古拉 Gogol, Nikolai x, 6, 75—77, 81

H

哈比比，埃米尔 Habiby, Emile 151—154
哈达威，胡塞恩 Haddaway, Husain 100—102
《哈姆雷特》 Hamlet 66, 148
哈特莱，L. P. Hartley, L. P. 31
哈扎拉巴尔神庙 Hazratbal Shrine 170
韩愈 Han Yu 30, 182
荷马 Homer 1—3, 7, 18, 31, 41, 48—49, 87, 89
　《奥麦罗斯》中的荷马 in Omeros 39
　传统 tradition 39, 48
　荷马的六音步诗 hexameters of 40
　荷马史诗 Homeric epics 31—33, 36, 41, 43—45, 48, 108
　口头性 orality of 49
　女性化的荷马 Feminized 48—51
　译本 translations of 85
贺拉斯 Horace 10, 51, 54, 56
赫里克，罗伯特 Herrick, Robert 51, 53—54, 56
赫梯语 Hittite language 43
《黑暗之心》 Heart of Darkness 108, 134—135, 143—145, 149
亨德森，杰弗里 Henderson, Jeffrey 104
亨特，海蒂 Hutner, Heidi 128
胡适 Hu Shih 122
花之意象 floral imagery 55, 56
华兹华斯，多萝西 Wordsworth, Dorothy 23, 25

华兹华斯，威廉 Wordsworth, William 21—25, 29
　　与杜甫相比较 contrasted with Du Fu 26
欢增 Anandavardhana 16
环形结构 ring composition 34—35, 37
混杂其他语言的英语 Creolized English 149, 162
霍华德，罗伯特 Howard, Robert 127
霍梅尼，阿亚图拉 Khomeini, Ayatollah 170

J

基督教 Christianity 112, 128
基恩，唐纳德 Keene, Donald 182
吉卜林，鲁德亚德 Kipling, Rudyard 144—145, 163—166
《吉尔伽美什》 *Epic of Gilgamesh* 4, 7, 35—36, 42—44, 82, 86
　　与《伊利亚特》的比较 The Iliad compared 42—43
《吉姆》（吉卜林） *Kim* (Kipling) 145, 163—165
《疾病解说者》 *Interpreter of Maladies* 173—175
计算机程序 computer programs 86
《纪念：发掘伊利亚特》（奥斯瓦尔德） *Memorial*（Oswald） 39—41, 89
济慈，约翰 Keats, John 18, 22—23
加塞特，何塞·奥特嘉·伊 Ortega y Gasset, José 83—84
加扎勒 ghazal 12
伽德纳，海伦 Gardner, Helen 13
伽朗，安托万 Galland, Antoine 97, 101
迦梨陀娑 Kālidāsa 7, 58—66, 67
教皇克莱门特七世 Clement VII, Pope 117
金，斯蒂芬 King, Stephen 83
进入冥界 underworld, descent into 43—48
近松门左卫门 Chikamatsu Monzaemon 67—73
精神分析个案研究 psychoanalytical case studies 10

K

卡尔维诺，伊塔洛 Calvino, Italo 132—133
卡夫卡，弗兰兹 Kafka, Franz 78—79, 111, 160, 177, 183

卡罗尔，刘易斯 Carroll, Lewis　12，124—126
卡罗尔，迈克尔·托马斯 Carroll, Michael Thomas　183
卡蒙斯，路易斯·瓦兹·德 Camões, Luís Vaz de　138—141，143
卡萨诺瓦，帕斯卡尔 Casanova, Pascale　158，183
卡桑，芭芭拉 Cassin, Barbara　84
《坎特伯雷故事集》*Canterbury Tales*　31
康德，埃曼纽尔 Kant, Immanuel　10—11
康拉德，约瑟夫 Conrad, Joseph　108，134—135，143—145，149，171
柯勒律治，塞缪尔·泰勒 Coleridge, Samuel Taylor　112—113
科尔斯特，埃尔南 Cortés, Hernán　117
科塔萨尔，胡利奥 Cortázar, Julio　169—170
克里，彼得 Carey, Peter　6
口头文学／口传文学 oral composition (orature)　32—41，49—50
跨文化的阅读 cultures, reading across　57—81
　　文化特殊性 cultural specificity　1—2
《狂人日记》(鲁迅)"Diary of a Madman" (Lu Xun)　74—78，80
奎勒-考茨，亚瑟 Quiller-Couch, Arthur　52—53

L

拉蒂普，杜罗 Ladipo, Duro　147，149
拉什迪，萨尔曼 Rushdie, Salman　6，158—159，170—175
拉提摩儿，里士蒙 Lattimore, Richmond　87
拉瓦尔，莎拉 Lawall, Sarah　183
拉希莉，钟芭 Lahiri, Jhumpa　81，173—175
莱维，普里莫 Levi, Primo　10，181
朗利，迈克尔 Longley, Michael　88—89
浪漫主义诗人 Romantic poets　22
《老实人》*Candide*　7，84，89—92，96，129—132，151—153
李白 Li Bo (Li Bai)　30，182
《李尔王》*King Lear*　64，66，148
李斯佩克朵，克拉丽丝 Lispector, Clarice　74，78—80
里奇，罗尼 Ricci, Ronit　114
利奇海姆，米利亚姆 Lichtheim, Miriam　109

连纳，爱德华·威廉 Lane, Edward William 97—101
《两兄弟的故事》"Tale of the Two Brothers" 109—110
列奥波德，比利时国王 Leopold, King of Belgium 135，143—144
林语堂 Lin Yutang 10
六音步诗 hexameters 40
隆萨，皮埃尔·德 Ronsard, Pierre de 53—56
《卢济塔尼亚人之歌》（卡蒙斯）*Lusíads*（Camões）138—143
卢卡奇，格奥尔格 Lukács, Georg 41，50
卢克莱修 Lucretius 56
鲁斯蒂谦 Rustichello da Pisa 111
鲁迅 Lu Xun 74—81
伦敦，琼 London, Joan 80—81
《论一首外国诗篇》（赛菲利斯）"Upon a Foreign Verse"（Seferis）31—34
罗格，克里斯托弗 Logue, Christopher 86—89
罗琳，J. K. Rowling, J. K. 83，159
罗马字母 Roman alphabet 166
罗什，保罗 Roche, Paul 103
《吕西斯特拉特》*Lysistrata* 102—105
旅行文学 travel literature 111—123

M

马尔克斯，加西亚 García Márquez, Gabriel 158—159
《马可·波罗游记》*Travels*（Polo）111—112，117，132
马利，巴布 Marley, Bob 14—15
麦克拉奇，J. D. McClatchy, J. D. 182
麦克利什，阿齐博尔德 MacLeish, Archibald 20
毛姆，萨默塞特 Maugham, Somerset 154
梅杰，约翰 Major, John S. 182
梅拉斯，娜塔莉 Melas, Natalie 184
美第奇的维纳斯 Venus de' Medici 94—95
《美猴王》参见《西游记》Monkey: see Journey to the West
美索不达米亚 Mesopotamia 35
美文/纯文学 belles-lettres 9—10

R

人形净琉璃中的木偶 puppets, in bunraku 70—73

日本 Japan 1, 27, 75, 117, 176

日本俳句 haiku, Japanese 1

儒家思想 Confucianism 120

S

萨福 Sappho 21, 29

萨特，让－保罗 Sartre, Jean-Paul 181

塞万提斯，米格尔·德 Cervantes, Miguel de 12, 123, 136, 158, 181

赛菲利斯，乔治 Seferis, George 31—34

三岛由纪夫 Mishima, Yukio 94

扫罗王 Saul, King 45

《沙恭达罗》Shakuntala and the Ring of Recollection 59—66

    与《俄狄浦斯王》比较 compared with Oedipus the King 58, 60—66, 73

莎士比亚，威廉 Shakespeare, William 1, 56, 87, 136, 148, 151, 157

    《奥赛罗》Othello 66

    《暴风雨》Tempest 118

    《第十二夜》Twelfth Night 73

    《哈姆雷特》Hamlet 66, 148

    《李尔王》King Lear 64, 66, 148

    十四行诗 sonnets 12

商人阶层 merchant class 67

社会规范 Social norms 69—70

神秘主义 mysticism 122

《神曲》Divine Comedy 46

《生日快乐》（李斯佩克朵）"Happy Birthday"（Lispector） 79—80

《圣经》Bible

    创世记 Genesis 108—109

    大洪水的故事 Flood story 36, 44, 81

    关于摩西的故事 Moses, story of 110—111

    扫罗王 Saul, King 45

所罗门智训 Wisdom of Solomon 55

圣卢西亚岛 Saint Lucia island 39, 47, 138

《失乐园》*Paradise Lost* 11, 41, 117

诗歌 poetry

    爱情诗 love 15—16

    参见荷马条目，具体诗歌、无名诗人条目 *see also* Homer; *specific poems/poets*
        anonymous 13

    梵文诗歌 Sanskirt 16—20

    歌德论诗歌 Goethe on 4—5

    荷马史诗 Homeric 34

    浪漫主义诗歌 Romantic 22

    罗马诗歌 Roman 55—56

    律诗 rhyme 84

    日本诗歌 Japanese 1, 27

    散文诗 prose poems 26

    神秘主义诗歌 mystical 11

    史诗 epic 33, 36

    抒情诗 lyrical 14—15

    苏美尔语诗歌 Sumerian 3—4, 31, 35, 44

    西方诗歌传统 western traditions of 17—21, 41, 49

    印度诗歌 Indian 15, 65

    中国诗歌 Chinese 1, 19—20, 26

施让尼，哈若 Shirane, Haruo 182

十四行诗 sonnets 21—22, 88, 160

    华兹华斯的十四行诗 of Wordsworth 13, 24—26

    隆萨的十四行诗 of Ronsard 53

    莎士比亚的十四行诗 of Shakespeare 12

史诗 epic

    参见《吉尔伽美什》条目 *see also Epic of Gilgamesh*

    荷马史诗 Homeric 31—33, 36, 41, 43

    女性主义对史诗的批评 feminist critique of 50

    史诗中的英雄们 heroes in 43—44

    印度史诗 Indian 58

史诗吟诵者 rhapsodes 33, 36

视觉艺术 visual arts 3

释义/意译 paraphrase 85, 86

受影响/获益于 indebtedness 86

抒情诗 lyrics 13—15, 26

舒尔吉，乌尔王 Šulgi, King of Ur 3—4

司各特，瓦尔特 Scott, Walter 6

斯巴达方言 Spartans, dialect of 102—105

斯皮瓦克，佳亚特里·查克拉瓦蒂 Spivak, Gayatri Chakravorty 184

斯索科，法-第吉 Sisòkò, Fa-Digi 33

斯特恩，劳伦斯 Sterne, Laurence 181

斯托帕德，汤姆 Stoppard, Tom 1

斯威夫特，乔纳森 Swift, Jonathan 124, 126, 157

《死亡与国王的侍从》Death and the King's Horseman 147—150

苏菲派 Sufis 11

苏美尔诗歌 Sumerian poetry 3, 35, 44

梭罗，亨利·大卫 Thoreau, Henry David 74

所罗门智训 Wisdom of Solomon 55

索福克勒斯 Sophocles 5, 7, 58—67, 73, 182

索斯，豪恩 Saussy, Haun 184

索因卡，沃莱 Soyinka, Wole 147—150

T

泰勒，罗耶尔 Tyler, Royall 27

泰瑞西阿斯 Teiresias 61, 64

唐朝 Tang Dynasty 19—20, 30, 118, 182

《堂吉诃德》Don Quixote 12, 123, 181

特里维蒂，哈里什 Trivedi, Harish 184

特洛伊战争 Trojan War 33, 37, 40—43

藤原俊成 Fujiwara no Shunjei 27

提昂戈，恩古吉·瓦 Thong'o Ngũgĩ wa 150

提布卢斯 Tibullus 54

提莫兹科，玛利亚 Tymoczko, Maria 184

同化 assimilation 18

土耳其人的身份 Turkish identity 166—167

托尔金，J. R. R. Tolkien, J. R. R. 159

托尔斯泰，列夫 Tolstoy, Leo 73

托马斯，多米尼克 Thomas, Dominic 184

陀思妥耶夫斯基，费奥多 Dostoevsky, Fyodor 6

W

瓦尔德斯穆勒，马丁 Waldseemüller, Martin 141

瓦尔科维茨，蕾贝卡 Walkowitz, Rebecca 84, 184

《瓦解》*Things Fall Apart* 145, 149, 181

瓦隆，安妮·卡洛琳 Vallon, Anne Caroline 24—25

瓦隆，安妮特 Vallon, Annette 24—25

瓦什伯恩，凯瑟琳 Washburn, Katharine 182

外国文学传统 foreign literary traditions 107—132

王尔德，奥斯卡 Wilde, Oscar 11

王维 Wang Wei 30

韦尔斯，H. G. Wells, H. G. 144, 154

威尔斯，奥逊 Welles, Orson 12, 56

韦利，阿瑟 Waley, Arthur 26—27, 121—123

韦斯特，M. L. West, M. L. 43

维吉尔 Virgil 32, 36—38, 44—46, 48, 51

维兰努埃瓦，达里奥 Villanueva, Darío 184

维努蒂，劳伦斯 Venuti, Lawrence 184

文本的世界 text, world of 12—19

文集 anthologies 10, 182

文集 Collections 182

文学 literature
 参见小说、诗歌、世界文学的定义 / 概念 *see also* novels; poetry; world literature definitions/concepts 9—30
 民族文学作品 national 5
 文学作品与帝国 and empire 136
 虚构的文学作品 as fictional 19

文学传统 literary traditions 1，11，43，107，136
文学作品 literary works 2—3，7，35，75，139，181，185
　　文学作品的异国传统 foreign traditions 107，108
　　与口传文学比较 compared to oral compositions 32—33
　　作为语象的文学作品 as verbal icons 23
文（中国文化中的概念）wen（Chinese concept） 9
《我的名字叫红》*My Name is Red* 167—169
沃尔科特，德里克 Walcott, Derek 7，39—40，47—49，51，88，136—137，162，171
乌托邦思想 utopianism 152
吴承恩 Wu Cheng'en 119—124
伍德，迈克尔 Wood, Michael 184
伍尔夫，弗吉尼亚 Woolf, Virginia 78，144

X

西班牙语 Spanish language 83
《西东合集》（歌德）*West-Eastern Divan*（Goethe） 5，74
西方传统 Western tradition 17—21，41，49，62—63
《西风颂》"Western Wind" 13—15
西蒙，雪莉 Simon, Sherry 184
西闪米特文字 West Semitic alphabets 43
《西游记》（吴承恩）*Journey to the West*（Wu Cheng'en） ix，119—124
锡德尼爵士，菲利普 Sidney, Sir Phillip 20
戏剧 Drama
　　法国戏剧 French 67—73
　　梵文戏剧 Sanskrit 58—66
　　古希腊戏剧 Greek 58—66
　　日本喜剧 Japanese 67—73
　　西方戏剧传统 western tradition of 62—63
向月神欣祷告者 Sin-leqe-unninni 35—36，44
萧伯纳，乔治 Shaw, George Bernard 1
小说 novels
　　历史小说 historical 11

欧洲小说 European 5—6
现代主义小说 modern 13，38，179
小说的各种定义 definitions 26—30
小说与维多利亚时期的家庭 and Victorian families 38
小说中的现实主义 realism in 160
小说《吉尔伽美什》*Gilgamesh: A Novel* 80—81
谢永平 Cheah, Pheng 184
辛普森，威廉·凯利 Simpson, William Kelly 182
修饰语 epithets 27，35，37，87
虚构的世界 fictional worlds 124—132
玄奘 Xuanzang 118—121
雪莱，珀西·比希 Shelley, Percy Bysshe 11

Y

雅典人 Athens 102—104
雅歌 Song of Songs 55
亚当斯，罗伯特 Adams, Robert 130
亚里士多德 Aristotle 19，29，62—63
谚语"把握今天/活在当下" carpe diem motif 51，54，56
扬，罗伯特·J.C. Young, Robert J. C. 135
耶稣基督 Jesus Christ 54—55
野茂英雄 Nomo, Hideo 176
《一千零一夜》*Thousand and One Nights*（*The Arabian Nights*） 96—97，133
一神论 monotheism 41
伊本·白图泰，穆罕默德·伊本·阿卜杜拉 Ibn Battutah, Muhammad Ibn Abdullah 113—119
《伊本·白图泰游记》*Travels*（Ibn Battutah） 113—119
伊本·朱赞，穆罕默德 Ibn Juzayy, Muhammad 112—113，117
伊壁鸠鲁主义 Epicureanism 55
《伊利亚特》（荷马）*Iliad*（Homer） 34，36
　《伊利亚特》中的众神 divinities in 41—42
　　与史诗《吉尔伽美什》比较 *Epic of Gilgamesh* compared 42—43
伊斯坦布尔 Istanbul 166—169

衣着和社会地位 clothing, and social status　68
艺术 art　3，29，48，71，145，184
　　波斯艺术 Persian　167
　　希腊艺术 Greek　43
　　戏剧艺术 dramatic　62
　　伊斯兰艺术 Islamic　168
　　艺术的定义 defined　10—11
异国情调 exoticism　18
异域 foreign lands　108—111
译本 translation　83—105
　　德莱顿论翻译 Dryden on　84—86
　　对比不同译本 comparing translations　89—94
　　翻译与不可译性 and untranslatability　84
　　翻译与维多利亚时代 Victorian　93—94
　　译本中的异国色彩 foreignness in　96—102
音乐 music　3，14—15
吟游诗人 bards　33—34，43
印度孟买 Mumbai, India　173
英格尔斯，丹尼尔·H. H.　Ingalls, Daniel H. H.　15—16
英语 English language　83
《尤利西斯》(乔伊斯) *Ulysses* (Joyce)　13，38—39，46，80
尤瑟纳尔，玛格丽特 Yourcenar, Marguerite　169
犹太人 Jewish people　92，112，130，154，161
余国藩 Yu, Anthony　120—121，123
宇文所安 Owen, Stephen　19—22，182
雨果，维克多 Hugo, Victor　6，159
《语言无国界》*Words without Borders*　182
《源氏物语》*Tale of Genji*　1，26—29，94，107，121
约翰逊，约翰·威廉 Johnson, John William　33
阅读 reading
　　对边缘的阅读 peripheral　73—78
　　各种阅读模式 modes of　21—26
　　借助翻译进行阅读 in translation　83—105

跨越时间的阅读 across time 31—56
跨越文化的阅读 across cultures 57—81
阅读现实主义 realism 72—73, 160, 175
阅读与再阅读 and re-reading 78—81
在特定语境中的阅读 in context 1—2

Z

《在味噌汤里》*In the Miso Soup* 176—178
斋浦尔文学节 Jaipur Literature Festival 158
《战争的音乐》（罗格）*War Music*（Logue） 86—88
张爱玲 Chang, Eileen 154—156
殖民写作 colonial writing 135—136
《指环王》*Lord of the Rings* 159
中产阶级生活 middle-class life 66—73
中古英语 Middle-English 31
中国 China 75—76
    儒学 Confucianism 120
    唐朝 Tang Dynasty 19—20, 30, 118, 182
    中国诗歌 poetry 1, 19—20, 26
诸神 gods and goddesses 3, 41, 43, 62—63
    参见多神论 *see also* polytheism
逐字直译 metaphrase 85
紫式部 Murasaki, Shikibu 1, 7, 26—29, 94, 107, 121
自杀主题 suicide theme 67—73
自由诗体 free verse 40
作者的角色 auther, role of 19—20

著作权合同登记号　图字：01-2017-8788

图书在版编目（CIP）数据

如何阅读世界文学 /（美）大卫·达姆罗什著；陈广琛，秦烨译 .—2 版 .—北京：北京大学出版社，2022.3

ISBN 978-7-301-32580-3

Ⅰ.①如… Ⅱ.①大… ②陈… ③秦… Ⅲ.①世界文学—文学欣赏 Ⅳ.① I106

中国版本图书馆 CIP 数据核字（2021）第 209041 号

How to Read World Literature by David Damrosch
ISBN: 978-1-119-00916-0
Copyright © 2018 John Wiley & Sons Ltd
All Rights Reserved. This translation published under license. Authorized translation from the English language edition, Published by John Wiley & Sons . No part of this book may be reproduced in any form without the written permission of the original copyrights holder.
Copies of this book sold without a Wiley sticker on the cover are unauthorized and illegal.

书　　　名	如何阅读世界文学（第二版） RUHE YUEDU SHIJIE WENXUE (DI-ER BAN)
著作责任者	［美］大卫·达姆罗什 著　陈广琛　秦烨 译
责任编辑	于海冰
标准书号	ISBN 978-7-301-32580-3
出版发行	北京大学出版社
地　　　址	北京市海淀区成府路 205 号　100871
网　　　址	http://www.pup.cn　新浪微博：@北京大学出版社 @阅读培文
电子信箱	pkupw@qq.com
电　　　话	邮购部 010-62752015　发行部 010-62750672 编辑部 010-62750883
印 刷 者	天津光之彩印刷有限公司
经 销 者	新华书店
	660 毫米 ×960 毫米　16 开本　19.25 印张　293 千字 2022 年 3 月第 1 版　2022 年 8 月第 2 次印刷
定　　　价	59.00 元

未经许可，不得以任何方式复制或抄袭本书之部分或全部内容。
版权所有，侵权必究
举报电话：010-62752024　电子信箱：fd@pup.pku.edu.cn
图书如有印装质量问题，请与出版部联系，电话：010-62756370